JACQUES
FAGET

TORO DE FUEGO

SO noir

Création graphique et travail éditorial : Pierre Moquet
Ce livre a été imprimé par CPI (167548)
N° ISBN : 978-2-8177-0940-6

FERIA 1

VIC-FEZENSAC

La première feria (on dit *feria* – hispanisation récente du mot foire – quand les taureaux sont au programme) est celle de Vic. Elle se déroule à la Pentecôte, aux premiers beaux jours… qui se font parfois attendre. Vic est un village gersois de 3 000 habitants qui se prend, l'espace de quelques jours, pour une capitale. Comme l'a écrit Patrick Espagnet, les Vicois « se flattent d'avoir les plus gros toros du monde qu'ils lâchent dans le rond le plus petit de la planète taurine ». Vic est aussi une passerelle entre deux cultures sœurs et cependant différentes ; celle du pays toulousain, de ses briques rouges et de ses utopies cathares et celle d'une Aquitaine verte de rage océanique et de pins endormis. Ces deux mondes s'y retrouvent pour former une énorme mêlée rugueuse et chaleureuse qui fait péter les conventions.

PENTECÔTÀVIC

Comme souvent, depuis mon adolescence gersoise, je partis fêter la Pentecôte à Vic-Fezensac. Sur les longues lignes droites de la petite route menant de Maillas à Gabarret, je planais encore dans les vapeurs moelleuses de mes retrouvailles avec Angela Havel. Elle m'avait quitté brusquement après avoir retrouvé sa fille dans une ferme du Pays basque[1]. J'étais désemparé par son brusque départ. Je ne comprenais pas qu'après tant d'angoisses partagées elle ait pu, sans un message, sans un mot, prendre ainsi la poudre d'escampette. Vexé par son ingratitude, j'avais décidé d'attendre, de ne pas lui donner le plaisir d'un signe de vie, de la laisser se morfondre en culpabilité. La balle était dans son camp. Mais quand je reçus l'invitation de participer à un colloque à Prague, je ne pus résister à la tentation de la voir. Je voulais savoir ce qui s'était passé, donner du sens à l'inexplicable.

Je n'étais pas revenu dans la capitale de ce qui était encore la Tchécoslovaquie depuis l'été 1990. Le mur venait de tomber, personne ne parlait encore anglais, la vie était très bon marché, les hordes de touristes n'encombraient pas le pont Charles ni le parvis de l'horloge astronomique, la Vltava n'était pas saturée de bateaux de croisière, le mémorial de Jan Palach – héros de la résistance à l'oppresseur russe – n'était pas envahi par des cortèges de pèlerins romantiques. Un vent léger flottait sur la ville. Pas celui de la liberté, qui nécessite de longs

1. Voir *L'Échappée basque*, SO Noir, 2019.

apprentissages, mais celui d'un espoir retrouvé. Depuis que les chars avaient écrasé dans le sang la révolte de 1968, le peuple tchèque craignait toujours d'avoir à payer le prix de son émancipation.

J'avais perdu ses coordonnées, mais je retrouvai la trace d'Angela au musée d'art contemporain, son lieu de travail. Elle fut très surprise par mon appel et se mit à bégayer, comme si elle avait oublié l'usage du français, avant de finalement me proposer un rendez-vous le lendemain pendant sa pause déjeuner. Notre dialogue fut d'abord assez conventionnel, jusqu'à ce que je me décide à briser la glace :

— Angela, je n'ai rien oublié de ce que nous avons vécu ensemble en recherchant Milena, de nos craintes et de nos espoirs. J'ai partagé avec vous des moments très angoissants mais aussi très chaleureux, et j'avoue qu'il m'a été difficile de supporter votre départ brutal et le grand silence qui s'est ensuivi.

En baissant la tête, elle me confia :

— Je sais, je suis partie comme une voleuse. J'y pense encore souvent. Si je n'ai rien dit ensuite, c'est parce que j'étais submergée par la honte.

Après un long silence, elle continua :

— Je voulais fuir, oublier très vite ce cauchemar, tenter de comprendre pourquoi ma fille, si sérieuse, si organisée, s'était laissé entraîner dans cette histoire incroyable. C'est comme si le Pays basque l'avait ensorcelée, vous comprenez. Alors il fallait qu'on parte toutes les deux, loin et tout de suite. Il fallait qu'on se retrouve. Quand la petite Alexia, la nièce de Poutine, nous a proposé de prendre son avion, j'ai hésité. Cette écervelée avait exercé sur ma fille une influence nuisible. Elle ne voulait plus la quitter mais je sentais qu'il était impérieux de les séparer. Pourtant, j'ai fini par craquer. Le premier vol disponible nécessitait deux jours d'attente. Le besoin de partir au plus vite fut le plus fort.

— Je peux comprendre, mais ce long silence…

— Après c'est un engrenage. On se replie, on sombre un peu dans la dépression, on prend conscience de son ingratitude, la honte arrive, on fuit lamentablement, on efface tout pour ne pas se regarder dans la glace. Quand je pensais à vous, ma culpabilité surgissait et je craignais de replonger dans la dépression. Alors, pour me protéger, je vous ai effacé. Depuis hier, vous ne pouvez pas imaginer combien je suis terrorisée à l'idée de vous rencontrer…

Je lui pris les mains :

— Allez, soyez rassurée, je ne vous en veux pas. Je voulais juste vous dire combien votre… comment dire… dérobade, m'avait donné le blues. Maintenant, vous irez mieux, vous verrez, cette rencontre vous libérera. Et Milena, parlez-moi de Milena.

— Elle a soutenu sa thèse le mois dernier et elle postule sur un poste de maître de conférences à l'université de Prague. C'est curieux, son échappée basque l'a transformée. Elle est plus ouverte, plus épanouie. Je crois même qu'elle a trouvé un nouveau copain.

Son soulagement fut visible et elle me donna une foule de détails sur la vie de ses filles. Elle me confia même qu'elle avait elle aussi rencontré un homme d'un certain âge qui lui apportait la tendresse et l'équilibre dont elle avait besoin.

Quand vint l'heure de se quitter, elle me répéta à plusieurs reprises qu'elle était infiniment reconnaissante de mon soutien, qu'elle ne l'oublierait jamais. Nous nous prîmes longuement dans les bras, intensément, puis elle partit, sans se retourner vers le passé.

*

Encore fragilisé par l'évocation de ce moment, j'arrivai devant les arènes en ayant le sentiment de n'être pas au bon endroit. Mais la rencontre avec mes amis Marcel et Dédé du club taurin vicois m'aida à rentrer dans l'ambiance. Après m'avoir fait part des espoirs qu'ils fondaient sur le troupeau du jour, ils me quittèrent pour vaquer à leurs occupations diplomatiques.

Mon regard fut alors attiré par un spectacle insolite. L'ensemble architectural représentant le matador Francisco Ruiz Miguel et un énorme taureau de la ganaderia Victorino Martin s'affalant à ses pieds n'était pas garni des *beouets*[1] habituels qui, à la nuit mûre, l'escaladent en chantant. La tête du torero était recouverte d'une grosse barrique d'armagnac. Sur la plaque, gravée d'un « Hommage à la vérité de la fiesta brava », le mot « vérité » avait été remplacé par celui d'« imposture ». Les cornes de la bête étaient ceintes d'une couronne qui se mit soudain à tourner, produisant une pétarade assourdissante, lançant une soucoupe volante blanche et verte dans le ciel et libérant une fontaine d'étincelles argentées sur le sol.

Quelques applaudissements crépitèrent, mais la plupart des aficionados présents rirent plutôt jaune en lisant, sur le mur des arènes, la phrase peinte en rouge :

Toro de fuego si, toro de sangre no[2].

---

1. En gascon, celui qui boit (un peu trop).
2. « Taureau de feu oui, taureau de sang non ». Précisons à ceux qui n'en connaîtraient pas l'existence que les *toros de fuego* sont des représentations de taureaux (en bois, carton-pâte et fils de fer) munies d'un système pyrotechnique, portées par un homme qui fend la foule en courant. On les rencontre souvent dans la nuit des fêtes espagnoles ou du sud de la France.

Ce n'était pas la première fois que des anti-taurins manifestaient bruyamment leur désaccord autour d'une arène. Patrick Espagnet évoquait, dès 1987, dans les colonnes de *Sud Ouest*, une manifestation organisée à l'occasion de l'inauguration des arènes de Floirac, dans la périphérie de Bordeaux. Quelques anti-corridas en appelaient à l'Europe : « Profitez-en, c'est l'une de vos dernières corridas, le Parlement européen ne va pas tarder à les interdire ! » D'autres exhortaient les spectateurs, « au nom de l'Espagne très catholique », à ne pas assister à la corrida sous peine de « péché mortel ». Imprécation d'autant plus paradoxale, notait l'auteur, que le combat de taureaux avait longtemps eu la réputation d'être franquiste.

Généralement, les antis se contentaient de brandir des banderoles ou des panneaux fustigeant la barbarie du spectacle taurin ou de morigéner verbalement les spectateurs venus y assister. Il arrivait parfois que les esprits ou le sang des uns ou des autres s'échauffe un peu, mais sans jamais de quoi inquiéter la maréchaussée, qui parvenait sans trop de mal à les séparer. Rien de commun, donc, avec les graves événements que je relate dans ces pages et dont, avec le recul, les symptômes vicois étaient annonciateurs.

Car la décoration du monument, le graffiti et le feu d'artifice ne furent qu'un aimable divertissement comparé à la pluie de peinture rouge, déversée depuis un petit avion, qui trempa les aficionados installés sur les gradins. Seuls ceux qui étaient abrités sous les tribunes y échappèrent. Ensuite, après le premier taureau, un drone dispersa sur le public et dans la piste des milliers de tracts se déclarant « pour des arènes festives, contre des arènes sanglantes ». Les instigateurs de ce lancer avaient-ils lu le célèbre roman éponyme de Blasco Ibañez ? J'en doutai un peu.

À la différence de certains de mes amis, j'avoue que la présence de ces militants hostiles à l'art taurin ne m'a jamais importuné. En tant que fervent démocrate, je suis très attaché pour les autres à la liberté d'expression que j'ai toujours revendiquée pour moi-même. Et puis, je comprends l'aversion que peut susciter le spectacle de la corrida. Si je n'avais pas grandi dans un monde rural où il était banal de voir couler le sang des bêtes, dans une famille où mon père dirigeait la célèbre banda des Armagnacs, spécialisée dans l'interprétation des pasodobles taurins, je ne suis pas sûr que je l'aurais apprécié. Le fait de n'avoir jamais été sujet à ce sentiment d'indignation que mes propres enfants éprouvent face au rouge spectacle de la souffrance animale ne m'empêche pas de le concevoir.

À sept ou huit ans, j'allais en effet m'asseoir avec mes parents sur les gradins des arènes Joseph Fourniol de Vic-Fezensac. Comme l'a écrit Yves Harté : « La première corrida n'est jamais une date de hasard. C'est un rendez-vous inscrit dans un long ruban dont vous n'êtes qu'une trame. Derrière vous il y a un père, un grand-père, un homme disparu qui vous paraîtrait jeune aujourd'hui[1]... » Dans mon souvenir, je ne fus pas le moins du monde traumatisé par ce spectacle étrange. Mais je dois reconnaître que je prenais plaisir à voir le taureau renverser le cheval du picador, ou les matadors arrogants se faire déchirer les fonds de culotte. Ce parti pris pour le plus faible, qui m'habite en toute occasion, aurait dû me conduire à la détestation des supplices taurins. Mais curieusement, il n'en fut rien. La souffrance infligée aux bêtes me parut le prix (certes fort) à payer aux émotions esthétiques qui me transportaient, quand un banderillero svelte et léger levait bien haut les bras

1. Yves Harté, *La Huitième couleur*, éditions Confluences, 1999, p. 28.

avant de planter ses harpons, ou lorsqu'un torero élégant faisait passer avec une grâce infiniment lente le mufle du taureau dans sa muleta.

Mon entendement de l'aversion tauromachique prit de l'ampleur au contact de ma compagne Sayo que je voulus initier aux traditions de mon pays comme elle m'avait éveillé aux sortilèges de Ségou, de Mopti et de Tombouctou. Je lui avais enseigné les rudiments symboliques et techniques du cérémonial et l'avais intellectuellement préparée au pire, celui que l'on rencontre souvent à Vic-Fezensac où les néophytes sont priés de s'abstenir. Je pensais que les petites arènes d'Eauze, du fait de la maniabilité habituelle des élevages sélectionnés, étaient le lieu idéal pour la formation d'une belle Malienne sensible.

Pour célébrer ce baptême, elle s'était déguisée en Andalouse, chapeau noir à larges bords piqueté d'une rose, boléro rouge, longue jupe noire et chaussures à hauts talons. Hélas, elle n'eut pas le loisir de faire sa belle bien longtemps. Elle ne vit du spectacle que le *paseo*[1], la sortie du premier taureau et quelques passes de cape. À la première pique, voulant m'assurer qu'elle supportait le choc, je me tournai vers elle mais ne la vis pas. Plus de Sayo, pschitt, envolée ! Quelqu'un me tapa alors sur l'épaule pour me signaler que le sujet de mes inquiétudes se trouvait étendu derrière moi, sans conscience, sur les genoux d'un inconnu. Les secours arrivèrent très vite et la transportèrent dans le saint des saints, où n'entrent que les toreros meurtris ou mourants : l'infirmerie des arènes.

Sayo était allongée sur la table d'opération, sous assistance respiratoire, émergeant sporadiquement de son

1. Défilé d'ouverture.

cauchemar sanguinaire pour replonger dans le ciel ouaté des falaises de Bandiagara. Un banderillero ayant été fortement commotionné, il fallut, un quart d'heure plus tard, faire place nette. Les pompiers la déplacèrent alors dans leur joli camion rouge, activèrent leur sirène et la transportèrent aux urgences de l'hôpital le plus proche où elle mit deux jours à retrouver ses esprits.

Cet épisode me fit très concrètement toucher du doigt combien l'accoutumance au spectacle taurin était un problème culturel. Je pouvais d'autant mieux saisir la défaillance de Sayo que j'étais moi-même rebuté par le spectacle de hordes de chasseurs s'adonnant à la traque du cerf ou aux battues de délicates biches, dégoûté par la persécution sadique des taureaux de Tordesillas ou de Medinaceli[1].

Ma double sensibilité aux émotions esthétiques des aficionados d'une part, à la répugnance des antis de l'autre, me conduisit à m'intéresser à leurs querelles. Je ne pouvais donc pas passer sous silence les terribles incidents qui émaillèrent l'été gascon, tant à Mont-de-Marsan qu'à Dax et Bayonne. Car ils dépassent largement les enjeux d'une bataille picrocholine entre pro et anti-corridas. Ils questionnent le statut juridique que les sociétés contemporaines accordent à l'animal et nous rappellent qu'il est décidément bien compliqué de co-exister quand la culture et le goût des uns diffèrent de ceux des autres.

N'ayant pu assister, en tant que criminologue universitaire, à toutes les phases du travail policier, je ne pourrai donner ici une vision exhaustive des diverses

1. Taureaux qu'une fois l'an, on lâche dans les rues de la ville, les cornes affublées de boules de poix que l'on enflamme (Medinaceli), ou bien que la foule poursuit, armée de lances, jusqu'à ce que mort s'ensuive (Tordesillas).

enquêtes menées pour élucider les faits. Mais la complicité que j'eus avec mon ancienne étudiante, la commandante Virginie Barrère, compensa en partie ces manques. Le récit qu'elle me fit de ses réunions, de ses voyages, l'écoute de ses doutes, de ses états d'âme, me permirent d'établir une version à peu près acceptable de la réalité. Mes connaissances acquises de longue date dans le milieu taurin, plus récemment dans celui des animalistes et mon goût pour l'écriture ont fait le reste…

FERIA 2

MONT-DE-MARSAN

En juillet vient la fête du Moun, trait d'union
entre la pinède étalée au nord et les collines
de Chalosse au sud. Elle est plus déliée,
moins concentrée que celle de Vic.
Heureusement, car les chaleurs de l'été
y sont souvent suffocantes.
Mais si l'orage menace souvent,
il s'abat rarement sur les *festayres*[1]
vêtus de bleu et de blanc qui éperonnent,
quelques jours durant, l'indolence
de ce chef-lieu du département.

---

1. Ceux qui font la fête (francisation de *hestayres*, du gascon *heste* qui signifie « fête »).

MADELEINE

Le luxueux 4x4 blindé aux vitres noires teintées, dans lequel étaient entassés le matador, son valet d'épée et ses *péons*[1], eut toutes les peines du monde à se frayer un passage jusqu'aux arènes du Plumaçon. Quelques centaines de manifestants anti-taurins, pourtant tenus à distance par un cordon de CRS, l'immobilisèrent à l'entrée du champ de foire. Ils scandaient des slogans hostiles, brandissaient des banderoles sur lesquelles on pouvait lire : « non à la torture » ; « basta corrida » ; « la civilisation avance, la barbarie recule » ; « corrida : ni art, ni culture » ; « honte à la race des saigneurs » ; mais aussi des pancartes rouges et blanches imitant des panneaux de signalisation et sur lesquelles était écrit : « jeux interdits ». Les plus excités se mirent à faire tanguer si violemment le lourd véhicule que la *cuadrilla*[2] prit peur. Mais l'intervention musclée des policiers empêcha son basculement.

Ce n'était pas la première fois que cette situation se présentait. Les activistes de Vic-Fezensac en avaient, d'une autre façon, fourni un aperçu. Les opposants à la corrida étaient de plus en plus organisés et véhéments. Leurs actions, aussi bien en Espagne qu'en France, se radicalisaient tant qu'il fallait de plus en plus imaginer des stratagèmes pour infiltrer discrètement les cuadrillas jusqu'aux arènes et veiller à leur sécurité.

---

1. Serviteurs du torero (un glossaire des termes techniques est disponible en fin d'ouvrage).
2. Ensemble des assistants du torero.

On pouvait reprocher aux organisateurs montois d'avoir sous-estimé la mobilisation. Mais, à leur décharge, le contexte festif et populaire des fêtes locales avait épargné jusque-là une ville où les aficionados pouvaient encore revendiquer leur passion sans vergogne. Il fallait se rendre à l'évidence, aucun lieu n'échappait désormais à l'essor de la sensibilité pour la cause animale.

Protégée par une haie de policiers, la cuadrilla franchit, non sans mal, ce premier obstacle pour se confronter ensuite à une nuée d'admirateurs acclamant à tout rompre leur idole et tentant d'en immortaliser l'image. Cette pression amicale dut rasséréner Manuel de Alba, qui s'extirpa de sa voiture avec un grand sourire. Il put rejoindre, après avoir concédé quelques clichés à ses fans, le *patio de caballos*[1] où se pressait déjà le *mundillo*[2] des professionnels de la corrida et de quelques individus ayant obtenu, par on ne sait quel entregent, un passe-droit pour pénétrer dans ce cénacle.

Tous ces initiés se donnaient des *abrazos*[3] à s'en démettre les épaules, parlaient du poids des taureaux, de leurs cornes, des résultats du *sorteo*[4] du matin qui, par une alchimie subtile, en attribue une paire théoriquement équitable à chacun des matadors. Ils évoquaient le moment historique qu'ils s'apprêtaient à vivre. Car c'était aujourd'hui que Manuel de Alba allait, fait unique dans les annales de la tauromachie depuis Pedro Romero au final du XVIIIe siècle, tuer son 6 000e taureau. Sa longévité, mais aussi la régularité et l'honnêteté de ses pres-

1. Cour où se regroupent les chevaux des picadors et se rejoignent les toreros avant d'entrer dans l'arène.
2. Petit monde des professionnels et des amateurs très éclairés de la corrida.
3. Embrassades.
4. Tirage au sort des taureaux.

tations, lui assuraient le respect de toute la profession. Si bien que toutes les places étaient prises depuis l'ouverture des réservations. Tous les aficionados, des plus anciens aux plus récents, s'étaient donné rendez-vous pour célébrer un événement qui, à leurs dires, ne se reproduirait plus.

L'heure approchait. Tout était en ordre ; le même que celui des théâtres antiques et des arènes romaines, spectacle inchangé de la stratification sociale affichant ostentatoirement ses niveaux. En bas, à l'ombre : les notables, accompagnés de leurs femmes élégantes, fumant avec fatuité leur cigare. À leurs pieds, dans le *callejón*[1] : le monde mystérieux des invités dont on ne savait jamais à quel titre, plus ou moins respectable, ils étaient là, tout près des seigneurs, de leurs conciliabules, de leurs angoisses, des odeurs fortes de la bête sauvage, de ses incartades et de ses naseaux fumants. Enfin, en haut, au soleil : le peuple débraillé, vociférant au son des bandas le plaisir d'être là. Ces mondes divers attendaient que la présidence fasse son apparition au *palco*[2] et donne l'envoi de la musique.

Sous le tunnel menant vers la piste grouillaient tous les protagonistes du spectacle : *alguazils*[3], péons des trois cuadrillas, chevaux nerveux des picadors, *monosabios*[4] tentant de les calmer, muletiers de l'arrastre (attelage de mules traînant le taureau mort hors de la piste) et enfin, *areneros*[5].

---

1. Couloir protégé par une barrière, situé entre la piste et les gradins.
2. Loge, balcon où se trouve la présidence.
3. Policiers de l'arène.
4. Littéralement « singes savants », il s'agit des hommes qui aident les picadors à se mettre en selle et les assistent en cas de difficulté pendant la charge du taureau.
5. Personnel chargé du nettoyage du sable (*arena* en espagnol) de la piste.

Il était exactement 17 h 58. Julian Alameda, le célèbre matador valencien, sortit le premier de l'ombre pour tâter la consistance de la piste, bientôt rejoint dans un murmure d'admiration par la nouvelle coqueluche régionale, Floréal Elusa. Les deux protagonistes se signèrent et firent quelques mouvements d'assouplissement. À 18 heures précises, la présidence s'installa. Une minute plus tard, le public commença à taper d'impatience dans ses mains. Ne voyant pas Manuel de Alba, le *chef de lidia*[1], il subodora une mise en scène spéciale pour célébrer son record. Mais rien ne se passa et le président, inquiet de ne pas apercevoir le maestro, demanda à la banda des Armagnacs d'interpréter un paso doble pour tempérer l'impatience du public pendant qu'il dépêchait ses alguazils pour se renseigner. Les notes d'Amparito Roca calmèrent l'effervescence de la foule.

Les deux matadors présents ne cessaient de regarder en tous sens et questionnèrent les péons d'Alba, qui se trouvaient derrière eux, sur les raisons de ce retard. Ces derniers, n'en sachant pas davantage, décidèrent de partir à sa recherche, bientôt rejoints par le valet d'épée. Ils demandèrent à la cantonade si quelqu'un avait vu le maestro. Certains dirent l'avoir aperçu quelques minutes auparavant dans le patio de caballos, donnant une interview aux journalistes d'une télévision espagnole. Un arenero suggéra qu'il était aux toilettes pour satisfaire un besoin naturel. Mais le premier péon lui répondit dédaigneusement avec un fort accent andalou : « Imbécile, une fois que tu as enfilé l'habit de lumières, impossible de l'enlever ! Tu ne peux ni pisser ni chier (*ni mear ni cagar*). » Le valet d'épée pénétra cependant dans les toilettes pour s'assurer que son protégé, comme il lui arriva

1. Torero le plus ancien.

parfois de le faire, n'était pas en train d'y vomir. Mais le lieu était vide, tout comme l'infirmerie. Il aperçut alors l'aumônier et lui fit part de son inquiétude. Le prêtre le rassura en lui indiquant qu'Alba était allé se recueillir dans la chapelle. Il avait exprimé le désir « d'avoir un moment de paix » et devait probablement s'y trouver encore.

Le vieux valet d'épée savait que son protégé n'était pas particulièrement dévot, mais il lui arrivait parfois, pour s'abstraire du tumulte ambiant, de s'isoler dans ces petites chapelles où les toreros aiment à demander, par superstition, la protection d'un hypothétique dieu. Quand il pénétra dans cet espace exigu et sombre de sept ou huit mètres carrés, il poussa un tel cri d'horreur que les péons accoururent. Ils aperçurent leur Manuel agenouillé sur le prie-Dieu, une épée plantée dans le dos. La puissance du coup porté était telle que la chaise avait basculé en avant et enfoui la tête d'Alba dans l'énorme bouquet de fleurs placé aux pieds de la Macarena, cette Vierge sévillane protectrice des toreros.

Paniqués comme s'ils étaient menacés par la présence d'un taureau furieux, ils ne prirent pas la peine de vérifier qu'Alba était en vie et retirèrent prestement l'épée de son corps, ignorant les incitations à la prudence de Santiago, le valet d'épée. Comme ils avaient l'habitude de le faire en piste quand un matador était atteint gravement par la corne d'un animal, ils le retournèrent, le soulevèrent et le transportèrent sans ménagement vers l'infirmerie.

Tandis que l'abbé se consumait en prières aux pieds de la Macarena, le chirurgien, immédiatement avisé par la rumeur qui circula aussitôt dans le callejón, gagna l'infirmerie. Il constata que le matador respirait faiblement et que son pouls battait encore. Après avoir découpé méticuleusement son habit de lumières et ses chemises, il examina attentivement ses blessures. Elles lui parurent si graves qu'il préféra le faire hospitaliser d'urgence. Deux membres du Samu arrivèrent instantanément et, craignant une lésion de la colonne vertébrale, préparèrent méticuleusement le corps en engueulant les péons de n'avoir pas respecté les règles élémentaires de sécurité pour le transport d'un blessé. Ils le mirent sous perfusion et le firent glisser lentement sur une civière pour le conduire à l'hôpital Layné. Ils durent activer leur sirène pour se frayer un passage entre les manifestants anti-taurins qui bouchaient la route.

On fit savoir à la foule que Manuel de Alba, victime d'un malaise, n'était pas en mesure de tuer son 6 000e taureau et que les deux matadors présents combattraient chacun trois taureaux. Couvrant un « oh ! » de désappointement, la musique municipale, sur l'injonction du président, interpréta *Pan y toros*. Les deux alguazils, campés sur de magnifiques chevaux, firent un tour de piste, comme le veut une ancienne tradition, puis vinrent chercher les deux matadors qui s'avancèrent sur le sable. Tandis qu'Alameda, pour avoir souvent toréé ici, gardait sa *montera*[1] sur la tête, le jeune Elusa, dont c'était la première apparition en ce lieu, défila tête nue. Ils suivirent très lentement les pur-sang et se dirigèrent vers la présidence qu'ils saluèrent cérémonieusement. Dans les gradins, on commençait à raconter qu'Alba se trouvait entre la vie et la mort, sans que l'on sache la raison de son état. L'atmosphère était si lourde que, lorsqu'un arenero glissa malencontreusement sur la crotte encore fumante d'un cheval et s'affala sur le sol, personne, pas même les festayres avinés, ne songea à en rire.

1. Coiffe du torero.

Malgré le soleil ardent, cette corrida ne fut pas une fête mais une sorte de messe païenne où le public, le regard perdu vers un écran céleste désespérément vide, ne prêtait qu'une attention distraite aux péripéties de l'art taurin. Chez les gladiateurs, le cœur n'y était pas davantage et, pour combler le tout, les taureaux étaient apathiques, dépourvus de tonicité. Ils ne songeaient qu'à retrouver les pâturages et les oliviers d'Estrémadure qu'ils avaient quittés quelques jours auparavant. Quand il leur arrivait de répondre aux sollicitations insistantes des hommes, c'était sans conviction, sans désir de jouer, se moquant comme de leur première muleta de cet énergumène qui cherchait à les captiver.

Le public ne tint rigueur de ce fiasco ni aux matadors, déguisés en « vétérinaires élégants » pour reprendre une expression chère à Pierre Veilletet, ni aux taureaux, comme si chacun donnait le change, sauvait les apparences sans croire véritablement au sens de cette parodie. Toutes les pensées étaient tournées vers une table d'opération au-dessus de laquelle flottait, indécise, l'âme du torero suprême, hésitant à s'évader dans les amandiers de la mémoire ou à regagner ce corps martyrisé qui lui prêtait son apparence.

La cuadrilla d'Alba, après avoir rassemblé tout son matériel, épées, capes et muletas, se dirigea vers l'hôpital. Dans la voiture, personne ne parla. Chacun se reprochait de n'avoir pas accompagné le maestro à la chapelle, de n'avoir pas veillé sur lui. Le valet d'épée, qui l'avait suivi depuis son plus jeune âge, paraissait le plus affecté. Il est vrai que son visage buriné par le temps et les vents d'Andalousie était naturellement tragique.

Quand les quatre hommes débarquèrent dans les couloirs aseptisés de l'hôpital, ils ne passèrent pas inaperçus. Le personnel soignant, croyant à une visite de clowns participant à la cavalcade des fêtes, s'esclaffa en les voyant. Mais une infirmière comprit la raison de leur présence et les conduisit vers l'aile où leur matador avait été dirigé. Elle les informa qu'il se trouvait en salle d'opération, dans un état si critique que son pronostic vital était engagé. Elle leur conseilla de revenir le lendemain pour en savoir davantage. Mais ils n'avaient pas le cœur à s'éloigner et restèrent dans la salle d'attente, mutiques, dans un état d'hébétude, allant fumer compulsivement, chacun leur tour, sur le parking voisin.

Les premiers journalistes n'attendirent pas la fin de la corrida pour se diriger vers Layné. Lorsqu'ils s'insinuèrent à leur tour dans la salle d'attente, ils découvrirent le spectacle attristant de péons débraillés, emplis de culpabilité et dont le monde venait de s'effondrer. Ils tentèrent de les interviewer, mais aucun n'accepta de parler. Lorsqu'un photographe voulut capturer leur image ils se levèrent d'un seul bond et le mirent en fuite.

La procureure de la République, Emma Laborit, se trouvait dans les gradins au moment des faits. Elle fut donc immédiatement prévenue et se rendit dans la chapelle. Avant d'inspecter les lieux, elle téléphona au commissaire divisionnaire Rolland pour le charger de l'enquête, mais ce dernier, faisant une randonnée cycliste sur la piste verte reliant Mont-de-Marsan à Gabarret, lui dépêcha la commandante de police Barrère, férue de corridas, qui assistait elle aussi au spectacle.

Elles prirent soin de ne pas rentrer sur la scène du crime et en firent sortir l'aumônier priant, dans un état hypnotique, aux pieds de la Macarena. Tout paraissait en ordre ; le petit autel sur lequel reposait la Vierge, les deux chandeliers disposés de part et d'autre, les crucifix accrochés sur les murs. Leurs regards furent attirés par le mot *cabron*, peint en lettres rouges sur le mur de gauche, et par l'épée jetée au pied d'un mur. Seules quelques taches de sang parsemaient les carreaux de céramique. Ce qui conduisit Barrère à dire :

— Vu la faible quantité de sang versé sur le sol, je doute qu'il ait servi à écrire le mot *cabron*. J'opterais plutôt pour un liquide coloré apporté par le ou les agresseurs.

— Compte tenu de l'étroitesse du lieu, pensez-vous qu'il puisse y avoir deux agresseurs ? demanda la procureure.

— Je n'en sais rien. C'est vrai que le local est exigu. Mais il se peut que deux individus se soient réparti les tâches, l'un donnant le coup d'épée tandis que l'autre jouait les graphistes.

— N'étant pas hispanophone, j'ai fait allemand et chinois, pourriez-vous me dire ce que signifie le mot *cabron* ?

— Étymologiquement, c'est une grosse chèvre. Mais dans le langage courant, on pourrait le traduire par « connard », « salaud », « enfoiré », « pauvre type »…

— Rien de bien précis, donc.

— Par contre, un détail me chiffonne. En espagnol, *cabrón* prend un accent sur le O. Cela signifie peut-être que notre écrivain n'est pas espagnol mais occitan, car le mot existe aussi dans notre langue.

— Très intéressant.

— Mais il faut rester prudent : un Espagnol a pu faire volontairement la faute pour brouiller les pistes. Ou bien, dans la précipitation, il aura aussi pu oublier d'ajouter l'accent.

Sur ces entrefaites, l'équipe technique arriva, leur demanda de bien vouloir sortir de la zone d'investigation qu'elle délimita par une rubalise. Mais il lui fut impossible de neutraliser le tunnel emprunté, pendant la corrida, par les picadors et les mules évacuant les toros morts. Lorsque le commissaire Rolland, encore tout suant de sa balade cycliste, pointa son nez dans le patio, il vint saluer la procureure qui lui confia la charge de l'enquête. Dès que Laborit tourna les talons, il demanda à Barrère, bonne connaisseuse des lieux, ce qu'il convenait de faire. Celle-ci demanda aux agents en tenue de fermer toutes les issues du callejón, de vérifier si des épées manquaient dans l'équipement d'Alba et dans celui des deux autres toreros, de garder sous la main tous les bouchers et préposés à l'équarrissage, qui s'affairaient à vider les entrailles des taureaux, à hisser leurs carcasses dans les camions et à nettoyer à grande eau le sol souillé.

Le ou les coupables avaient déjà eu largement le temps de filer. Mais il était capital de recueillir le maximum d'informations auprès de toutes les personnes présentes. Renforcés par l'inspecteur Despiau et la brigadière Wlérick, Rolland et Barrère entreprirent de relever d'abord les identités et les coordonnées de chacun et de les questionner sur les événements qu'ils auraient pu observer avant ou après le début du spectacle. À la fin de la corrida, ils procédèrent de la même manière avec l'aumônier, tous les membres du mundillo et les nombreux photographes occupant le callejón. Malgré la gravité du moment, certains ne supportèrent pas d'être ainsi confinés dans les arènes et tentèrent de griller la politesse à leurs semblables pour se libérer plus vite. Ce qui provoqua des algarades entre ces gens aux égos bien charpentés.

Cet énervement eut des effets dommageables. Car les manifestants animalistes étaient toujours présents sur les allées Georges Dubos, coiffés de cornes, brandissant leurs calicots et diffusant, depuis la sono puissante d'une voiture, la célèbre chanson de Francis Cabrel. Ils reprenaient en chœur :

Andalousie je me souviens
Les prairies bordées de cactus
Je ne vais pas trembler devant ce pantin
Ce minus !
Je vais l'attraper, lui et son chapeau
Les faire tourner comme un soleil
Ce soir la femme du torero
Dormira sur ses deux oreilles
Est-ce que ce monde est sérieux ?
Est-ce que ce monde est sérieux ?

Lorsque les aficionados sortirent du patio et découvrirent cette scène, leur sang bouillonna. Se sentant provoqués, une trentaine d'entre eux se rapprocha des chanteurs pour les insulter. Puis, agacés par leurs sourires narquois, ils se mirent à les bousculer. Les militants reprirent alors de plus belle la suite de la chanson :

J'en ai poursuivi des fantômes
Presque touché leurs ballerines
Ils ont frappé fort dans mon cou
Pour que je m'incline
Ils sortent d'où ces acrobates
Avec leurs costumes de papier ?
J'ai jamais appris à me battre
Contre des poupées...

Cela fit sortir leurs adversaires de leurs gonds. Une mêlée furieuse s'ensuivit, que les quelques policiers présents ne furent pas en capacité d'interrompre. Et tandis que des volontaires de la Croix-Rouge se précipitaient pour secourir les premiers blessés, la sono continuait à diffuser :

Andalousie je me souviens
Je les entends rire comme je râle
Je les vois danser comme je succombe
Je ne pensais pas qu'on puisse autant
S'amuser autour d'une tombe.

À la fin de la chanson, les tauromaches, soucieux de ne pas justifier les accusations de violence portées par leurs adversaires, se calmèrent et regagnèrent les bars de la ville. Les anti-taurins ramassèrent leur matériel et comptèrent leurs victimes. Quatre d'entre elles, allongées sur le sol, recevaient les premiers soins. Leurs bobos n'étant pas bien graves – quelques plaies, bosses et traumatismes musculaires ou articulaires –, ils furent tous en état de repartir.

Mais, furieux d'avoir été agressés, ils se rendirent chez le médecin de garde pour obtenir des certificats médicaux attestant de leur état, puis allèrent porter plainte au commissariat de police. L'agent de permanence, bien esseulé du fait de la mobilisation de ses collègues sur le site des arènes, mit un certain temps à enregistrer leurs doléances. Les plaignants étaient finalement ravis de la tournure prise par les événements et des bénéfices médiatiques qu'ils pourraient en retirer.

Épuisés par l'audition de plusieurs dizaines de personnes, Rolland, Barrère, Despiau et Wlérick, se retrouvèrent à *La Tumade*, le bar jouxtant les arènes, pour prendre une bière, tandis que l'équipe technique inspectait les lieux. La nuit tombait et l'on entendait au loin les flonflons de la fête foraine et les cuivres des bandas. Rolland demanda ce que signifiait le nom de ce bar et Despiau lui apprit qu'une tumade désignait le choc donné par la vache à l'écarteur pendant la réalisation de son écart.

Puis ils commencèrent par échanger leurs premières impressions sur les auditions. Pour tous, l'enquête s'avérait complexe. Aucun des témoins n'avait signalé un fait pouvant être mis en rapport avec la tentative de meurtre. Nul ne mentionnait la présence d'un individu suspect à proximité de la chapelle et aucun d'entre eux n'avait désigné des personnes pouvant nourrir envers Alba une haine motivant un tel geste. La plupart des aficionados mirent en cause, très explicitement, la responsabilité des anti-taurins. Alors que les trois policiers se tournaient vers Rolland pour connaître son sentiment, celui-ci leur confia :

— Je dois vous l'avouer, j'ignore tout du milieu taurin. J'ai grandi dans le Pas-de-Calais et ma culture est très différente de la vôtre, plus proche de celle des Belges que celle du Sud de la France. Je n'ai jamais assisté à une corrida et n'ai pas envie de commencer. Dans ma jeunesse j'ai vu un combat de coqs et je me suis juré que je n'y reviendrais jamais. C'était horrible, les spectateurs hurlaient à la mort et rendaient ces pauvres bestioles complètement folles.

— Je croyais que cela avait disparu, remarqua Despiau.

— Le Nord est le seul endroit où ils sont encore autorisés, du moins dans les lieux où la tradition n'a pas été interrompue.

— C'est la même chose pour les corridas. Elles ne peuvent s'organiser que dans les régions où existe une pratique taurine ininterrompue, précisa Barrère.

— Ceci dit, poursuivit Rolland, la pratique décline. Les gallodromes ferment les uns après les autres et les coqueleurs, les éleveurs de coqs de combat, sont en voie d'extinction. Les enfants ne reprennent pas l'activité de leurs pères. Il y a encore des parieurs, souvent de milieu populaire, parmi lesquels on compte pas mal de petits trafiquants qui peuplent nos tribunaux correctionnels. La clientèle de vos corridas est plus huppée.

— Pas étonnant, avec le prix des places ! s'exclama Wlérick. Il faut avoir les moyens d'y aller... Les seuls sièges accessibles sont tout en haut au soleil, et s'arrachent dès l'ouverture de la location. J'y vais une fois pendant la Madeleine parce que c'est la fête ; il m'est arrivé parfois de voir une corrida à Saint-Sever ou à Eauze pour supporter un petit gars d'ici, ou bien des *novilladas*[1] à Roquefort, Villeneuve ou Hagetmau parce que c'est moins cher. Mais cela devient inabordable.

— Une revendication que les gilets jaunes ont oubliée, plaisanta Barrère.

---

1. Corridas opposant de jeunes taureaux à de jeunes toreros.

— D'ailleurs, poursuivit Despiau, en dehors des grandes ferias qui remplissent encore les arènes, à Dax, à Bayonne ou chez nous, les gradins ne sont pas garnis. Même ici, on arrive à trouver des places au dernier moment, sans passer par le marché noir comme autrefois.

— C'est aussi le cas en Espagne, précisa Barrère. Des arènes aussi emblématiques que la Maestranza de Séville ou Las Ventas à Madrid ne font plus systématiquement le plein. C'est vraiment la crise.

— Pourtant, il me semble que l'afición – c'est comme ça que vous dites je crois – est encore très forte chez vous, commenta Rolland. J'ai été invité à quelques dîners officiels pendant lesquels la conversation tournait autour des qualités et des défauts des taureaux de telle ou telle ganaderia, du talent ou de la méforme des divers toreros. J'ai surtout été surpris par la véhémence des polémiques que ces discussions provoquent. Je n'ai jamais trop bien compris ce qui pouvait conduire les gens à se passionner pour des sujets aussi secondaires, enfin de mon point de vue. Je me sens à mille lieues de ces préoccupations. D'ailleurs, confia-t-il à voix basse, comme s'il était indécent d'aborder le sujet dans ce bar, je suis flexitarien.

— Quesaco ? lui demanda presque irrespectueusement Despiau, tout en commandant une nouvelle tournée de bières. Une nouvelle religion ?

— Non, répondit Rolland en riant, cela veut dire que je restreins de plus en plus ma consommation de viande, sans être pour autant totalement végétarien. Inutile de vous dire qu'en Gascogne, ce n'est pas facile. À chaque invitation il est difficile d'échapper au foie gras, au civet de palombe, au confit de canard, au magret et j'en passe. Pour être bien intégré, je me sens en devoir de manger comme tout le monde.

— Vous consommez du poisson ? s'enquit Wlérick.

— Bien sûr, mais je prends garde à ce qu'il ne soit pas élevé aux OGM ni gavé d'antibiotiques. Je n'en abuse pas à cause des risques que nous font encourir les taux élevés de mercure.

— C'est compliqué de faire attention à tout ça, réagit-elle, songeuse. Vous ne regrettez pas d'avoir été muté ici ?

— Non, pas du tout, j'avais besoin de changer d'air. J'étais un peu saturé par les problèmes du 93. Mais j'ai bien conscience qu'il me faudra un certain temps pour comprendre votre culture et vos façons de penser. Alors autant vous avouer que je ne me sens pas très légitime pour conduire cette enquête. Si vous n'y voyez pas d'inconvénient, commandante Barrère, je vais vous en confier la responsabilité. Je serai bien sûr toujours disponible pour en parler avec vous, mais je vous en laisse la direction opérationnelle. Votre bonne connaissance du milieu vous confère en la matière une compétence bien supérieure à la mienne.

La commandante accepta volontiers cette délégation de pouvoir et se félicita, en tant que gersoise, d'être accompagnée par ses collègues Despiau et Wlérick, landais de souche, dont la connaissance du contexte lui serait sans nul doute précieuse. Elle compensa cependant le compliment qu'elle venait d'adresser à ses collègues par une attaque en bonne et due forme contre leurs goûts tauromachiques :

— Je ne sais pas si nous pourrons nous entendre, car vous êtes des *toreristas*[1]. Les démonstrations de technique auxquelles se livrent les *figuras*[2] sur le sable de la Madeleine, devant des bêtes qui n'ont de taureaux que le

1. Amateurs surtout sensibles à l'art des toreros que l'on oppose aux *toristas* qui valorisent la qualité des taureaux.

2. Stars de la tauromachie.

nom et qui ne présentent aucun danger, donnent des arguments aux opposants de la corrida. Tuer ces bonbons est indécent. Sans risque, sans le frisson de la mort qui passe à chaque instant, la corrida n'est qu'une chorégraphie insipide. Mieux vaut aller à l'opéra ! Venez plutôt à Vic-Fezensac, là vous verrez de vrais « toros, toros ». Et devant eux, pas de danseurs faisant du toreo de salon, posant narcissiquement devant leur miroir, mais de vrais mecs qui se jouent la vie pour des salaires modestes !

— Tu confonds Mont-de-Marsan et Dax ! s'insurgea Wlérick. Ce que tu dis est vrai dans la cité thermale, qui veut offrir un spectacle aseptisé à toutes les stars de Paris venues s'encanailler au mois d'août sur la côte basque et descendent au *Splendid* ! Mais ici, au fond des Landes, on connaît la valeur de l'effort.

— Je suis allé au moins deux fois à Vic, reprit Despiau. On dirait un comice agricole ! On voit de belles bêtes de 600 kg, avec des *morillos*[1] énormes et des cornes aussi larges que la porte d'Aquitaine, à Bordeaux. Les paysans gersois les admirent, mais alors quel ennui ! Il ne se passe rien, les types qui acceptent de se mettre devant ces monstres intoréables ne peuvent pas exprimer leur talent, quand ils en ont, et n'acceptent ces contrats que par nécessité économique. Je n'y retournerai pas ; j'ai eu la sensation d'assister à un concours de picadors.

Rolland interrompit la polémique qui promettait de perdurer en proposant de retourner aux arènes pour s'informer de l'état des investigations et savoir s'il existait des caméras de surveillance dans le patio de caballos et autour des arènes.

À cet instant, ils entendirent, dans leur dos, retentir une pétarade. Une couronne placée sur la vache déco-

1. Protubérance des muscles cervicaux du taureau.

rant le toit s'embrasa et libéra en tournant des tourbillons d'étincelles multicolores qui s'évanouirent dans les platanes voisins. La tête de la vache ne résista pas à ce traitement et s'effondra.

*

Les jeunes policiers, dont la plupart auraient préféré à cette heure festoyer dans les rues de la ville, avaient inspecté méticuleusement chaque recoin de l'infirmerie et du callejón. Mais ils n'avaient relevé aucun indice particulier, tant le sol avait été piétiné. L'équipe technique s'était focalisée quant à elle sur la chapelle, avait photographié toutes les traces, enveloppé délicatement l'épée, relevé toutes les empreintes possibles et procédé à des prélèvements sur les taches de sang ainsi que sur la matière ayant servi à tracer le mot *cabron* sur le mur. Elle rangeait ses instruments et envisageait de revenir le lendemain matin, au cas où la luminosité lui permettrait de nouvelles observations.

Le commissaire sentit la fatigue le gagner et prit congé de son personnel. Barrère, survoltée par ses responsabilités et le caractère insolite de cette agression, voulut connaître l'état de santé de Manuel de Alba. Cela faisait plusieurs heures que l'incident s'était produit et elle n'avait reçu aucune information. Elle appela l'hôpital où elle put joindre un interne du service de chirurgie, qui lui signala que l'opération était toujours en cours. D'après ce qu'il savait, la perforation n'avait apparemment pas été suffisamment profonde pour toucher directement les organes vitaux, mais les lésions étaient gravissimes. L'épée – il fit le parallèle avec la mise à mort des taureaux – avait buté violemment sur la colonne vertébrale puis glissé entre les côtes dans le poumon. Deux problèmes retenaient l'attention des chirurgiens : identifier les conséquences du traumatisme causé à la moelle épinière d'une part, évaluer la profondeur et la nature des lésions pulmonaires et stopper l'infection qu'elles avaient engendrée d'autre part.

Elle décida de se rendre à l'hôpital Layné, accompagnée par Despiau et le jeune Duplan auquel elle demanda, en l'absence d'agents en tenue mobilisés par la gestion des fêtes, d'assurer la protection nocturne du torero à l'entrée du service des urgences. Car la témérité du ou des auteurs de l'agression semblait ne pas avoir de limite. Il ou ils pouvaient être tentés de terminer ici leur sale besogne.

Quand ils arrivèrent, la salle d'attente était bien garnie. L'*apoderado*[1], qui trônait en maître dans la pièce, les interrogea aussitôt sur le résultat de leurs recherches. Il était entouré par quelques membres du comité des fêtes que Despiau semblait bien connaître. Une demi-douzaine d'éminences du mundillo glosait dans un coin sur les raisons d'un tel geste et les risques croissants que la passion des taureaux engendrait désormais. Derrière eux, les trois péons et Santiago, visiblement très affectés par l'incident, semblaient ostracisés par ce beau monde. Seul l'aumônier des arènes leur témoignait de la compassion.

Les informations n'étant distillées par l'interne qu'au compte-gouttes, tous se montraient impatients et interpellaient, sans courtoisie, toute blouse blanche passant dans les parages. Il était plus de minuit. Avant de s'éclip-

1. Agent du torero.

ser, les policiers abordèrent les péons, le valet d'épée et l'apoderado et leur demandèrent de se rendre au commissariat le lendemain matin pour y être auditionnés. Juste avant leur départ, le chirurgien des arènes, qui connaissait bien les personnalités présentes, entra dans la salle d'attente et leur fit un compte rendu détaillé des blessures et de l'opération. Il précisa que le torero était placé en coma artificiel et qu'il ne serait pas possible de le visiter avant quelques jours. Cette annonce eut pour effet de disperser l'assistance.

Duplan se positionna devant la porte des urgences et Barrère lui promit qu'un planton viendrait le relayer en cours de nuit. À son retour, la salle d'attente était déserte. Seuls, Santiago et l'aumônier étaient agenouillés sur le sol, la tête basse, un chapelet dans la main. Le valet d'épée récitait en boucle à un rythme effréné une supplique à la Vierge des toreros qu'il avait probablement composée pour la circonstance.

Ô Macarena, Virgen de Sevilla,
Ampara a mi querido torero Manuel
Herido por el destino
Intercede cerca de tu hijo Jesús
Para que la espada sagrada del sacrificio
De la bestia salvaje que duerme dentro de nosotros
No vuelve a castigarle a su turno
Por todos los pecados que ha cometido
Te lo pedimos por tu hijo, Jesús Cristo[1].

1. « Ô Macarena, Vierge de Séville, protège mon cher torero Manuel, blessé par le destin, intercède auprès de ton fils Jésus pour que l'épée sacrée du sacrifice de la bête sauvage qui dort en nous ne revienne le châtier à son tour, pour tous les péchés qu'il a commis, nous te le demandons par ton fils, Jésus-Christ. »

Virginie Barrère leur proposa de les ramener au centre-ville mais ils ne l'entendirent pas. Elle toucha doucement l'épaule de Santiago et lui dit avec délicatesse qu'il n'était pas raisonnable de passer la nuit ici, que cela ne servait à rien. Il ne réagit pas. Elle l'abandonna alors à sa transse.

En se rendant au commissariat, Rolland croisa des fêtards dormant le long des murs et sous les portes cochères. Des vomissures jonchaient les trottoirs et une odeur âcre empestait l'atmosphère. Dans leur ballet purificateur, les laveuses municipales n'avaient aucune considération pour ces épaves dans un pays où la dignité du festayre est une figure obligée. Cette douche matinale faisait sursauter les corps, qui replongeaient aussitôt dans leur marasme. Quelques rares combattants se relevaient en brandissant le poing, faisaient dix mètres en titubant puis s'effondraient en bavant.

— Quels tristes lendemains laisse le bal folâtre, lança Rolland au policier de garde, dont le visage exprima la perplexité. Les gens ne lisent plus Victor Hugo… ils ont tort.

Puis il se mit à déclamer :

— C'était un Espagnol de l'armée en déroute, qui se traînait sanglant sur le bord de la route…

— Il est mort, l'Espagnol ?

— L'hôpital ne m'a rien dit.

— Duplan m'a téléphoné trois fois depuis les urgences. Il est épuisé. Il a passé toute la nuit là-bas… Ce n'est pas son boulot, il se plaint que personne ne soit venu le relever comme la commandante Barrère l'avait promis.

— Avec les événements d'hier et la fatigue, elle a dû oublier. Vous avez le registre de main courante ? Bon, je vois que nos collègues n'ont pas chômé : deux bagarres collectives, deux bris de vitrine, une dizaine de petits vols, un cas de harcèlement sexuel sans compter la prévention d'autres infractions. Et le tableau, montrez-moi le tableau. Ah oui, je vois… Trop d'agents ont pris leur congé pendant les fêtes alors que c'est le moment où nous avons le plus de travail. C'est incroyable, ça ! Je n'ai jamais connu un tel mépris des directives durant ma carrière ! Y a du boulot pour remettre de l'ordre dans la boutique ! Demandez à Lestruhaut d'y aller.

— Mais il n'acceptera pas, ce n'est pas sa fonction ! Ils ne viennent pas dans la PJ pour faire des gardes !

— Je sais bien, mais c'est une question de solidarité avec son collègue. Demandez-lui d'y aller de ma part, je lui en serai reconnaissant. Je le relèverai très vite, dès que les agents de la voie publique auront embauché.

Une demi-heure plus tard, Barrère apparut dans l'entrée, suivie de Duplan, de l'aumônier et d'un Santiago épuisé par sa nuit de prières. Elle leur offrit un café et alla saluer Rolland. Quand elle revint, le vieil Andalou s'était assoupi sur l'épaule de l'aumônier. Elle consulta son ordinateur et répondit à quelques messages ; le cliquetis des touches le réveilla. Elle demanda au prêtre de les laisser seuls et commença son entretien.

Au début, il se montra méfiant. Mais elle parvint à l'amadouer en lui parlant espagnol et en évoquant la petite ville de Sanlucar de Barrameda, où il avait grandi. D'une voix éraillée par la fumée du tabac et les avalements propres à l'accent andalou, il raconta, les yeux perdus dans le vague :

— J'ai connu Manuel quand il avait cinq ans. J'étais le meilleur ami de son oncle Oscar. Nous avions fait ensemble les *maletillas*[1] dans les ganaderias d'Anda-

---

1. Petits sacs contenant les effets d'un apprenti torero courant les petites arènes des ganaderias pour apprendre son métier et se faire remarquer. Par extension : apprenti torero.

lousie mais nous ne possédions pas assez de relations – et peut-être de talent – pour continuer. Avec le petit, nous jouions à la corrida et à six ans, il s'entraînait déjà avec une grâce rare devant le miroir. À sept ans, il toréait ses premiers veaux ; à huit ans, des taurillons de deux ans et l'année suivante, il tuait son premier becerro. Il avait l'intelligence des taureaux, il savait deviner leur comportement, se placer. Ses gestes étaient doux, ralentissant la charge désordonnée des jeunes bêtes. C'était comme s'il les apprivoisait. Je n'avais jamais vu ça ! À douze ans, il est parti à l'école taurine de Valence, une des meilleures. Nous savions qu'il allait réussir. À quatorze ans, il a été présenté en novillada. Comme il lui fallait un valet d'épée, je lui ai proposé mes services. Il me faisait confiance depuis que son oncle Oscar avait malheureusement trouvé la mort dans un accident de moto, en revenant des arènes de Jerez.

Barrère lui proposa un autre café qu'il accepta, puis il reprit sa narration :

— Je ne l'ai plus quitté ; dans les bons comme les mauvais jours, j'étais toujours là. Sans me vanter, je crois que je le connais mieux que personne. J'étais là, à Cadiz, quand il a porté son premier habit de lumières. J'étais là, quand il est entré la première fois en novillada piquée, à la Maestranza de Séville et à Las Ventas à Madrid. J'étais toujours là, quand il a reçu son premier coup de corne et subi sa première opération.

— On dit, l'interrompit Barrère pour renforcer leur complicité, qu'on ne peut pas juger de la vraie qualité d'un torero tant qu'il n'a pas connu sa première blessure. C'est vrai ?

— Bien sûr que c'est vrai ! Avant, on peut évaluer les dispositions naturelles du gamin, mais c'est après qu'on peut savoir s'il a véritablement l'aficion. Car il faut du courage, de la ténacité pour rester devant ces bêtes qui ne vous épargnent aucune erreur, pour exposer vos couilles et vos fémorales à ces cornes qui ne rêvent que de vous embrocher. Beaucoup de types qui ont connu la blessure ne retrouvent plus le *sitio*[1], la peur les tétanise. Cela ne se voit parfois qu'à des détails, la main crispée sur la cape qui rend votre geste plus rigide, la manière de tenir la muleta au bout du bâton pour éloigner le taureau, la tendance à moins se croiser, à moins *aguanter*[2], à moins planter ses pieds dans le sol.

— Parlez-moi encore de votre relation avec lui.

— J'étais à ses côtés quand il a pris son alternative à Malaga, mais aussi pendant le trou noir qui a suivi, pendant ces longs mois où les contrats n'arrivaient plus, où tout le monde l'avait oublié, où il déprimait et où il fallait pourtant continuer à s'entraîner pour ne pas perdre les sensations. J'étais là, à Murcia, quand les deux autres matadors se sont blessés et qu'il a dû tuer quatre taureaux. Je l'ai accompagné en Amérique latine pour sa première tournée triomphale à Manizales, Quito, Lima et pour l'apothéose à la Monumental de Mexico, où il coupa deux oreilles. J'étais là, à Nîmes, quand il a « pardonné la vie » pour la première fois à un taureau.

Il fit ainsi défiler tout le film de leur aventure commune – le maestro devant, droit, élégant, la face lumineuse, recevant les ovations de la foule et les fleurs de la gloire et lui, invisible, chargeant et déchargeant la voiture, transportant le matériel, courant courbé dans le callejón pour anticiper les besoins de son maître avec une inaltérable dévotion.

— Pourriez-vous me parler maintenant de sa vie personnelle ?

1. Le bon placement.
2. Attendre de façon immobile le taureau.

L'homme sembla gêné. Il dodelina de la tête et finit par confier que la vie personnelle de Manuel lui appartenait, qu'elle ne regardait personne. C'était quelqu'un de discret et il s'était toujours méfié de ces chacals, de ces espions, prêts à tout pour faire du fric. Barrère lui rappela que les policiers n'étaient pas des paparazzis et qu'elle avait besoin d'explorer toutes les pistes, y compris celle de la vie personnelle d'Alba pour trouver celui ou ceux qui avaient voulu le tuer.

— Comprenez-moi, vous êtes un témoin précieux de sa vie, vous devez m'aider. Il aimerait probablement que vous coopériez. Vous savez probablement beaucoup de choses qui pourraient nous être utiles. Et en plus vous étiez présent sur les lieux du crime.

— Vous m'accusez ?

— Non, pas du tout, rassurez-vous. Mais après tant d'années à ses côtés, tant d'épreuves surmontées, tant de voyages, de fatigues, de moments de bonheur partagés, vous avez peut-être remarqué un détail, qui sur le moment ne vous a pas frappé mais qui, avec le recul…

— Oui, j'ai remarqué que c'était le bordel dans le patio de caballos. Il y avait trop de monde et beaucoup de gens qui ne faisaient pas partie du milieu. Ils m'ont gêné pour décharger la voiture et j'ai été obligé de les engueuler pour pouvoir acheminer les bagages dans le callejón. Et là c'était pareil, il y avait trop d'imbéciles qui ne savaient pas où se mettre et qui obstruaient le passage.

— Vous pensez que le criminel a pu se glisser parmi eux ?

— J'en suis sûr.

— Vous suspectez quelqu'un en particulier ?

— Oui, les organisateurs. Ils n'ont pas assez filtré les entrées et je suis sûr que des gens qui nous veulent du mal ont réussi à se glisser dans le patio.

— Qui vous veulent du mal ?

— Pas à nous personnellement, mais qui veulent du mal à notre art.

— Donc vous écartez l'hypothèse d'une vengeance personnelle ?

— Mais bien sûr ! Il y a beaucoup de jalousies, de chicanes dans notre milieu mais personne, pas même les gitans, ne seraient capable de faire une chose pareille, de salir ainsi notre passion.

— Pourquoi dites-vous « pas même les gitans » ?

— Ils ont le sang un peu plus chaud que les autres et l'honneur à fleur de peau… mais ce sont de grands sentimentaux.

— Vous pensez à qui, alors ?

— À ces fanatiques qui nous harcèlent, qui veulent nous enlever notre seule raison de vivre.

— Admettons ; mais comment auraient-ils fait pour se procurer une épée ?

— En tout cas, j'ai vérifié, il n'en manque aucune dans ma panoplie. Vous avez contrôlé l'équipage des autres toreros ?

— Avant même la fin de la corrida, deux policiers sont allés dans le callejón et ont vérifié. Les valets d'épée ont certifié que toutes les épées étaient là. Il semble donc que l'agresseur ait apporté la sienne. Une idée me vient : comment sont-elles fabriquées ? Portent-elles des signes distinctifs ?

— Beaucoup de toreros achètent leurs épées à Tolède. C'est depuis le Moyen Âge la ville la plus fameuse pour le travail de l'acier. Il existe un grand nombre de fabriques. Nous travaillons depuis toujours avec Jose Luis Moreno. Il nous fait des estocs parfaits, très solides et bien courbés, à la pointe dure et pénétrante, et fabrique des poignées ergonomiques bien adaptées à la main de Manuel. Le règlement permet qu'ils fassent jusqu'à quatre-vingt-huit centimètres, mais le maestro n'étant pas très grand, il préfère commander des outils de quatre-vingt-quatre ; ils lui semblent plus maniables.

— Donc si je comprends bien, on peut distinguer les épées entre elles selon leur longueur et leur provenance ?

— Oui, tous les bons fabricants gravent leurs noms sur l'acier. Mais il y a aussi des reproductions qui se vendent aux touristes désireux de ramener un souvenir de Tolède. Alors là, c'est plus compliqué de savoir d'où elles proviennent.

— Et ces imitations peuvent tuer ?

— Je ne sais pas. Mais si elles sont en acier, même de mauvaise qualité, elles peuvent certainement occasionner de graves blessures.

— Un autre élément insolite à signaler ?

— Non… ou plutôt si, j'avais oublié : avant d'habiller le maestro, je prépare la chambre, je dispose sur le lit les chemises à jabot, le slip, les jambières, les bas blancs, les bas roses, les caleçons, la coleta, la cravate, la ceinture de soie, enfin tout le barda. Ensuite, je tamise la lumière et j'allume une bougie qui brûle tout le temps de la course. Devant elle, je dispose l'image de la Macarena, des médailles et des croix auxquelles il est attaché. Quand il s'est levé, il a regardé la Vierge et m'a demandé de placer à côté d'elle celle de Lourdes. Il a dit en rigolant : « Les ondes andalouses ne passent pas les Pyrénées, il faut se mettre sous la protection d'une Vierge locale. » Je suis allé à la réception où le patron m'en a procuré une. C'est là que j'ai fait une erreur. Je n'ai pas pensé à allumer une seconde bougie pour que chaque Vierge ait la sienne. Sans cet oubli, peut-être aurait-on évité ce cauchemar.

La commandante ne put rien tirer de plus de son interlocuteur. Elle lui demanda ce qu'il comptait faire, s'il allait rentrer chez lui. Il lui répondit vertement que ce n'était pas imaginable, qu'il resterait près de Manuel jusqu'à ce qu'il se réveille, qu'il irait demander l'hospitalité au presbytère, qu'il ferait l'aumône à la sortie des églises s'il le fallait, mais qu'il resterait. Sa vie était là, auprès de lui, elle n'avait aucun sens ailleurs. La policière lui tendit sa carte de visite professionnelle et lui demanda de l'appeler s'il se souvenait de quelque chose ou voulait avoir des informations sur l'évolution de l'enquête.

Peu de temps après le départ de Santiago, l'apoderado et les péons se présentèrent au commissariat. Despiau et Wlérick aiguillèrent les péons dans leurs bureaux respectifs en prenant bien soin de les recevoir séparément, tandis que Barrère s'occupa du fondé de pouvoir. Avant même qu'elle lui ait posé une seule question, ce dernier incrimina la responsabilité des organisateurs.

— On rentre dans le patio de caballos comme dans un moulin. Il y a deux types qui filtrent l'entrée, mais il suffit d'une bousculade – quand les toreros rentrent avec leur escouade d'admirateurs voulant les photographier par exemple – pour que le passage devienne vite incontrôlable.

— Vous n'avez rien vu ?

— Mon boulot est relationnel. Je dois discuter avec les journalistes et les organisateurs de corridas ; je ne suis pas chargé de la sécurité de mon poulain. Les péons restent en général assez près de lui pour satisfaire ses besoins avant l'entrée en piste.

— Comment expliquez-vous qu'Alba soit allé se recueillir dans la chapelle ?

— Écoutez, je n'en sais rien. Il y avait un tel bazar à l'entrée qu'il a sans doute eu besoin d'un peu de calme.

— À votre avis, qui pourrait vouloir du mal à votre protégé ?

— Le danger vient moins des taureaux que de ceux qui veulent soi-disant les défendre. Ils ne comprennent pas que ces taureaux n'existeraient pas sans les corridas. Ce sont des bêtes magnifiques, dont la production demande beaucoup de patience, de doigté, et qui coûtent beaucoup d'argent. Rendez-vous compte qu'une bête ne devient rentable qu'au bout de quatre ou cinq ans. En attendant, il faut payer le personnel, faire les investissements nécessaires pour s'approvisionner en eau et compenser la sécheresse galopante qui touche le Sud de l'Espagne, produire les aliments protéinés que l'insuffisance de la végétation ne peut leur apporter, investir dans la recherche pour améliorer les qualités du troupeau, rendre les bêtes plus belles, plus nobles, plus résistantes. C'est une alchimie délicate : à la fois garder l'instinct sauvage, agressif, de l'animal et le rendre suffisamment maniable pour permettre à l'artiste de montrer son savoir-faire. Si l'on supprimait la corrida, comme l'ont fait ces coños de Catalans, il n'y aurait plus de taureaux. L'espèce disparaîtrait, on n'élèverait plus que des bœufs pour la boucherie.

— C'est vrai que le combat des animalistes est paradoxal, commenta Barrère pour gagner sa confiance. Le risque est grand que la suppression de la corrida conduise à celle de ce type de taureaux.

— Et puis, ce serait une catastrophe financière ! C'est une activité économique qui nourrit des dizaines de milliers de personnes : les maestros, leurs cuadrillas, leurs agents, les entreprises organisatrices, les ouvriers agricoles, les fabricants de vêtements, de capes, d'épées, d'affiches, de billets, les éditeurs, les écrivains, les cinéastes, les photographes, et j'en passe. Vous savez combien vaut un bon taureau de combat ? C'est un animal de luxe qui peut coûter jusqu'à 25 000 euros. Ce n'est pas en vendant sa viande qu'on parviendrait à un tel chiffre.

— Qu'est-ce qui vous fait penser que la tentative de meurtre de votre protégé soit le fait des anti-taurins ?

— Pour moi, c'est la seule explication possible... Je n'imagine pas que des islamistes radicaux aient pu concevoir un truc pareil. Ils ne connaissent rien à nos usages.

— Mais les anti-taurins pas davantage.

— Détrompez-vous ! Il y a des convertis, des types qui étaient aficionados et qui, pour des raisons mystérieuses, sont devenus d'ardents opposants à la corrida. Ils ont la même rage que les alcooliques anonymes contre l'alcool, les anciens addicts au poker contre le jeu, les curés défroqués contre l'église. Ce sont les plus dangereux. Ils n'ignorent rien de nos pratiques, de nos symboles, de nos rituels et peuvent passer inaperçus.

— Vous en connaissez personnellement ?

— Oui, à commencer par mon neveu. Tout petit, il assistait aux *tientas*[1], toréait de petits veaux et puis il est allé faire des études de droits humains à Madrid. Je ne sais pas qui lui a tourneboulé la tête, mais maintenant, c'est un de nos plus farouches détracteurs.

— Tuerait-il un torero ?

— Non, il est opposé à toute forme de violence.

Barrère laissa flotter un long silence pendant lequel l'agent du torero put réfléchir. Il finit par admettre que la plupart des opposants à la corrida n'étaient pas violents, mais n'excluait pas l'action d'un type exalté et fragile psychologiquement, qui pourrait être victime du climat hystérique régnant désormais autour des arènes.

1. Combat au cours duquel on teste les qualités de courage des vaches ou des étalons de l'élevage.

*

De leur côté, Despiau et Wlérick eurent le sentiment de n'avoir pas appris grand-chose. Les allégations des péons étaient dénuées de toute précision factuelle. Tous disculpaient le milieu taurin et tentaient d'orienter l'enquête vers les milieux animalistes. Pas un seul n'accepta d'évoquer la vie personnelle du maestro. Seul l'un d'entre eux confia à Despiau qu'il était tracassé depuis quelques jours par des appels téléphoniques répétitifs qui apparemment l'irritaient. Rolland les incita vivement à se rendre à l'hôtel du torero et à fouiller sa chambre pour trouver son téléphone.

En y pénétrant, ils trouvèrent Santiago en train de plier et de ranger les tenues d'Alba dans d'amples valises. Ils lui demandèrent sans détour où se trouvait le téléphone de son maître :

— Je ne sais pas, répondit Santiago. Vous savez, Manuel est un homme de son temps et il ne s'en sépare jamais. Il a l'habitude de l'emmener aux arènes. Il lui arrive même d'envoyer ou de recevoir des appels quelques minutes avant le paseo. Il me le confie au dernier moment, juste avant de rentrer sur la piste.

— C'est ce qui s'est passé hier ? s'enquit Barrère.

— Non. Il me l'aurait certainement donné en sortant de la chapelle s'il n'avait pas été agressé. Le téléphone doit encore s'y trouver.

— Notre équipe technique ne l'a pas vu.

— Avez-vous regardé aux pieds de la Macarena ? Un jour, il me semble que c'était à Teruel, il l'a oublié devant la statue de la Vierge.

Les trois policiers inspectèrent les valises et la chambre à la recherche d'éventuels indices qu'ils ne trouvèrent pas. Par acquit de conscience, Despiau retourna à la chapelle. Les préparatifs de la corrida du jour commençaient, mais les scellés étaient toujours posés sur la porte. Il les fit délicatement sauter et se mit à inspecter soigneusement les lieux en portant une attention particulière à la madone. Il se mit à la palper, en vain, sous toutes les coutures, en ayant le sentiment de commettre un sacrilège.

En sortant, il remit les scellés en place puis bavarda avec un organisateur à propos des caméras de surveillance. Celui-ci lui apprit qu'il en existait trois : la première située à l'ouest des arènes, la deuxième au-dessus de la porte centrale et la troisième embrassant l'entrée du patio, dont il demanda que la bande soit apportée le plus rapidement possible au commissariat. Il s'entretint ensuite avec les agents de sécurité qui remplaçaient l'équipe de la veille et qui ne pouvaient donc rien lui révéler.

Le commissaire Rolland rassembla de toute urgence son équipe pour lui dévoiler le contenu du message envoyé par la procureure :

— Je vous ai réunis pour vous annoncer le décès du torero Manuel de Alba. Malgré les efforts des chirurgiens, il n'a pas survécu à ses blessures. Vous savez ce que cela signifie ? Tous les projecteurs nationaux et internationaux vont être braqués sur Mont-de-Marsan et sur notre enquête. On va se retrouver en pleine lumière ; on ne peut pas se rater. C'est peut-être la plus belle affaire que nous aurons à traiter dans notre carrière. Alors je compte sur l'engagement et le dévouement de chacun d'entre vous pour élucider au plus vite ce meurtre. Inutile de vous préciser que Madame Laborit a déjà sa hiérarchie et le préfet sur le dos. Elle me demande donc de mettre le paquet sans plus attendre. La commandante Barrère, qui connaît mieux que moi le contexte taurin, va faire un point avec vous sur la situation et définir la stratégie d'enquête.

— Je tiens d'abord à vous avertir des dangers qui nous guettent. Alors que d'habitude, nous faisons notre métier dans l'indifférence générale, ou du moins dans une certaine invisibilité, dans cette affaire, nous allons nous retrouver en permanence sous les feux des médias. Des journalistes français mais aussi espagnols, qui vont faire le siège du commissariat et nous suivre partout comme des morts de faim. Regardez par la fenêtre, il y en a déjà qui ont pris position. Ils épieront nos moindres initiatives, voudront nous soutirer des informations, interprèteront nos attitudes, décortiqueront nos propos. Aussi, je vous demande le plus grand professionnalisme et la plus grande discrétion dans vos paroles et dans vos actes. La plus infime confidence pourrait irrémédiablement menacer la recherche de la vérité. Cette exigence s'applique naturellement à tous vos proches. C'est souvent par nos conjoints, nos enfants ou nos amis de bistrot et de sport que fuitent les informations. Les journaleux expérimentés le savent. Alors, je vous en prie, de la retenue.

Rolland hocha la tête pour donner du poids à cette assertion et porta particulièrement son regard sur Despiau qui, connaissant toute la ville, avait une fâcheuse tendance à diffuser généreusement la chronique des affaires en cours. Puis il demanda toute leur attention aux jeunes Lestruhaut et Duplan, distraits par le manège des caméramans et des preneurs de son qui s'installaient sur le parvis du commissariat. Barrère s'approcha du tableau papier et continua :

— Voici les éléments que nous possédons pour l'instant. Les premières constatations faites par le médecin sur le corps de la victime font apparaître une lésion de la colonne vertébrale ainsi que de profondes perforations du poumon droit, provoquées par la pointe d'une épée. Nous en saurons peut-être un peu plus avec les résultats de l'autopsie. Espiet va vous expliquer le résultat de ses investigations dans la chapelle.

Le responsable de l'équipe technique exposa :

— Nous n'avons pas fini nos analyses mais ce qu'on peut déjà dire de façon certaine, c'est que l'épée retrouvée sur le sol est légèrement courbe, comme le sont celles des toreros. Elle mesure quatre-vingt-six centimètres de long, sur la lame en acier figure un poinçon de la fabrique Bermejo, de Tolède. Sur la poignée, dont la forme est semble-t-il classique, nous avons relevé des empreintes qui pourront être comparées avec celles de suspects potentiels.

— Merde, s'exclama Barrère, nous avons oublié de relever celles du valet d'épée, des péons et de l'apoderado. Lestruhaut et Duplan, à la fin de la réunion, vous me les trouvez immédiatement, avant qu'ils ne s'évanouissent dans la nature.

— Mais je n'ai pas dormi de la nuit, j'aimerais me reposer un peu… gémit Duplan.

— D'accord, tu vas dormir un peu, mais il faut que tu sois d'attaque cet après-midi. Lestruhaut, tu feras ça tout seul. D'après les dires du valet, les épées du maestro sont faites sur mesure chez José Luis Moreno. Elles mesurent quatre-vingt-quatre centimètres et ont des poignées sur mesure. Donc, celle qui aurait servi à tuer Alba ne serait pas la sienne. Elle a pu être volée dans le stock d'épées des autres toreros.

— J'ai vérifié hier, répondit Lestruhaut. Les deux autres valets d'épée m'ont affirmé qu'il ne leur manquait rien. Ils m'ont montré tout leur arsenal et j'ai pu contrôler leurs marques. Celles d'Alameda venaient de chez Jesús Banderas, celles d'Elusa de chez Jean Marie Suarez, un fabricant nîmois. Mais je n'ai pas pensé à mesurer les longueurs ni à observer attentivement les poignées.

— Qui vous dit qu'ils disent la vérité et qu'ils n'ont pas apporté dans leur attirail une épée supplémentaire ? questionna Rolland.

— Oui, bien sûr, ce n'est pas impossible, marmonna Lestruhaut.

— Autre hypothèse, reprit Barrère, l'agresseur a pu la transporter sur lui.

— Pas facile de rentrer avec un truc de près de quatre-vingt-dix centimètres sur soi en tenue d'été. Je suppose que les contrôleurs de l'entrée l'auraient vu, commenta Maylis Wlérick. Ou alors, le tueur était grand, vêtu d'une cape ou d'une jupe longue… mais sa tenue aurait attiré l'attention non ? Il aurait été plus facile à l'agresseur de commettre son acte avec une *puntilla*[1]. S'il a utilisé l'épée, c'est qu'il voulait nous dire quelque chose.

— Mais alors, ce pourrait être une femme ! s'exclama Despiau avec l'air ébloui de quelqu'un venant d'apercevoir la Vierge se baignant nue dans les eaux de la Midouze.

— Oui, à condition qu'elle soit sportive ! Car pour manier et planter cette épée dans un espace aussi réduit – il n'y a que très peu de recul dans cette chapelle –, il faut une certaine force, précisa Espiet.

— Et peut-être une certaine pratique, ajouta Barrère. Car on ne se sert pas d'un tel engin aussi facilement.

— Je n'y connais rien, intervint Rolland, mais je trouve pertinente la réflexion de Maylis. Le tueur a châtié le torero de la même façon que celui-ci a mis à mort des milliers de taureaux au cours de sa longue carrière. Nous devrons prendre en compte cette dimension symbolique. Mais finissons-en avec les informations techniques. Espiet, continuez je vous prie.

— Je dois vous préciser aussi que le mot *cabron* n'a pas été tracé avec le sang de la victime, mais au moyen d'une peinture dont la couleur imite étonnamment bien celle du sang. Il est difficile d'envisager une analyse graphologique précise, car ce type de technique gomme les particularités du traçage. Ensuite, inutile de vous dire que nous avons relevé un nombre considérable d'empreintes de pas, qui se chevauchent tant que leur identification est impossible, des empreintes de doigts

1. Poignard avec lequel on achève le taureau après le coup d'épée.

sur le prie-Dieu et même des cheveux sur le sol. Mais là encore, rien de significatif, leur présence n'étant pas forcément liée avec le passage à l'acte meurtrier. Enfin, comme Despiau l'a vérifié aujourd'hui, nous avons passé au peigne fin toute la pièce et le téléphone évoqué par le valet d'épée ne s'y trouve pas. Il aura sans doute été soustrait par le ou les tueurs, pour ne pas laisser de traces. Ce qui laisse peut-être à penser qu'il était préalablement entré en communication avec la victime, qu'il existait un lien antérieur entre eux.

— Je vous remercie, Espiet, pour ce travail sérieux et précis. Une dernière chose, avez-vous un avis sur le nombre des agresseurs ?

— Vu l'étroitesse des lieux et le manque de discrétion qu'auraient constitué les allées et retours de deux personnes par la porte exigüe de la chapelle, dans un couloir bondé de gens, je penche pour un homme seul.

Barrère fit ensuite la synthèse des différents témoignages récoltés à la sortie des arènes ainsi que des auditions du matin réalisées au commissariat. Elle rappela que personne ne pouvait témoigner d'un fait, d'un geste, d'un propos pouvant éclairer les événements et que la presque totalité des interlocuteurs incriminaient les anti-taurins. Certes, aucun incident de cette nature ne s'était encore produit, mais le fanatisme croissant de certains d'entre eux laissait à craindre de graves incidents.

Elle proposa donc de commencer par l'exploration de la piste anti-taurine. Il fallait s'informer sur les divers groupes composant ce mouvement, rechercher ceux qui étaient présents la veille autour des arènes, identifier leurs membres et recueillir des renseignements sur ceux qui auraient été susceptibles de commettre le meurtre. Il fut décidé que Maylis se chargerait d'amasser le maximum d'informations sur internet et que Lestruhaut et

Duplan observeraient in situ les groupes et, au besoin, s'immisceraient discrètement dans leurs manifestations.

Puis elle demanda à l'équipe de formuler d'autres propositions. Devant le mutisme général, Rolland se permit de prendre la parole, tout en relativisant une nouvelle fois ses propos par l'aveu de son ignorance culturelle en tauromachie :

— Je trouve suspect l'unanimisme du monde taurin pour accuser les seuls contempteurs (ce qualificatif parut visiblement énigmatique à certains) de la corrida. Je m'étonne également de l'omerta des proches du matador pour aborder sa vie personnelle. Je rappelle, au cas où vous l'auriez oublié, que les recherches criminologiques nous apprennent que l'énorme majorité des meurtriers se trouvent dans l'environnement proche des victimes.

— Oui, vous avez raison, ajouta Barrère, mais je dois vous avouer que je ne privilégie pas cette hypothèse. Le milieu taurin est certes agité par des inimitiés et des haines farouches, mais jamais dans son histoire il n'a connu un tel drame. Le moment serait mal choisi, alors qu'il est la cible de vives critiques, de donner des preuves publiques de la violence qui y règne.

Rolland, peu convaincu par cet argument, insista pour que la vie du torero soit passée au peigne fin. Il était nécessaire de connaître sa vie sentimentale, de recenser ses amis proches, de trouver des informations sur sa fortune, son train de vie, son implication dans le monde des affaires, d'identifier ses ennemis ou les personnes avec lesquelles il était ou avait été en conflit. Pour ce faire, Barrère et Despiau s'engagèrent à auditionner de nouveau la cuadrilla, l'apoderado et les proches, à leur soumettre la liste de tous les individus répertoriés à la sortie des arènes, à faire l'organigramme du réseau relationnel d'Alba.

Espiet ajouta que son service analyserait attentivement les images de la caméra de vidéoprotection surveillant l'entrée et la sortie du patio, et jetterait un œil sur les autres. Enfin, il suggéra de mobiliser tous les photographes taurins accrédités par les organisateurs, afin qu'ils fournissent tous les clichés réalisés dans le patio ou le tunnel dans les minutes précédant le paseo.

ALTÉRITÉS

Rolland et Barrère savaient que désormais, ils n'avaient pas droit à l'erreur. Il leur fallait affronter l'impatience des autorités, des médias et de l'opinion, mais aussi le jugement de leurs collègues, toujours prompts à déprécier leurs égaux. Si l'âge encore tendre de Virginie Barrère n'avait pas étanché sa soif d'adrénaline, celui d'Antoine Rolland, venu dans le Sud pour couler des jours paisibles, s'accommodait moins bien de ce contexte stressant. Ils réfléchissaient en silence à l'organisation des opérations quand Rolland s'adressa, presque timidement, à sa consoeur :

— Je peux vous demander quelque chose ? Je ne comprends pas très bien comment vous pouvez supporter les corridas.

— J'admets tout à fait que ce spectacle puisse vous rebuter. Il peut paraître barbare aux non-initiés. Moi, je suis tombée dans la marmite toute petite alors je ne fais pas d'anthropomorphisme, je ne regarde pas les choses avec les yeux du taureau, je n'éprouve pas ses souffrances quand il reçoit le châtiment de la pique, je ne ressens pas les brûlures des banderilles, je n'agonise pas avec lui sous l'effet de la lame qui le transperce. Je suis fille de paysan. Alors depuis mon plus jeune âge, j'ai côtoyé les bêtes, je les ai vues naître et mourir, j'ai tenu les volailles dont ma mère tranchait le cou, j'ai vu partir les veaux et les vaches à l'abattoir, j'ai assisté au tue-cochon. Ces expériences m'ont sans doute vaccinée contre une trop grande sensibilité à la souffrance animale. Et puis, plus tard, j'ai écarté les vaches landaises dans les arènes de mon village. En jouant avec elles, j'ai vite compris qu'elles ne me voulaient aucun bien. Quand vous êtes au centre de la piste, sans armes, les bras levés face à cette boule de muscle qui vous fonce dessus pour vous pulvériser, que vous voyez ses yeux noirs vous fixer méchamment, vous n'avez qu'une envie : fuir ce cauchemar dans lequel vous vous êtes plongé. Mais partir trop tôt vous condamnerait, la bête étant plus rapide que vous ; alors il faut la regarder, l'attendre, l'attendre, jusqu'au dernier moment et puis la feinter, faire mine de l'emballer vers la gauche et hop tourner votre corps vers la droite, la frôler en évitant de vous faire empaler par son coup de tête. Mais je m'égare, pourquoi est-ce que je vous dis cela ?

— Vous êtes courageuse !

— Disons, un peu garçon manqué. Mais dans nos villages, c'est un bon moyen pour se faire respecter.

— Et vous n'avez jamais toréé ?

— Juste pour m'amuser, deux ou trois fois. Pour mes trente ans, j'ai organisé une fête chez mon cousin Jean qui possède une ganaderia à Escalans, où il a construit de petites arènes. Vous le connaissez peut-être. C'est un personnage haut en couleur. Il parcourt toutes les fêtes en tenue de berger landais perché sur des échasses, il raconte beaucoup de gasconneries et il chante *la Cazérienne*, l'hymne des écarteurs.

— Non, je ne crois pas l'avoir croisé.

— Avec les capes et les muletas qu'il nous a fournies, nous nous sommes beaucoup amusés avec de très jeunes taureaux. Mais je préfère les feinter à corps nu, c'est plus facile. L'usage de la cape demande une technique incroyable. C'est vraiment un art.

— Quand on a baigné dans ces jeux taurins, ça doit être évidemment plus facile de comprendre les subtilités de la corrida… mais la mise à mort, vous ne trouvez pas ça violent ?

— Comment vous expliquer ? Si, bien sûr, c'est violent. Comme je vous l'ai dit, je n'analyse pas la situation du point de vue du taureau mais de l'homme. Je frémis avec lui, je pense avec lui à la meilleure manière de calmer l'agressivité de son adversaire, je tente de résoudre l'énigme que représente cette force brute qui veut le détruire et l'envoyer valser dans les gradins.

— Oui mais tout ce sang, cette agonie publique, on ne pourrait pas en faire l'économie ?

— Les Portugais le font. Ils tuent le taureau à l'abri des regards, d'un coup de pistolet dans le patio de caballos.

— C'est moins choquant, certes, mais on ne pourrait pas se passer de la mort ?

— Si je voulais être provocatrice, je vous dirais que nous nous passerions tous de la mort, mais que tel est notre destin. Il est vrai que notre société ne veut pas la regarder en face ; il faut rester jeune, alerte, beau, et dès le dernier souffle rendu, se faire brûler sans laisser de trace pour ne pas déranger le confort des vivants.

— Ce n'est pas faux.

— Pour les aficionados un peu intellos, la corrida est une métaphore, la victoire de la culture sur la nature. La vie reste un combat et il n'y a pas de guerre propre, sans victime.

— C'est une vision un peu cynique, vous ne trouvez pas ?

— Peut-être, mais le spectacle du monde ne me rend pas optimiste. Le bonheur des uns se fait souvent au prix de la souffrance des autres. Les équilibres gagnant-gagnant ne sont que foutaises. La démocratie n'est jamais parvenue à dissoudre les rapports de force et je crois, hélas, qu'elle n'y parviendra jamais.

— Votre discours justifie parfaitement la mission de la police ! Mais cette société est suffisamment violente pour ne pas en rajouter avec des spectacles sanglants, non ?

— La vérité, c'est que je n'aime pas voir le taureau mourir. Pour moi, une bonne mort doit intervenir instantanément et sans effusion de sang. Lorsque l'agonie s'éternise, je ne regarde pas, je discute avec mes amis, j'attends que ça passe. En général, la foule siffle les matadors qui tuent mal, les picadors qui vrillent leurs piques pour produire des bouillonnements de sang. Contrairement à ce que disent leurs adversaires, les aficionados n'éprouvent aucune jouissance dans le spectacle de la mort.

— Quand j'étais petit et que nous rentrions la nuit en voiture à la maison par de petites routes, le grand jeu de mon père était d'aveugler les lapins dans les phares de la voiture et de les percuter. Évidemment, nous prenions le parti du lapin contre notre père. Il justifiait sa chasse par le souci de nourrir sa famille. Nous ne l'avons jamais cru. Pour lui, c'était un jeu. Mais je me suis toujours demandé s'il aurait éprouvé autant de plaisir à attraper des lapins mécaniques. J'ai l'impression que non, sans quoi les ball-traps auraient asséché le peloton des chasseurs. Il existe probablement une jouissance particulière, indicible, à donner la mort et quand je déplore la mise à mort des taureaux, je questionne cette jouissance morbide. Mais je vois que le temps passe. Nous reprendrons ce débat plus tard.

*

Pendant ce temps, Maylis Wlérick cherchait sur son ordinateur des informations pouvant la conduire sur la piste des mouvements anti-taurins. Elle tomba d'abord sur une sorte de mémoire, publié par une militante, qui faisait une description extrêmement précise des arènes de Mont-de-Marsan et relatait un incident survenu dans une église de la ville.

La militante et ses amis avaient appris, par le journal local, l'existence d'une procession dominicale partant de l'église et conduisant la statue de Sainte Madeleine jusqu'à la chapelle des arènes. Pour dénoncer la collusion, pour eux inadmissible, entre le clergé et le rituel païen de la corrida, ils avaient décidé de porter le fer sur le lieu de culte. Leur intention n'était pas de perturber le déroulement de la messe, mais d'afficher leur désapprobation en arborant, pendant l'office, de grandes photos de bêtes ensanglantées. Mais le curé n'avait pas admis leur présence et les avait chassés de l'édifice.

Une fois la cérémonie terminée, la narratrice s'était jointe incognito à la procession pour en observer le déroulement. Deux alguazils à cheval ouvraient la voie. Ensuite, venait la statue de la sainte placée sur un catafalque soutenu par quatre porteurs. Ses seins étaient largement dénudés, comme pour rappeler le statut de prostituée que lui avaient attribué certains exégètes. Elle tenait en ses mains le vase empli du parfum dont elle avait répandu le contenu sur les pieds du Christ. Venait ensuite une vingtaine de musiciens de l'orchestre montois, derrière lesquels déambulaient les mules de l'arrastre, les trois reines de la fête, les élus et notables municipaux vêtus de blanc et de bleu. Puis le public fermait la marche. Tout ce beau monde avait cheminé jusqu'aux arènes et pénétré dans le patio de caballos (on en voyait sur le blog de multiples photos).

Après l'installation de Madeleine au-dessus de la porte d'entrée de la chapelle, l'évêque des Landes, spécialement venu de Dax pour l'occasion, avait prononcé des paroles pieuses en esquissant des gestes sacramentels. Une fois le discours terminé, la militante s'était faufilée à l'intérieur de la chapelle, dont elle donnait une description très précise. Son attention avait été particulièrement attirée par la statue de la Macarena, le prie-Dieu, l'autel fleuri, le portrait du Christ couronné d'épines, et le texte de la « prière des toreros » que tenait entre ses bras un moine à la peau sombre. Intriguée par sa présence, elle avait découvert sur internet qu'il s'agissait de Saint Martin de Porrès, né au Guatemala d'un père espagnol et d'une mère indienne. La bonté exemplaire de ce bienheureux s'exprimait auprès des pauvres, mais aussi des animaux qu'il soignait. Elle avait en conséquence trouvé indigne d'associer ce bienfaiteur de la cause animale au sacrifice des taureaux.

Ce témoignage intéressa les policiers. Despiau y vit la preuve d'un assassinat. Selon lui, l'acte criminel avait été prémédité et soigneusement organisé par ces gens-là. Barrère calma ses emportements en constatant que l'auteure du reportage, sauf à être d'une naïveté insondable, ne l'aurait pas rendu public si son intention avait été malveillante.

— De surcroît sous son nom, ajouta Wléryck qui avait vérifié qu'elle n'avait pas utilisé de pseudo pour signer son travail.

Par contre, les informations qu'elle livrait avaient pu être utilisées par l'assassin. Lestruhaut proposa alors de convoquer l'auteure du blog. Mais Rolland jugea cette initiative prématurée. Il fallait, à son avis, en savoir un peu plus sur ces militants avant de prendre contact avec eux.

*

Quand Lestruhaut et Duplan se rendirent en fin d'après-midi autour des arènes pour observer les manifestants et s'immiscer discrètement parmi eux, ils furent déçus par leur faible nombre et leur passivité. Une petite trentaine de personnes silencieuses brandissaient des panneaux au début de l'avenue Georges Dubos. L'accès aux arènes leur était interdit par un peloton de CRS dépêché ici à titre préventif. Le préfet redoutait autant l'agressivité des animalistes que la tentation de certains aficionados d'exercer une forme de vengeance à l'égard de ceux qu'ils considéraient comme responsables de la mort d'Alba. Car la nouvelle de l'issue fatale était maintenant publique et la tension autour des arènes du Plumaçon était palpable.

Tandis que Duplan se dirigeait vers les arènes pour contacter les photographes accrédités, Lestruhaut tenta de se faire passer pour un journaliste et questionna quelques personnes, à moitié nues et barbouillées de peinture rouge, sur leurs sentiments à propos du crime de la veille. Mais personne n'accepta de lui répondre. Il entendit cependant une voix anonyme mâchouiller quelque chose comme « il l'a bien cherché » et « il a été puni par où il a péché ». Il nota que les T-shirts arborés par certains militants portaient l'acronyme CLAC et prit en photo une affiche bleue et blanche représentant un taureau et sur laquelle on pouvait lire : « Mont-de-Marsan, ville de torture. »

En naviguant sans relâche sur la toile, Maylis Wlérick découvrit un monde dont elle ignorait tout. Elle avait pris conscience de son existence en découvrant que le parti animaliste avait réuni autant de votants aux élections européennes que le parti communiste. Au pays de la chasse à la palombe, à la bécasse, à l'ortolan, et des jeux d'arènes, ces gens représentaient une menace contre les traditions culturelles constitutives de l'identité locale. Aussi Maylis, originaire de Chalosse, dut faire un effort considérable pour se distancier de ses conditionnements éducatifs et laisser sa curiosité flotter sans jugement sur les sites. Rolland, qui passait dans son bureau, le lui rappela. Son objectif était de recueillir le plus d'informations possible sur ce monde dans le but d'en comprendre l'organisation, les modes d'action et d'identifier ses éléments les plus vindicatifs.

Elle se rendit compte rapidement que ce microcosme était fracturé. Dans la nébuleuse animaliste prospéraient une infinité de chapelles, dont il était difficile au profane de distinguer les nuances. Afin de gagner du temps, elle laissa de côté les associations généralistes (Front de libération des animaux, Fondation 30 millions d'amis, Fondation Brigitte Bardot, One voice, Peta France, etc.) et se concentra sur les organismes spécialisés dans la lutte anti-corridas. Elle isola dans un premier temps le CLAC (Comité de lutte anti-corridas), l'AAC (Amicale anti-corridas) et des mouvements plus régionaux comme l'Arène joyeuse ou Vifs dans l'après-midi. Elle en tira quelques enseignements qu'elle organisa en trois rubriques : philosophie, revendication et mode d'action.

La philosophie de l'ensemble des groupes était assez proche. Tous avaient pour objectif la protection de la vie animale et certains portaient également l'accent sur la protection de l'enfance et de la vie humaine. Ils se réclamaient, plus ou moins confusément, de la cause écologique ; mais si certains se cantonnaient à des arguments philosophiques, d'autres, plus rares, s'inscrivaient dans une démarche résolument politique contre le business taurin capitaliste et l'exploitation des ressources naturelles. Alors que les premiers affichaient le parrainage de stars, de personnalités en vue et d'élus de tous bords, les seconds se déclaraient soutenus par des intellectuels et des scientifiques. Ils s'inspiraient de la non-violence mais théorisaient parfois la nécessité du recours à des actions spectaculaires, pouvant légitimer le recours à une violence « juste ».

Les revendications affichées par ces divers mouvements étaient à peu de chose près similaires. Tous demandaient l'abolition de la corrida et la suppression de l'alinéa 7 de l'article 521-1 du Code pénal, faisant exception à la répression des mauvais traitements sur les animaux dans certaines régions dans lesquelles existaient des traditions locales ininterrompues. Les plus impatients, les maximalistes, exigeaient une abrogation immédiate et totale, tandis que d'autres, les minimalistes, admettaient le principe de la sauvegarde d'une corrida expurgée de ses phases cruelles. Tous les manifestes s'insurgeaient contre l'octroi de subventions publiques à ce type de spectacle alors qu'ils n'intéressaient qu'une minorité de citoyens (sondages à l'appui). Maylis releva également un consensus pour réclamer l'interdiction des écoles de tauromachie pour les jeunes, de l'entrée des mineurs aux corridas ou du prosélytisme taurin dans les établissements scolaires.

Les modes d'action présentés, enfin, paraissaient sensiblement les mêmes. D'ailleurs, leurs actions communes étaient fréquentes. La tenue de stands dans des manifestations ou salons, la distribution de tracts dans la rue ou sur les marchés, l'organisation de conférences et d'expositions, la réalisation d'affiches et de photos grand format mettant en spectacle la souffrance des taureaux étaient privilégiées. Apparaissaient également des stratégies plus spectaculaires : l'organisation de concerts ; la location d'avions tirant des banderoles survolant les arènes ; les cérémonies d'hommages musicaux autour des statues de taureaux que l'on trouvait devant certaines arènes ; les occupations d'arènes avant le début du spectacle ; les sitting dans le plus simple appareil, le corps badigeonné de faux sang, dans des lieux publics ; la location de panneaux publicitaires ; le boycott des commerces de viande ; le blocage des abattoirs et bien d'autres encore.

Barrère, passant dans le bureau de sa collègue, jeta un œil sur ses recherches. Elle la félicita pour ce débroussaillage mais lui conseilla, après la consultation des sites, de fouiner dans les blogs, forums et réseaux sociaux. Là figuraient peut-être des éléments moins avouables de l'activité de ces « officines » que ceux apparaissant dans leurs vitrines informatiques.

Puis elle se rendit dans le bureau du chef, qui venait de recevoir les premiers résultats de l'autopsie. Mais ils n'apportaient rien de neuf. Le légiste établissait que le décès avait été causé par une hémorragie provoquée par l'épée. Il constatait les nombreuses blessures que le maestro avait reçues au cours de sa carrière et ajoutait un commentaire personnel : « Un torero, c'est quelqu'un qui passe sa vie sur les tables d'opération. » Il en tirait la conclusion que la santé d'Alba était loin d'être florissante et qu'il aurait été bien inspiré de mettre fin à sa carrière plus tôt. Les résultats des analyses toxicologiques n'étant pas arrivés, il ne pouvait pas en dire davantage pour l'instant.

Face à la perplexité de son supérieur, Barrère lui suggéra de me rencontrer, moi, son ancien professeur de criminologie. Rolland considéra cette proposition avec réserve et chercha à savoir plus précisément qui j'étais. La police n'avait pas l'habitude de s'appuyer sur des universitaires pour mener ses investigations. Elle les estimait coupés des réalités et si leurs apports théoriques étaient parfois appréciables, leur utilité sur le terrain était négligeable.

Il différa cette proposition et préféra, au préalable, s'informer auprès du service central du renseignement territorial. Le responsable régional lui avoua que ses collègues avaient collecté un certain nombre d'informations renvoyées par l'association des villes taurines de France, qu'ils connaissaient le nom des principales organisations locales et de leurs dirigeants, les procès engagés et les décisions des tribunaux, mais qu'ils n'avaient pas une connaissance fine et profonde de ce milieu. Compte tenu des arbitrages qu'il devait faire dans l'affectation d'un personnel trop réduit et récemment mis à contribution par la recrudescence de manifestations sociales, il ne pouvait en aucun cas détacher des agents à cette tâche.

Après de longues tergiversations, Rolland finit par admettre qu'il ne risquait rien à me rencontrer. Quand je reçus l'invitation de Virginie Barrère, je me souvins aussitôt de cette ancienne étudiante et acceptai d'autant plus volontiers sa proposition que je devais me rendre à Mont-de-Marsan deux jours plus tard, pour clôturer les fêtes en compagnie d'anciens amis du lycée Victor-Duruy où j'avais fait mes humanités.

*

Il n'y eut pas d'incident avant, pendant ni après la corrida de l'après-midi. Il est vrai qu'un escadron de CRS veillait au grain. Tout juste signala-t-on quelques injures lancées par des aficionados aux militants présents, qui se gardèrent bien de répondre à leurs provocations. Duplan profita de ce calme relatif pour mobiliser les photographes et obtenir d'eux les clichés qu'ils avaient pris avant le meurtre de Manuel de Alba.

Les techniciens s'empressèrent de tirer les négatifs les plus intéressants. On y apercevait le matador souriant diplomatiquement à ses admirateurs, d'un air un peu las. Barrère, qui ne connaissait pas suffisamment le mundillo pour pouvoir les identifier, demanda à Despiau de l'aider. Mais les identités de nombreuses personnes lui étaient inconnues. Rolland demanda alors conseil à l'apoderado et à l'un des organisateurs montois. Les deux hommes purent décliner l'identité de toutes les personnes présentes, sauf celle d'une femme très élégante, dont la chevelure était piquetée de grosses fleurs rouges et qui manipulait un éventail brodé à l'effigie d'Alba. Ils ne reconnurent pas davantage l'individu qui regardait, sans aménité, s'agiter ce beau monde et se tenait à l'arrière-plan, le dos appuyé contre le mur des arènes. Il avait des cheveux bruns en bataille, portait un foulard bleu sur une chemise blanche tachée de vin et un pantalon bleu particulièrement froissé. Il fut décidé de tirer les portraits de ces deux personnages pour les soumettre au personnel travaillant dans les arènes ainsi qu'à tous ceux, invités et professionnels, qui seraient présents le lendemain dans le patio de caballos et le callejón.

Au matin, les péons et le valet d'épée passèrent au commissariat pour laisser leurs empreintes aux techniciens. Despiau en profita pour leur présenter les photos. Ils reconnurent immédiatement la femme aux fleurs rouges. Il s'agissait d'une soi-disant actrice mexicaine, surnommée « la diva d'Acapulco », qui courait les corridas dans l'espoir d'épouser un torero. Elle avait tenté sa chance auprès de Manuel, qui l'avait toujours tenue à distance. Mais elle continuait à lui témoigner une dévotion sans limites. Il n'était donc pas surprenant qu'elle soit présente pour sa 6 000e mise à mort. L'un des péons avança, aussitôt interrompu par ses collègues qui le rabrouèrent vertement, qu'elle avait « fricoté » avec l'apoderado.

Cette actrice possédait un vaste réseau de relations qui lui ouvrait les entrées de toutes les arènes sud-américaines, mais c'était seulement la deuxième année qu'ils la voyaient en Espagne et la première fois qu'ils la croisaient en France. Depuis le début de la *temporada*[1], elle traînait dans les plus luxueuses soirées du mundillo à Madrid ou à Séville, et on l'apercevait parfois dans quelques tientas chez les ganaderos les plus huppés d'Andalousie. S'étonnant que l'agent d'Alba ait nié la connaître, Despiau prit à part Santiago pour savoir en quelle estime il le tenait. Mais ses questions étaient si inductives et ses intentions si prévisibles que le *mozo*[2] se garda bien de lui faire la moindre confidence. Il se contenta de lui dire, clin d'œil à l'appui, que c'était un homme d'affaires très compétent.

Wlérick les raccompagna jusqu'à la sortie et leur demanda quels étaient leurs projets. Ils avouèrent qu'ils erraient dans la ville comme des âmes en peine, supportant mal de voir la jeunesse en liesse tandis qu'ils étaient en deuil. Ils désiraient maintenant ramener le corps du maestro dans son village, lui faire des funérailles internationales et le porter jusqu'à son caveau familial. Mais la policière dut leur avouer que ce projet était irréaliste, car le médecin légiste tenait à conserver le corps encore quelques jours au cas où des investigations supplémen-

1. La saison.
2. *Mozo de espada* : valet d'épée.

taires s'avéreraient utiles. Enfin, elle leur demanda de se tenir encore quelques jours à la disposition de la police.

Suite à cette entrevue, les policiers envoyèrent Duplan sur la piste de cette diva dont ils espéraient qu'elle se trouve encore dans la capitale landaise. Puis ils téléphonèrent aux dirigeants de la manifestation anti-taurine de l'avant-veille, qui avaient laissé leur identité et leurs coordonnées lors de leur dépôt de plainte. Ils tombèrent directement sur Célestine Capin, la dynamique représentante départementale du CLAC, dont la seule préoccupation fut de connaître la suite donnée à sa plainte. Elle accepta immédiatement de se rendre au commissariat pour y être auditionnée par Barrère, qui la caressa dans le sens du poil :

— J'ai consulté la plainte que vous avez déposée contre vos agresseurs. Afin d'y voir plus clair, nous aimerions avoir votre version des faits.

— Les membres de notre comité se trouvaient à proximité des arènes pour dénoncer cette abomination que sont les corridas, quand une douzaine d'aficionados mâles nous ont pris violemment à partie. Ils nous ont insultés avec la plus grande vulgarité et ont arraché nos affiches, renversé nos panneaux et voulu détruire la sono. Nous nous sommes interposés et c'est là qu'ils nous ont bousculés. Plusieurs d'entre nous ont reçu des coups de pied dans les côtes alors qu'ils étaient allongés sur le sol.

— Combien étiez-vous ?

— Peut-être une quarantaine.

— Des femmes, des hommes ?

— Surtout des femmes, très jeunes pour la moitié, assez âgées pour les autres. Vous savez, les hommes sont forts dès qu'il y a du pouvoir à prendre, pour se faire élire à la tête des associations, pour parler en public, aux journalistes, à la télévision… mais pour les actions de terrain, ils sont aux abonnés absents. La plupart de ceux qui étaient là se sont bien gardés d'intervenir. Heureusement qu'il y avait Victor pour nous protéger.

— Victor ?

— Il a joué au rugby au Stade montois quand il était jeune. Il est costaud et courageux. On ne le voit pas souvent car il n'est pas membre de l'association. Il ne vient à aucune réunion mais quand il y a des risques à prendre, on peut compter sur lui.

— Mais attendez, on le connaît ! C'est Victor Dias, le marginal qui vit dans un squat du quartier Saint-Médard ?

— Nous ne connaissons pas son nom de famille. Pour le joindre, nous lui laissons des messages chez Jean Ducourneau, le responsable des Restos du cœur. Il paraît bizarre, négligé, toujours mal peigné, il parle peu, mais je peux vous assurer qu'il est d'une générosité incroyable, toujours prêt à rendre service. Il sait tout faire. Et puis il adore les animaux ; les chats, les chiens et les tortues. Il dit toujours qu'il aime les tortues parce qu'elles sont préhistoriques et qu'il faut les préserver de la disparition. Et nos agresseurs, vous les avez arrêtés ?

— On n'arrête pas les gens comme ça, il nous faut des preuves.

— Nos ecchymoses ne vous suffisent pas ?

— Nous n'avons aucune idée de leur identité. En connaissez-vous certains ?

— Non, mais les policiers qui sont intervenus auraient pu les contrôler…

— Vous savez, pendant les fêtes, ils sont un peu sur les dents, ils font ce qu'ils peuvent. Ils ont d'abord pensé à vous protéger et pendant ce temps, ces types ont déguerpi. Dans la foule de la sortie des arènes, vous pouvez imaginer qu'il était impossible de les repérer. Êtes-vous informée de ce qui s'est passé au début de la corrida ?

— Oui bien sûr, un torero a été tué.

— Vous en pensez quoi ?

— Oh mais je ne m'en réjouis pas, si c'est ce que vous voulez savoir. Je suis pour la paix et contre toute forme de violence. Je ne comprends pas le plaisir que ces gens éprouvent à tuer des bêtes, mais s'il fallait tuer tous ceux qu'on ne comprend pas, ce serait la barbarie !

Voyant qu'elle ne pourrait pas finasser plus longtemps, Barrère décida d'adopter une stratégie plus directe :

— Madame Capin, pensez-vous sincèrement que tous vos militants sont non-violents ?

— Absolument ! Il ne viendrait à l'idée de personne de commettre un acte pareil !

— De personne, vraiment ?

— Écoutez, tous les gens qui appartiennent au CLAC, ou même à d'autres organismes de défense des animaux, partagent nos valeurs. Dès que nous repérons quelqu'un dont les propos ou les comportements sont trop violents, nous n'hésitons pas une seconde à nous en séparer. C'est arrivé l'an passé, nous avons exclu une jeune femme pour avoir frappé un homme qui nous insultait. Nous avons essayé de la raisonner mais, malgré notre accompagnement psychologique, elle n'est pas parvenue à contrôler ses pulsions. Nous vivons beaucoup ensemble, nous partageons tant de sentiments, de révoltes, d'idées que si l'un ou l'une d'entre nous avait des intentions criminelles, nous le saurions.

— Sauf que certains, m'avez-vous dit, ne participent que peu à la vie du groupe, les hommes en particulier.

— Oui, bien sûr, nous les connaissons moins. Vous savez, les garçons se livrent moins que les filles, ils sont moins sincères, mais de là à s'entourer de meurtriers ! Je suis parfois naïve mais pas à ce point.

Il faisait un temps radieux. Je me présentai vers 10 heures du matin au commissariat montois. Le commissaire m'accueillit de manière courtoise mais distante, tandis que Virginie Barrère n'hésita pas à m'embrasser pour me remercier de mon soutien. Elle me présenta tous les membres de l'équipe, fit une synthèse des faits et de l'enquête. Parmi les pistes de recherche envisagées, celle des mouvements anti-taurins retenait davantage l'attention que celle d'un règlement de comptes interne. Il est vrai que l'événement médiatique créé autour de la mise à mort du 6000e taureau de Manuel de Alba avait de quoi révolter les militants animalistes. L'idée de châtier ce champion de l'extermination bovine avait dû traverser l'esprit de certains d'entre eux. Retourner contre lui l'épée qui lui avait si souvent permis de donner la mort relevait finalement d'une démarche assez rationnelle. Aussi paraissait-il crucial de démasquer ces activistes de plus en plus résolus et nombreux.

Maylis Wlérick précisa qu'on pouvait observer, depuis deux ou trois ans, une escalade dans la gravité des actes commis. Elle en fit une énumération : lancement de boules puantes dans des commerces de viande et de cuir ; incendie d'abattoirs où étaient transportés les taureaux de corrida ; batucadas nocturnes sous les fenêtres des bouchers commercialisant leur viande ; taggage de la vitrine de nombreux autres ; vol de l'urne funéraire contenant les cendres de la mère d'un torero valencien ; crevaison des quatre pneus du véhicule d'un autre ; envoi postal de lames de rasoir empoisonnées à des organisateurs de corrida; don de barres chocolatées contaminées aux fans d'un torero nîmois; enfoncement des portes d'un toril; diffusion d'images de taureaux agonisants…

Elle poursuivit son inventaire par les commentaires terribles qu'elle avait lus sur les réseaux sociaux après le décès du matador Ivan Fandiño, dans les arènes d'Aire-sur-l'Adour: « Pour une fois, justice est faite, on ne va pas pleurer sur le sort d'un tortionnaire »; « Mort d'un matador, ça sonne un peu comme "arroseur, arrosé", non ? »; « Un assassin de moins »; « Matador: 1, taureaux: 6, le match est quand même perdu ». Elle termina par les paroles d'une chanson se voulant humoristique, diffusée sur une station de grande écoute, sur l'air de « Bambino »:

Tu t'es bien fait encorner, Fandiño, Fandiño
Fallait pas faire le kéké, Fandiño, Fandiño
Je sais bien qu'on ne rit pas, Fandiño, Fandiño
D'un mort mais là on a le droit.
Et craquent, craquent tes petit os, mon petit Fandiño
Le taureau est une sale bête
Il se fiche des paillettes
Et giclent, giclent tes boyaux, mon petit Fandiño
Le taureau a fait de toi
Una bruschetta española.

Tout le monde se tourna alors vers moi. Je précisai que je n'avais pas une connaissance personnelle du sujet, que j'avais seulement dirigé récemment une thèse sur les mouvements animalistes, dont une partie était consacrée aux mouvements anti-taurins. Ma doctorante ne s'était pas contentée de faire des entretiens avec leurs membres, mais avait adhéré à une association et participé pendant une année à toutes ses activités. Sa perspective était donc très concrète. Despiau, très impatient, m'attaqua d'entrée :

— Pensez-vous que ces types soient capables de commettre un tel meurtre ?

— Je comprends votre hâte mais, avant de vous répondre, je crois qu'il est nécessaire d'avoir une vision globale de cette nébuleuse animaliste dont les composantes sont plus complexes qu'on le croit.

— Écoutez ce que monsieur va nous dire, Despiau, intervint Rolland. Ce n'est pas toujours en posant des questions que l'on obtient des réponses.

— Rassurez-vous, loin de moi l'idée de vous faire un cours sur les distinctions subtiles entre végétariens, végans et antispécistes. D'autant que, parmi eux, certains sont croyants mais pas pratiquants. En fait, il est difficile de vous parler uniquement des anti-taurins sans faire référence aux courants animalistes auxquels ils se réfèrent. Leur engagement ne se focalise jamais sur la seule dénonciation de la corrida. Il s'exprime plus largement dans la lutte pour les droits des animaux, la reconnaissance de leur sensibilité et la condamnation de tous les mauvais traitements qu'on leur inflige. Il peut concerner les taureaux mais aussi les chiens, les phoques, les oiseaux, les ours ou les phacochères…

— Et pourquoi pas les escargots ou les moustiques ! l'interrompit Despiau pour faire un bon mot.

— C'est vrai que la lecture de certains blogs montre qu'ils souhaitent un monde idéal dans lequel n'existerait ni chasse, ni pêche, ni vivisection, ni trafic de fourrures, d'ivoire, ni corrida, ni cirques, ni delphinarium, ni zoos, ni abattoirs. D'autres, moins excessifs, s'attaquent d'abord à la répression des actes de cruauté les plus notables et ne considèrent pas le monde animal comme un tout indifférencié. Ceux-là tolèrent les jeux d'arènes et, par exemple, ne demandent pas la disparition des courses landaises. Mais tous se retrouvent pour condamner les mauvais traitements et les actes de torture dont la corrida est l'une des faces les plus visibles.

— Le Comité de lutte pour l'abolition de la corrida, le CLAC, dont la plupart des manifestants montois sont membres, fait-il partie de la première ou de la deuxième catégorie ? demanda Lestruhaut.

— Difficile à dire, car toutes les sections locales n'ont pas les mêmes stratégies. Comparés à ceux de Provence qui se sont enchaînés au milieu d'une arène pour empêcher un festival taurin de se dérouler, vos Montois sont de gentils provocateurs. Mais sachez qu'ils filment tout, répandent dans les médias les images des moindres agressions dont ils sont victimes et s'empressent de porter plainte.

— Ils nous ont fait le coup avant-hier.

— Ils communiquent de mieux en mieux et prennent des cours de média training. Mais leur impact est variable. Tout dépend de leur nombre, du charisme de leurs leaders et du courage de leurs troupes. En tout cas, le CLAC prône la non-violence et la résistance passive. Cette organisation ne cautionnerait en aucun cas une atteinte à la vie humaine.

— Il suffit d'un allumé pour que tout dérape, marmonna Despiau.

— C'est là que je voulais en venir, continuai-je. Il faut distinguer entre, d'un côté, les militants appartenant à des collectifs officiels qui bénéficient de sites internet, publient des articles, déclarent leurs manifestations à la préfecture, diffusent des tracts et, de l'autre, ce que mon étudiante appelle les « éco-warriors », qui échappent au contrôle des associations. Les premiers sont légalistes, plutôt pacifistes, plus ou moins antispécistes, antiracistes, antisexistes, plutôt de gauche, mais ne mésestiment aucun appui politique, d'où qu'il vienne. Ils peuvent appartenir à la fois à des fondations animalistes généralistes et à une association anti-corridas. Les seconds, les « éco-warriors », sont passés par ces mêmes organisations mais n'y sont généralement pas restés. Ils fonctionnent de manière solitaire ou en cellules, sur le modèle du justicier ou du héros masqué luttant contre les charognards.

— Vous êtes de leur côté ? s'insurgea Despiau.

— J'emploie seulement leurs mots.

— Ah ! Vous nous rassurez, souffla Lestruhaut.

— Leur repérage est difficile, repris-je. Ils cultivent le secret, ne parlent jamais de leurs projets à leurs amis et ne se vantent pas a posteriori de leurs succès. Ils sont plus proches des black blocs et des anarchistes que des mouvements pacifistes. La fin justifie à leurs yeux les moyens. Ils mènent une guerre contre des ennemis puissants qu'ils veulent abattre. Ils tiennent un discours politique. L'exploitation animale est à mettre en relation avec l'exploitation humaine qu'engendre la logique capitaliste. C'est tout le système de production et de répartition des richesses qu'il faut détruire pour lui substituer un nouveau rapport au vivant, avec un grand V, c'est-à-dire entre humains d'une part, entre humains et animaux d'autre part ainsi qu'avec la nature. Mais je vous saoule, vous allez trouver que je joue trop au professeur.

— Pas du tout, s'empressa d'ajouter Rolland, que la routine des affaires habituelles ennuyait de plus en plus et qui voyait dans mon intervention, semblait-il, une bouffée d'oxygène.

— Oui mais comment on les attrape, ceux-là ? Si ce sont des black blocs, on ne va jamais les choper, s'inquiéta Despiau.

— Je n'ai pas dit que c'étaient des black blocs, mais que leurs modes d'action s'en inspiraient parfois. On peut les découvrir s'ils se font prendre en pleine action ou lorsqu'ils éprouvent un tel besoin de reconnaissance qu'ils finissent par se trahir.

— Si je comprends bien, il nous faut attendre patiemment que ce ou ces individus se lassent du poids de la clandestinité, éprouvent le besoin de se dorer au soleil de la renommée, commenta Barrère.

— Ouah, comment tu parles, Virginie ! La présence de ton professeur te stimule ! ironisa Lestruhaut.

— Puisqu'on vous tient, reprit Rolland en me regardant, comment expliquez-vous la diffusion de cet esprit animaliste dans notre société ?

— Oh je n'ai pas d'opinion particulière à ce propos. Je vous renvoie, à tous, la question.

— Nous avons de plus en plus souvent des animaux de compagnie que nous entourons d'affection. Cela transforme notre vision des bêtes, exprima Wlérick d'une voix peu assurée.

— Ouais, mais tu ne vis pas avec un taureau dans ton salon, répliqua Duplan.

— Qu'il est con ! échappa-t-elle.

Et tout le monde se mit à rire.

— Les dessins animés diffusent dès notre plus jeune âge une vision anthropomorphique des animaux. Ils parlent, éprouvent des sentiments, ne se tuent pas et ne se mangent pas entre eux, vivent comme s'ils étaient des humains, continua Barrère. Cela façonne une manière nouvelle de les percevoir.

— Toi tu files un mauvais coton… Avec ce genre de réflexions, tu ne vas plus pouvoir mettre les pieds dans les arènes de Vic-Fezensac, persifla Duplan.

— Elle a raison, la commandante. Si tous ces bobos des villes avaient passé, comme nous, leur enfance au cul des vaches, pataugé dans les cours de ferme, vécu dans la merde des oies et des canards, écouté le cri des cochons qu'on égorge, compté les cadavres des moutons attaqués par les ours, reconstruit des poulaillers dévastés par les renards, ils idéaliseraient moins leurs petites peluches de salon ! poursuivit Despiau.

— Tu n'as pas tort, lui répondit Barrère, nous ne voyons plus aujourd'hui les animaux comme autrefois. Nous oublions que ce sont des bêtes mues par leurs instincts et nous les transformons en créatures émotives et pensantes. Les animaux souffrent comme nous et ressentent de la même façon l'angoisse de la mort, mais j'ai du mal à comparer les plus intelligents d'entre eux à Chopin ou Michel Serres.

— Certains antis te répondraient, ajoutai-je, que la supériorité intellectuelle de l'homme doit lui permettre de concevoir que les bêtes font partie de son éco-système, qu'il n'a pas à les abattre s'il a d'autres moyens de se nourrir.

Silence blanc. Rolland se mit en devoir de le rompre :

— Vous avez lu Michel Serres, commandante ?

— Je l'admirais. Il était né près de chez moi. Il aimait le rugby, la Garonne. J'avais la sensation, en écoutant son accent chantant, que je devenais plus intelligente. Il me faisait grandir. Il avait une façon gasconne de penser le monde qui me ravissait, les pieds dans la glaise et la tête dans les étoiles.

— Qu'est-ce que tu es venue faire dans la police ? réagit Despiau.

— On peut avoir le sens des réalités et rêver d'un monde meilleur, n'est-ce pas capitaine ? demanda Rolland d'un air jubilatoire.

— Peut-être, peut-être, concéda-t-il, du bout des lèvres.

C'est à cet instant que la procureure Emma Laborit rentra dans la salle et s'excusa de les déranger en plein travail. Quand elle m'aperçut elle me lança :

— Émilien ! Que fais-tu ici ?

Puis elle m'embrassa comme nous l'avions toujours fait. Je sentis que l'équipe était un peu surprise par cette démonstration de familiarité. Laborit expliqua qu'elle se trouvait avec le maire dans la rue voisine et qu'elle en avait profité pour leur rendre visite et prendre des nouvelles de l'enquête. Tout le monde comprit que cette intrusion avait seulement pour fonction de leur rappeler la nécessité de la résoudre au plus vite. D'ailleurs, après deux ou trois questions d'ordre général, elle s'esquiva, non sans m'avoir invité à la rejoindre après cette séance de travail, à la réception donnée à la mairie.

Avant de clôturer l'entrevue, Rolland voulut savoir comment le criminologue que j'étais voyait l'avenir de ces mouvements. Je lui rappelai que mon boulot n'était pas de lire dans les boules de cristal et que ma mission était simplement de rappeler la complexité des choses à ceux qui auraient la tentation d'emprunter des chemins un peu trop courts. Je lui fis toutefois cette confession :

— Je pense que le nombre des végétariens est en augmentation. Ce n'est probablement pas un phénomène de mode, car notre rapport à la nourriture est de plus en plus corrélé avec celui que nous entretenons avec la nature. Compte tenu des dangers immenses qui menacent à court terme notre planète, le discours écologique a de beaux jours devant lui. Les communautés végans, parce qu'elles sont minoritaires, fonctionnent un peu comme des sectes et ont des comportements irascibles. C'est le syndrome de la forteresse assiégée. Il est donc envisageable que des actes de plus en plus violents soient commis au nom de cette idéologie conquérante et de l'urgence écologique. On peut imaginer la multiplication de dégradations, d'agressions, de menaces et même de crimes pour faire bouger les politiciens qui finiront, pour assurer leur réélection, par céder progressivement aux revendications.

— Je le dis depuis longtemps : l'Europe finira par avoir la peau des corridas, blêmit Duplan.

— Ou bien les gauchistes, comme Podemos en Espagne, tempêta Lestruhaut en s'empourprant.

— Je ne suis pas sûr que l'Europe ou les gauchistes soient responsables de cette évolution, rétorqua le commissaire. Le monde change plus vite que les projets politiques. Personne ne maîtrise les bouleversements technologiques, économiques, sociaux énormes qui affectent notre planète. Pour conjurer notre angoisse, nous avons besoin de nous fixer des repères, de nous inventer des traditions. Je vous en donne un exemple. En faisant du vélo, j'ai vu sur le bord de la piste une grande affiche de trois mètres sur quatre montrant un taureau en train de courir surmonté de la formule : « le taureau, notre culture ». J'admets que je suis pour vous un étranger et que bien des choses m'échappent dans votre façon d'être, mais je trouve la ficelle un peu grosse. Cette campagne publicitaire financée par l'union des villes taurines françaises veut nous faire croire que le taureau est un élément fort de votre culture. Passe encore en Camargue ! Mais ici ? À part un quarteron d'aficionados qui vont d'une corrida à l'autre, la majorité des habitants de la région ne mettent jamais les pieds dans une arène et je ne crois pas que si on leur demandait de citer cinq mots définissant leur culture, celui de taureau apparaîtrait dans leurs réponses. Peut-être les vaches landaises, mais sûrement pas les taureaux !

— Quand on vient du Nord de la France, il est vrai qu'il faut un temps d'acclimatation pour nous comprendre, répliqua calmement Barrère. Mais je vous assure qu'elle existe bel et bien, cette culture. Je vous accorde que le taureau n'en est pas un des éléments essentiels, mais c'est une stratégie des villes taurines en grande difficulté financière pour maintenir leur attractivité. Notre culture, c'est une façon de penser le monde loin des métropoles, de se méfier des choses qu'on nous impose d'en haut, de parler notre langue gasconne, de danser, de manger, de boire tous ensemble, de chasser la palombe, de polémiquer, de ramasser des cèpes, de jouer dans les arènes avec des vaches, de pratiquer le rugby, d'aimer voir les Pyrénées se blanchir à l'horizon et de redouter la pluie qui viendra le lendemain.

Je pris alors la parole pour souligner le plaisir que j'avais éprouvé en participant à ce débat et louais l'esprit de dialogue et de réflexion régnant dans ce commissariat. Je remerciai le commissaire pour son accueil et mon ancienne étudiante Virginie pour son invitation. Je les assurai de ma disponibilité s'ils avaient besoin de moi. Je devais maintenant les quitter pour rejoindre madame la procureure à la mairie et les anciens élèves du lycée Victor Dury avec lesquels j'allais partager un repas dont je soupçonnais qu'il serait éprouvant.

Rolland, sans doute pour fêter ce moment de réflexion et montrer son désir de s'ouvrir à la culture locale, décida d'inviter son équipe à manger dans une bodega.

*

Le repas fut très amical et les conversations très éloignées des préoccupations professionnelles, quand une belle femme brune, déguisée en Andalouse du dimanche, traversa la place accompagnée de deux jeunes bellâtres arrogants vêtus d'un costume de *campo*, le costume traditionnel andalou, et arborant fièrement des chapeaux noirs à larges bords. Tous les policiers reconnurent immédiatement la diva d'Acapulco photographiée trois jours plus tôt dans le patio de caballos. Virginie Barrère, accompagnée par Maylis Wlérick – hispanophone elle aussi –, décida de s'approcher du trio. Elles s'assirent à ses côtés sur la grande table en bois de la bodega voisine.

La conversation était difficile à capter, tant résonnaient les cris des autres convives et les coups de la grosse caisse d'une banda. Les garçons se disaient agréablement surpris par le nombre de beaux mecs fréquentant cette fête. Et la diva riait en écoutant les confessions désirantes de ses chevaliers servants. Mais elle ne riait pas à gorge déployée ; elle le faisait dans le respect de son maquillage subtil et en s'assurant de l'intérêt qu'elle suscitait autour d'elle.

Barrère eut la sensation d'avoir affaire à une bande d'opportunistes aventuriers plus qu'à de véritables aficionados. Son intuition se renforça quand elle les entendit pérorer sur la meilleure façon d'aborder le directeur des arènes de Saragosse, dont ils s'interrogeaient sur les préférences sexuelles. Quand ils évoquèrent Manuel de Alba, la diva, que ses compagnons appelaient Carmencita, paraissait très affectée par sa disparition. Mais la conversation s'arrêta net quand l'un des fats se leva pour saluer un notable pansu qui traversait la place en fumant un énorme cigare. Son compagnon confia à la Mexicaine que Carlos était sur un coup. De fait, lorsque le dénommé Carlos revint les retrouver, il leur montra deux billets de barreras et un de callejón pour la corrida de l'après-midi, la dernière de la feria.

— Par contre, dit-il, je ne passerai pas la soirée avec vous, il me faudra payer ma dette.

Laissant la moitié de leurs assiettes de paella, ils se levèrent et se dirigèrent, suivis discrètement par Barrère et Wlérick, vers les rives de la Midouze puis rentrèrent dans une bodega privée.

Quand les filles, ainsi que les appelaient leurs collègues, revinrent au commissariat, il fut décidé, avant la clôture des fêtes, d'orienter les investigations sur le monde taurin. Duplan et Despiau auraient la tâche de soumettre les photos de Carmencita et de l'homme fatigué aux membres du mundillo et de recueillir un maximum d'informations sur leur pédigrée. Wlérick et Lestruhaut sillonneraient le tour des arènes en surveillant les manifestants anti-taurins et surtout le dénommé Victor qui, aux dires de Célestine Capin, se comportait en électron libre et pouvait possiblement correspondre au profil d'un éco-warrior. Enfin, le commissaire Rolland se résolut à téléphoner à la mairie pour obtenir deux entrées de callejón pour lui-même et Barrère. Il ne cachait pas son appréhension d'assister à ce qu'il qualifiait de massacres d'aussi près, mais sa conscience professionnelle l'obligeait à plonger dans ce monde inconnu.

DIVA

La nuit du commissaire Rolland fut cauchemardesque. Un taureau franchissant des talenquères, vomissant des flots de bave et de sang, sautait sur les gradins où des spectateurs terrorisés s'affalaient les uns sur les autres. Il s'était retrouvé enfoui sous une mêlée de corps qui l'étouffaient mais qui, en même temps, le protégeaient du monstre. Au bout de ses cornes, des globes oculaires fureteurs tournaient en tous sens pour le repérer et finirent par y parvenir. Au moment où, d'un coup de tête, la bête s'apprêtait à le transformer en bulle de savon, un bûcheron canadien tronçonna ses cornes dont les yeux roulèrent dans le sable des arènes. Là, des picadors pachydermiques, orphelins de leur monture, jouaient au mikado avec leurs lances. Quand leur jeu fut terminé, ils les entassèrent et y mirent le feu pour célébrer la Saint-Jean. Leurs corps s'envolèrent alors, libérés de leur pesanteur, avec les étincelles du brasier. Des moutons guidés par un chien de berger entrèrent par la grande porte et lui tricotèrent un tapis de laine. Alors qu'il commençait à s'endormir sur sa texture soyeuse, son visage fut souillé par les viscères d'un cheval horriblement mutilé. Il se réveilla épouvanté et ne put se rendormir.

*

Pour une fois, Duplan et Despiau furent ponctuels à la réunion matinale de l'équipe. Ils rapportèrent les propos recueillis la veille dans le patio de caballos. La diva était peu connue des aficionados. Ceux qui l'avaient croisée certifiaient qu'elle n'avait fait son entrée dans leur monde que récemment et qu'ils la connaissaient mal. La plupart de ceux qui l'avaient approchée la considéraient comme une intrigante attirée par les gros portefeuilles. On lui prêtait des mœurs légères. Don Pedro, un vieil aficionado français, gardien de la mémoire taurine, avait parlé avec elle lors d'une réception à Séville. Il la considérait comme une excentrique fortunée se prenant pour Ava Gardner et cherchant son Luis Miguel Dominguin[1]. C'était la fille d'un célèbre architecte et sculpteur mexicain, appartenant au mundillo latino-américain. Ayant été élevée dans le mythe des grands toreros de son temps, elle leur vouait une immense admiration. Don Pedro ne pensait pas une seconde que cette femme ait pu être mêlée de près ou de loin à l'assassinat de Manuel de Alba. Par contre, il réprouvait ses fréquentations. Elle s'entourait d'opportunistes à la moralité douteuse, profitant de sa peur de la solitude et de son besoin éperdu de reconnaissance. Despiau en conclut qu'il fallait surveiller, s'ils ne s'étaient pas déjà envolés dans la nature, les deux éphèbes qui lui tenaient compagnie.

En revanche, aucun des membres du mundillo ne connaissait l'homme fatigué apparaissant, en retrait, sur plusieurs photos. Seul un boucher préposé à l'éviscération des taureaux l'avait vu rôder dans le patio. Il s'était étonné de son inactivité alors que les rares individus présents dans cet enclos pendant la corrida avaient des raisons précises de s'y trouver.

Grâce à ses connaissances, Despiau retrouva les contrôleurs présents le jour du crime. Et l'un d'entre

---

1. Dans les années cinquante, la célèbre actrice américaine avait eu une liaison torride avec le torero le plus illustre de son temps.

eux reconnut Manolo, un voisin d'origine espagnole qui savait tout faire et lui rendait de menus services pour construire sa maison. En échange, il lui avait permis d'entrer dans le patio quelques minutes car il voulait « sentir l'atmosphère de la corrida », en connaître les préparatifs. Il se souvenait de la phrase qu'il avait prononcée pour justifier sa requête : « Depuis tout petit, j'ai toujours rêvé de connaître la face cachée des corridas, de découvrir ce qui se passe dans les coulisses. » L'homme avoua qu'il avait la consigne de ne laisser pénétrer que les personnes accréditées, mais il lui était déjà arrivé de céder devant l'insistance d'un édile local. Alors il avait fait une entorse pour « son » Manolo. C'était un chic type, très serviable, qui ne risquait pas d'ébruiter la chose. Duplan et Despiau s'étaient rendus aussitôt à son domicile à Saint-Pierre-du-Mont, mais son appartement était fermé. Un voisin de palier les informa qu'il était parti visiter sa famille en Espagne.

Wlérick et Lestruhaut relatèrent leur observation des manifestants. Célestine Capin était incontestablement la meneuse. Elle donnait des conseils à chacun, les disposait dans l'espace, leur recommandait la plus grande courtoisie quand ils tentaient d'entrer en communication avec le public. Elle n'hésitait pas à parlementer avec les forces de l'ordre pour que ses troupes soient plus proches du chemin emprunté par les spectateurs de la corrida. À force de ténacité et de séduction, elle y était un peu parvenue. Mais des militantes échappaient à son emprise. Les policiers aperçurent en effet quatre jeunes femmes vêtues de grandes jupes bariolées, distribuant près des guichets des tracts au public. Ils en avaient gardé un exemplaire. On pouvait y lire : « Défendez votre culture et vos traditions. Sauvez la corrida en demandant l'abolition de la peine de mort pour les taureaux. Pour en parler et vous mobiliser contactez l'ACORD (Action pour des corridas douces). » Ces femmes n'avaient visiblement aucun lien avec le CLAC et se gardaient bien d'en côtoyer les membres.

Lestruhaut reconnut Victor Dias qu'il avait, quelques années plus tôt, auditionné pour un menu larcin. L'ange gardien de Célestine Capin charroyait des caisses de matériel vers une camionnette garée non loin de là. Quand il l'appela, l'hercule fit mine de ne pas l'entendre et s'éclipsa dans une petite rue adjacente. Célestine, qui n'avait rien perdu de la scène, vola dans les plumes de Lestruhaut en lui reprochant son manque de tact. Victor, malgré sa corpulence, était à ses dires un être fragile et craintif qu'il fallait traiter avec délicatesse. Maintenant qu'elle avait « perdu ses bras », elle demanda au policier de bien vouloir l'aider à charger ses caisses. Malgré l'inquiétude d'être surpris dans une posture peu professionnelle, il ne sut refuser son concours.

Rolland n'évoqua pas les efforts qu'il dut consentir pour se rendre – puis pour rester – dans le callejón. Il se contenta de dire que la proximité des taureaux, de leur souffle, était très impressionnante. Il put observer le comportement de tous les professionnels qui se trouvaient là, qui disséquaient doctement les intentions des taureaux et discouraient à voix basse sur la meilleure façon de les dominer.

Le commissaire fut très étonné par la disproportion entre le nombre des acteurs de la corrida et celui, pléthorique, des gens qui ne contribuaient pas au spectacle. Barrère lui confia que certains étaient invités, séjour tout compris, corridas, hôtels, réceptions, repas, le tout aux frais de la princesse, en l'occurrence du contribuable local. La règle voulait cependant que pour la perpétuation du système, chacun apporte sa contribution. Tout fonctionnait selon la logique du don et du contre-don : les politiciens subventionnaient les réjouissances au nom des retombées économiques positives pour leur ville et leur terroir ; les organisateurs de spectacles s'invitaient mutuellement aux quatre coins de la planète taurine ; les sponsors distribuaient leur manne dans l'espoir de possibles retombées commerciales ; les célébrités et journalistes apportaient leur tribut de notoriété à la légitimation de l'institution. Ce principe de circularité cooptative ne connaissait que de très rares exceptions.

Si le commissaire avait pu s'initier au monde taurin, il ne retira de son observation que peu d'éléments profitables à l'enquête. La diva était installée aux places les plus chères, les barreras à l'ombre. Sa tenue chatoyante ne passait pas inaperçue et elle aimait se lever entre les taureaux pour qu'on la remarque. Elle avait jeté un bouquet de fleurs à Esteban Ventoso lorsqu'il était passé devant elle en faisant sa *vuelta*[1]. En remerciement, il lui lança l'oreille que la présidence venait de lui accorder. L'un des jeunes éphèbes qui l'accompagnait l'intercepta, mais quand il comprit que sa chemise blanche était maculée du sang de l'animal, son large sourire se transforma en un rictus de dégoût.

Quand l'apoderado s'annonça à l'accueil, Rolland décida, pour donner du poids à l'entrevue, de le recevoir en compagnie de Virginie Barrère. Il le mit immédiatement en difficulté en lui présentant la photographie de la diva d'Acapulco :

— Vous nous avez dit ne pas connaître cette femme. Or, par divers recoupements, nous avons acquis la certitude que vous l'avez côtoyée…

1. Tour de piste applaudi et parfois fleuri accordé par le public au torero en récompense de son travail.

— Euh... oui, maintenant que vous le dites, je la reconnais, effectivement. J'étais bouleversé par ce drame et je ne me suis pas suffisamment concentré.

— Quelle est la nature de votre relation ?

— En fait, je ne la connais qu'assez peu. Je l'ai croisée cet hiver lors d'une tournée au Mexique et nous avons échangé nos adresses. Quand elle est arrivée en Espagne, au début de la temporada, elle m'a contacté et je l'ai présentée à des amis. Depuis, elle vit sa vie.

— C'est tout ? demanda Barrère.

— Écoutez... c'est une belle femme. À mon âge, des occasions pareilles ne se présentent plus. Je vous laisse imaginer la suite. Mais ce fut très bref. Je vous l'assure. En fait, elle était attirée par Manuel et ne s'est servie de moi que pour avoir accès à lui. Mais bon... je dois avouer que ce n'était pas désagréable de lui rendre service.

— Que s'est-il passé entre elle et Manuel ? poursuivit Rolland.

— J'hésite à parler de sa vie privée. Il détestait ça.

— Oui mais le contexte a changé. Vous comprenez, il est décédé maintenant, et il nous faut démasquer son assassin. Vous pouvez nous parler en toute confiance, nous avons un code de déontologie qui nous oblige à la plus grande discrétion.

— Je n'arrive toujours pas à réaliser qu'il est mort... Bon, je vais commencer depuis le début. Manuel s'est marié assez jeune. J'étais son témoin. Il a épousé Dolores, la fille d'un riche propriétaire de la huerta de Valencia. Mais cette union fut un échec. Le tempérament volcanique de cette femme ne lui assurait pas le repos dont un torero a besoin. Dolo était maladivement jalouse et ne supportait pas ses incessants trajets aux quatre coins de l'Espagne, dans le Sud de la France, ou l'hiver en Amérique latine. Pour la rassurer, il l'amenait parfois avec lui, mais elle était si insupportable qu'il ne pouvait se concentrer sur son métier. Tout a basculé après la grave blessure au poumon qui faillit lui coûter la vie. Voir son idole alitée pendant six mois et ne plus répondre aux sollicitations mondaines qu'elle adorait lui fut insupportable. Bref, Dolo profita de cette période pour avoir une aventure avec un promoteur immobilier ; vous savez, ces escrocs qui ont construit des murs tout le long de la côte méditerranéenne en corrompant les élus. Étonnamment, il fut soulagé par cette séparation qui lui permit de se consacrer pleinement à son art. Sa vie changea complètement : finies les réceptions, les conférences, les mondanités. Il ne se transforma pas en statue monacale comme El Viti ou José Tomas, mais son mode de vie fut bouleversé. Il acheta une propriété, pas très loin de Huelva, pour se ressourcer entre les tournées. Il se mit à travailler d'arrache-pied pour perfectionner ses gestes, notamment celui de la mise à mort.

— La mise à mort ? s'étonna Rolland.

— Vous n'allez pas me croire mais au début, ses estocades étaient un peu aléatoires. Peu à peu, nous avons découvert que le problème n'était pas technique. Il regardait trop les yeux du taureau et ne se concentrait pas suffisamment sur la croix[1]. On a fait venir un professeur de golf réputé, car les golfeurs doivent concentrer leur regard sur la balle et ne pas lever la tête prématurément. Mais cela ne fonctionna pas. C'est un psychologue qui nous permit de découvrir la cause de ses échecs trop fréquents à l'épée. En réalité, il ne voulait pas vraiment tuer le taureau. Il le considérait comme un partenaire à qui il devait tout. C'est paradoxal pour un matador, mais

1. Emplacement idéal pour donner la mort, à hauteur du garrot, entre la colonne vertébrale et l'omoplate droit.

je vous jure que c'est vrai. Par exemple, la plupart des toreros gitans se contrefoutent de la mort. Pour eux, l'essentiel est la beauté des passes qu'ils donnent. Manuel a donc dû apprendre à vraiment souhaiter la mort de son adversaire.

— Cela me rappelle un passage du roman d'Hemingway *Le soleil se lève aussi*, commenta Barrère, où le torero Pedro Romero dit que les taureaux sont ses meilleurs amis. Et quand son admiratrice s'étonne qu'il puisse mettre ses amis à mort, il lui répond qu'il le fait seulement pour les empêcher de le tuer.

— Avait-il des aventures ? reprit Rolland, craignant que la discussion ne dérive vers des considérations tauromachiques.

— Je ne sais pas, je ne dormais pas avec lui. Je n'étais en sa compagnie que de temps en temps. Mon rôle était de trouver des contrats, de les négocier au meilleur prix, de m'occuper des relations publiques, de gérer les finances avec le comptable. Il n'exige pas que je le suive partout. Mon domicile se trouve à une bonne heure de sa propriété. À la morte saison, nous pouvions passer des semaines entières sans nous voir.

— Vous avez quand même une petite idée, non ?

— Ses goûts ont changé. De jeunes hommes gravitaient autour de lui – il y en a beaucoup dans notre milieu –, et il a vécu des histoires avec certains d'entre eux. J'ai tenté en vain de les éloigner. J'étais comme la queue d'une vache qui chasse les mouches : les plus tenaces finissaient toujours par revenir. Et comme il se sentait souvent seul… vous savez, la gloire ne vous protège pas de la solitude. Il parlait parfois de ce grand vide qui s'ouvrait dans son cœur quand se taisaient les bravos du public. Il se trouvait alors face à lui-même, aussi démuni qu'un mendiant sans église. Pour lutter contre cette tendance dépressive, il s'entourait soit d'opportunistes, qui voulaient partager sa renommée et son pognon, soit d'énamourés abandonniques qui le collaient sans cesse et faisaient des caprices de stars. Il avait suffisamment payé avec Dolores, il ne voulait pas recommencer ce cinéma. Sur sa demande, j'en ai expulsé plusieurs manu militari.

— Et Carmencita est arrivée sur ces entrefaites ?

— Non, vous allez trop vite. Lors d'une tournée en Amérique latine, il a rencontré chez des amis communs un psychiatre colombien, le docteur Guevara de Baranquilla. Ce fut un coup de foudre réciproque. Manuel toréa de plus en plus sur le continent latino-américain pour être plus près de lui. Le psychiatre venait en vacances dans sa propriété andalouse, mais il ne l'accompagnait pas dans les arènes : cela l'angoissait beaucoup trop. Au bout de deux ans d'une relation paisible, ils décidèrent d'avoir un enfant. Ils firent une GPA avec une jeune Colombienne des hauts plateaux. À la naissance du petit, il fut convenu que le psychiatre le reconnaitrait et l'élèverait, parce que son mode de vie était plus adapté à l'exercice de la paternité. Manuel eut alors la tentation d'arrêter sa carrière pour voir grandir son fils. Trouvant ses multiples déplacements harassants, il perdit l'envie de toréer. Il était sur le point de se couper la *coleta*[1] quand le couple commença à battre de l'aile. Impossible d'aborder le sujet, il détestait évoquer ses affaires de cœur. La séparation lui fut tellement douloureuse qu'il fit une dépression et je dus annuler une dizaine de contrats. Il fit un procès à Guevara pour avoir un droit de visite et d'hébergement, mais les juridictions colombiennes le déboutèrent au motif qu'il

1. Enlever le postiche chevelu placé derrière la tête, au figuré prendre sa retraite.

n'avait aucun droit sur l'enfant. Il accepta de reprendre l'épée quand le psychiatre, avec lequel j'avais eu de longues conversations téléphoniques, accepta que Manuel puisse de temps en temps communiquer par skype avec le *niñito*[1].

— Tout cela est-il récent ?

— À la fin de l'année passée.

— C'est là qu'arrive la diva, je me trompe ?

— Je l'ai présentée à Manuel. Elle a immédiatement tenté de le séduire. Mais il est resté indifférent à ses avances. Cette impassibilité ne fit qu'attiser son désir. Elle s'est mise à suivre tous ses déplacements. Elle s'installait aux barreras et lui lançait, à chaque vuelta, d'énormes bouquets de fleurs. Mais il faisait mine de ne pas la voir. Un jour, à Colmenar Viejo, dans les arènes où El Yiyo a été tué – vous savez, le petit prodige né chez vous, à Bordeaux –, il l'a profondément vexée. D'habitude, un péon ramasse sur le sable les bouquets jetés depuis les gradins et les tend au maestro. Cette fois-là, il a refusé de s'en saisir et le péon, empêtré, s'en est débarrassé derrière la barrera. Depuis, elle me harcèle pour que j'organise une rencontre entre eux. Elle veut comprendre son geste. Je lui ai expliqué que Manuel avait de gros problèmes familiaux et qu'il était homosexuel. Peine perdue ; elle continua à l'adorer.

— A-t-elle ses entrées dans le patio de caballos ? l'interrogea Barrère.

— Non, pas à ma connaissance. C'est pourquoi j'ai été surpris de l'y croiser. À force de fréquenter le mundillo, elle se sera probablement forgé des relations.

— Connaissez-vous les deux jeunes hommes qui l'accompagnent ?

1. Petit enfant.

— J'ai remarqué en effet qu'elle était entourée, mais c'est la première fois que je les aperçois.

— Pensez-vous qu'elle puisse avoir, d'une manière ou d'une autre, une responsabilité dans le meurtre ?

— J'avoue que je n'y avais pas pensé… après tout, je ne la connais que très peu et il existe des femmes blessées qui peuvent se montrer féroces.

— Et ses accompagnateurs ?

— Vous avez vu ces gringalets ? Ils n'auraient ni la force ni les *cojones*[1] pour commettre un tel acte. Et puis qu'auraient-ils à y gagner ?

— Je vous le demande.

— Rien, absolument rien, ce sont de petits opportunistes tout juste capables de vendre leur cul pour gagner du pognon ou se trouver un protecteur.

Les policiers eurent la sensation que l'apoderado ne leur disait pas toute la vérité. Barrère n'en fut pas étonnée. L'omerta était courante, dans le milieu.

1. Couilles.

VICTOR

Les derniers résultats de l'autopsie n'ayant rien apporté de probant, la procureure Emma Laborit avertit Rolland : elle avait l'intention de mobiliser la direction interrégionale de la police judiciaire, pour lui prêter renfort. Elle souhaitait également transmettre, sans plus attendre, le dossier au juge d'instruction Bourrouilhou, dont les compétences en tauromachie et la maîtrise de la langue espagnole faciliteraient le travail. Après avoir pris connaissance des conclusions de l'enquête préliminaire, des rapports du légiste et de la police technique, ce dernier autorisa le retour de la cuadrilla et le rapatriement du cadavre d'Alba en Andalousie. L'apoderado, secondé par Santiago, organisa rapidement son transfert dans sa propriété de Trebujana située au nord de Huelva. Les obsèques furent fixées par la famille à la semaine suivante.

À la différence de Despiau, Duplan et Lestruhaut, tous convaincus de la responsabilité meurtrière des opposants à la corrida, le commissaire Rolland penchait plutôt pour un règlement de comptes interne au monde taurin. Les filles, pour leur part, étaient dubitatives. Elles prenaient au sérieux la radicalisation des mouvements animalistes, mais avaient aussi conscience des turpitudes du business tauromachique.

Malgré le coût budgétaire d'un tel choix, Rolland décida, en accord avec le juge Bourrouilhou, d'envoyer Barrère et Despiau aux obsèques d'Alba afin d'étudier le comportement des personnes présentes. Ils en profiteraient pour établir un contact direct avec leurs homologues andalous. Comme il ignorait tout des pratiques espagnoles quant à la répartition des compétences entre polices autonomes, police d'État, guardia civil et police judiciaire, il demanda à sa commandante d'identifier le niveau de collaboration le plus adéquat.

Barrère put entrer rapidement en contact avec un collègue de la police autonome d'Andalousie qui, manifestement acquis à la cause taurine, se montra très préoccupé par la multiplication des incidents et l'aggravation de leur nature. Il lui envoya, par courrier électronique crypté, une liste des agressions que son service avait pu récemment recenser. L'ensemble était édifiant, plus spectaculaire encore que les incidents relevés en France :

Janvier : cambriolage de la propriété du ganadero Pablo Linares ; menace de mort envoyée par lettre anonyme à Javier Espinosa, directeur de l'école taurine de Malaga.

Février : dégradation des abattoirs d'Alicante, Cuenca, Valladolid, Salamanca et Teruel, où sont dépecés les taureaux de corridas.

Mars : statues des toreros Luis Miguel Dominguin, Antonio Bienvenida et El Yiyo à Madrid, Curro Romero à Séville, Antonio Ordonez à Ronda, Manolete à Cordoue, badigeonnées de rouge et souillées par des bouses de vaches ; incidents pour la reprise de la temporada aux fallas de Valence : reconstitution de scènes de corrida dans le centre-ville, crevaisons des pneus des véhicules des cuadrillas.

Mai : musée de la tauromachie de Ronda dévasté nuitamment ; agressions physiques de journalistes taurins.

Juin : libération d'animaux de cirques et des

rats d'un laboratoire de recherche pratiquant la vivisection ; dommages causés à des commerces de fourrures et de cuirs, des boucheries et des restaurants de viande.

Le policier espagnol se lamentait de l'impuissance de ses services à mettre un terme à ces agissements. Ils étaient, d'après lui, le fait de bandes très organisées et extrêmement rusées. Si bien que personne à ce jour, si l'on exceptait quelques excités ayant commis des violences physiques en public, n'avait été réellement identifié. Son constat confirmait les analyses que j'avais présentées à l'équipe montoise. Il suffisait, pour se convaincre de leur bien-fondé, de consulter le site du MILA, Mouvement international de libération animale, qui se qualifiait lui-même de terroriste et considérait la violence comme le seul moyen efficace de transformation rapide des mentalités. Il appelait à la lutte armée (saccages, incendies, destructions...), mais en se gardant bien de faire l'apologie de la violence physique et du meurtre.

La longue liste des méfaits commis en Espagne incita le commissaire Rolland à creuser plus profondément la piste anti-taurine locale. Il demanda à ses agents d'auditionner Victor Dias mais, pour éviter que ne se reproduisent les maladresses de Lestruhaut, leur conseilla de passer par l'entremise de Célestine Capin. Contactée par Maylis Wlérick, la pasionaria accepta d'accompagner Dias au commissariat, à condition d'assister à son audition. Mais l'ardeur qu'elle mit à défendre son poulain et à parler en son nom biaisait l'entrevue. Lorsque Barrère la questionna sur le développement croissant d'actions violentes de la part des mouvements anti-taurins, elle monta sur ses grands chevaux :

— Vous n'avez donc rien compris ! Notre combat est politique. Nous luttons contre le racisme, le sexisme et le spécisme, contre toutes les formes d'inégalité et de discrimination. Lorsque nous cherchons à améliorer le bien-être animal, lorsque nous nous battons pour que ces pauvres bêtes soient reconnues comme des êtres sensibles, pour faire cesser leur exploitation, nous défendons un projet de société basé sur le respect de l'identité de chacun, de la différence, de l'altérité ; nous nous mobilisons pour approfondir la démocratie, la rendre moins virtuelle. Alors, vos allusions sont tout à fait déplacées, vous êtes à côté de la plaque. Tiens, je vous ai apporté nos publications. Vous apprendrez beaucoup en les lisant.

— Sachez, madame, que nous les avons lues.

— On ne dirait pas, sans quoi vous ne feriez pas allusion à notre prétendue violence. Ou bien alors, vous êtes hermétiques à notre philosophie. Nous sommes persuadés que tout être humain peut changer si on lui fournit les moyens de le faire. Même les policiers peuvent évoluer (elle prononça ces mots sans un sourire et sur un ton dépourvu d'humour). Un jour, pas si lointain vous verrez, les lois changeront et votre rôle sera de faire appliquer les principes que nous défendons aujourd'hui.

Rolland, d'un ton paisible, tenta de la rassurer :

— Soyez certaine, madame, que nous respectons votre démarche. Notre mission n'est pas de nous positionner pour ou contre la corrida, mais de faire en sorte que la vie sociale soit la plus apaisée possible. Chacun doit pouvoir exprimer son point de vue sans mettre en péril la vie des autres. Or, nous sommes confrontés à un crime, il ne faudrait pas l'oublier. C'est gravissime, et contraire aux valeurs que vous défendez. Un certain nombre de personnes vous suspectent, sinon d'avoir commis directement cet acte, du moins d'avoir créé le contexte qui en aura favorisé la réalisation. Ces gens-là vous ont attaqués et ils recommenceront, peut-être plus violemment encore, si nous ne clarifions pas les choses ensemble.

— Je sais bien ce que pensent vos agents. Ils nous prennent pour des bisounours ou des vieilles filles mal baisées vivant à la chandelle, faisant du macramé et se nourrissant de boulgour, de tofu et de légumes bio. Eh bien, dites-leur que je baise sans doute plus qu'eux et que notre nourriture est plus saine que la leur. Ce qui relevait pour eux du folklore peace and love devient soudain répréhensible quand survient un incident. Les gentils marginaux allumés sont désormais considérés comme des criminels potentiels. Si vous ne connaissez pas la théorie du bouc émissaire, commissaire, lisez donc l'ouvrage de René Girard, *La Violence et le sacré*...

— C'était un des ouvrages fétiches de mon professeur de criminologie, l'interrompit Virginie Barrère.

— Émilien Labadie ?

— Vous le connaissez ?

— J'ai moi aussi suivi ses cours de criminologie, il y a une quinzaine d'années. J'ai écrit un mémoire sur l'animal comme sujet de droit, où je condamnais déjà les violences qui lui étaient infligées.

— Soyez rassurée, vous ne serez pas les boucs émissaires de notre enquête. Nous ne cherchons pas à vous sacrifier sur l'autel de nos croyances. Nous voulons seulement savoir si, parmi vous ou dans votre cercle de connaissances, des militants violents seraient susceptibles de céder aux pulsions mimétiques que décrit Girard. Les journaux en ont parlé, vous devez le savoir : le torero a été tué au moyen d'une arme identique à celle qu'il utilisait pour mettre à mort les taureaux.

Célestine affirma, d'un ton qui parut sincère aux policiers, que, si certains de ses amis avaient le sens du sacré, aucun n'aurait l'idée ou même le cran d'organiser un tel sacrifice pour amadouer les forces occultes de la violence.

Rolland réussit, par des circonvolutions diplomatiques, à la convaincre de quitter la pièce et de laisser Victor Dias seul avec lui et Barrère. L'homme n'était pas bavard et ses réponses furent laconiques. Il justifia sa présence dans ce groupe de militants par leur gentillesse à son égard. Ils avaient besoin d'être épaulés par un homme costaud dont la présence dissuadait d'éventuels agresseurs. Il affirma ne rien connaître à la corrida et n'être jamais entré dans des arènes. Mais il le fit avec tant de virulence que les policiers en furent intrigués. Aussi décidèrent-ils de le placer en garde à vue et de demander au juge Bourrouilhou un mandat de perquisition.

*

En ouvrant la porte du cagibi qui servait de chambre à Victor Dias, Despiau et Wlérick furent presque asphyxiés par les effluves pestilentiels qui s'échappaient du lieu. Ils y découvrirent un incroyable capharnaüm où s'entassaient, sans aucun classement : une quantité incroyable de revues dont quelques numéros de *Toros* ; de vieux livres poussiéreux ; un ballon de rugby crevé ; un vieux maillot du Stade montois aux rayures jaunes et noires ; une paire de crampons attachée à un clou par des lacets ; des roues de bicyclette ; un tambour de machine à laver ; un mannequin en mauvais état sur la tête duquel était placée une montera mitée de matador. Cette découverte les incita à joindre aussitôt Espiet, qui dépêcha sur place l'un de ses techniciens. Dans la pagaille, il découvrit une oreille de taureau enveloppée dans un mouchoir.

Le lendemain matin, Victor Dias fut interrogé par Despiau sur ces trouvailles :

— Tu nous as affirmé que tu ne connaissais rien à la corrida et qu'est-ce qu'on trouve chez toi ? Regarde le butin.

En fixant la revue *Toros*, la montera et l'oreille, Dias se contenta de hausser les épaules. Despiau insista lourdement :

— Bon, commençons par cette oreille. D'où vient-elle ?

— J'en sais rien.

— Compte tenu de son état, nous pensons qu'elle n'a pas été coupée récemment.

— C'est possible.

— Comment l'as-tu eue ?

— Je m'en souviens pas. C'est pas moi qui l'ait coupée.

— Je m'en doutais un peu, mais qui te l'a donnée ?

— On me l'a pas donnée.

— Tu l'as volée ?

— Non, je suis pas un voleur. Elle était posée au soleil, sur le rebord d'une fenêtre de l'hôtel. Je l'ai prise pour la montrer à Célestine. Elle a fait une photo pour son journal et je l'ai gardée. On ne sait jamais, elle peut toujours servir.

— Et la montera ?

— Le chapeau ? Je l'ai acheté aux puces pour me déguiser et me moquer des matadors.

De fait, cette coiffe paraissait très ancienne, attaquée par les mites et ne correspondait manifestement pas au tour de tête de l'ancien rugbyman.

— Et la revue *Toros*, elle t'intéresse ?

— Je l'ai volée à mon père. Enfin, à mon père adoptif.

Barrère, qui avait tout entendu, profita de cette ouverture pour le faire parler de son enfance et fit signe à Despiau de les laisser seuls. Elle s'adressa à lui d'une voix douce, lui demanda si ses parents étaient vivants, s'il avait encore de la famille, ici en France ou au Portugal. Elle gagna peu à peu sa confiance :

— Très jeune, j'ai été abandonné par mon père qui ne m'a jamais reconnu. Ma mère, d'origine portugaise, s'est mise en ménage, un peu plus tard, avec un ouvrier des abattoirs. Ce type ne m'a jamais aimé. Il ne me battait pas, mais ne m'adressait jamais la parole. Quand ma mère partait faire des ménages, il m'amenait parfois à l'abattoir où j'entendais les hurlements des bêtes qu'on égorge. Je pataugeais dans des flaques de sang, j'assistais avec dégoût au dépeçage des animaux puis à leur découpage. À la maison, la viande ne manquait pas. Il y en avait presque à tous les repas. On me forçait à en consommer pour devenir fort et musclé comme les joueurs de rugby que j'admirais.

— Comment avez-vous découvert le rugby ?

— À l'école, on nous amenait jouer sur le vieux stade Loustau. Un professeur m'a remarqué et m'a dirigé vers le Stade montois. J'y ai passé les plus belles années de ma vie. J'adorais ce sport, j'avais des copains, tout le monde me respectait. Malheureusement, une rupture des ligaments croisés du genou lors de ma première saison en nationale m'a obligé, après plusieurs récidives, à interrompre ma carrière. J'avais à peine vingt-deux ans.

— C'est jeune. Qu'avez-vous fait ensuite ?

— N'ayant pas de diplômes, le club m'a procuré des petits boulots qui m'ont permis de vivre. Mais au fil du temps, les responsables ont changé, mes partenaires sont partis et tout le monde m'a oublié. Alors, je me suis débrouillé tout seul en faisant des petits travaux de jardinage.

— C'est comme ça que vous avez rencontré madame Capin ?

— Elle rendait visite à une vieille mamie chez qui je taillais les arbustes. On a parlé et elle m'a dit qu'elle avait besoin de quelqu'un comme moi. Elle m'a présenté à son groupe. Depuis j'ai l'impression de renaître. Ah ! si j'avais eu une famille comme ça…

Faute de preuve, Victor Dias fut libéré. Les doutes des policiers n'étaient pas totalement levés, mais rien ne pouvait justifier une prolongation de sa garde à vue. Une douzaine de personnes l'attendait pour le réconforter à la sortie du commissariat. Quand il les vit se dessina sur son visage une expression qui ressemblait au bonheur.

AL ANDALUS

Virginie Barrère partit seule à la découverte de Séville, la compagnie de son collègue Despiau lui étant souvent pesante. Aux alentours de minuit, le quartier de Santa Cruz, débarrassé de ses touristes, retrouvait sa poésie. Elle déambula nonchalamment dans ses ruelles parfumées. Sur une petite place, un jeune gitan triturait les cordes de sa guitare. Elle s'installa sur un banc voisin. Empêtré dans ses tourments, il ne la vit pas, ne se douta pas de sa présence. Lorsqu'il se mit à chanter, ce n'était pas pour faire l'aumône – la rue était vide –, mais par nécessité. Son chant paraissait authentiquement désespéré, sa voix éraillée n'exprimait pas une solitude passagère mais un abandon. Quand il se tut, il resta prostré, la tête posée sur l'éclisse. Sans trop penser à ce qu'elle faisait, Virginie entonna d'une voix douce : « À la claire fontaine… » Le gitan, surpris, leva doucement la tête. Elle poursuivit :

J'ai perdu mon amie sans l'avoir mérité,
Pour un bouquet de roses que je lui refusai.

Sa guitare l'accompagna alors jusqu'au dernier refrain :

Il y a longtemps que je t'aime, jamais je ne t'oublierai.

Après un long silence, elle proposa un café à son accompagnateur. Ils se dirigèrent vers le dernier bistrot ouvert. Elle apprit qu'il n'avait que vingt ans, qu'il était né à Triana comme on le raconte toujours dans les contes flamencos, et qu'il vivait de son art. De son côté, il ne posa aucune question et la relation fugace qui les avait liés prit rapidement fin. Virginie voulut payer les deux cafés, mais le jeune gitan refusa. Elle insista, et avec un sourire taquin, lui précisa qu'aujourd'hui les femmes pouvaient inviter les hommes à boire. Il la fixa droit dans les yeux avec cette perplexité des gens qui ne savent pas distinguer le vrai du faux. Puis il partit sans se retourner, le manche de sa guitare dans la main gauche. Elle entendit longtemps ses talons résonner sur les dalles de Santa Cruz.

*

Le lendemain, les deux policiers louèrent une voiture pour se rendre vers le sud dans la région des ganaderias, de part et d'autre du Guadalquivir. À la fin du mois de juillet, les cultures étaient brûlées, le paysage désertique. Seuls les oliviers apportaient leurs tâches de verdure à la palette poussiéreuse des ocres.

En arrivant dans la propriété d'Alba, ils durent montrer patte blanche pour rentrer. Une trentaine de véhicules étaient garés dans le plus grand désordre entre la maison domaniale et de petites arènes blanches.

Despiau et Barrère s'avancèrent timidement vers la maison, avec le sentiment de n'être pas à leur place. Un majordome les accueillit et partit en référer à la famille. Le frère d'Alba se présenta et ne leur cacha pas son étonnement qu'ils puissent perdre ici leur temps au lieu de rechercher le coupable parmi les ennemis de leur culture. Ils lui affirmèrent que l'enquête avançait, mais qu'ils tenaient à rendre hommage au défunt ainsi qu'à sa famille.

Ils pénétrèrent, sous le regard méfiant de l'assemblée, dans le grand salon où la dépouille de Manuel de Alba reposait dans un cercueil capitonné entouré de fleurs multicolores. Ils se signèrent, par une sorte de réflexe, alors que ni l'un ni l'autre n'étaient croyants. L'apoderado, ainsi que Santiago, le valet d'épée, se dirigèrent vers eux pour connaître les derniers développements de la recherche. Leur déception fut grande quand ils apprirent que l'assassin n'avait pas encore été arrêté. Et ils s'éloignèrent d'eux avec dédain. Dès lors, les policiers ne surent pas quelle attitude adopter. Personne ne venait vers eux et ils furent intimidés face à cet aréopage de notables, ganaderos andalous de renom, anciennes gloires du toreo comme Ortega Cano, Espartaco, Pepin Liria, Curro Romero, Rafael de Paula, et stars actuelles comme Morante de la Puebla, Enrique Ponce ou El Juli.

Après quelques minutes de grande solitude, le chef de la police locale les accosta et les invita à s'asseoir à ses côtés sur les petits gradins des arènes. De leur longue conversation, ils apprirent que ses services avaient été sollicités à propos du survol récurrent de la propriété par des drones ; ils n'avaient pu identifier les pilotes. Ils surent également qu'un maletilla, qui s'était introduit dans la propriété lors d'une tienta et avait sauté dans la piste sans y être invité, avait été expulsé rudement par le mayoral. Pour se venger de son éviction, le gamin avait endommagé, quelques jours plus tard, la caméra de vidéoprotection placée sur le portail d'entrée. Puis tout s'était calmé. Il avait sans doute tenté sa chance avec plus de succès chez Fermin Bohorquez ou Benitez Cubero.

Les obsèques d'Alba se déroulèrent le lendemain. Le cercueil, pas encore scellé, fut transporté à Jerez de la Frontera. Des centaines de gens saluèrent le cortège le long de la vingtaine de kilomètres du trajet. Dans la traversée du village de Mesas de Asta, un groupe d'une cinquantaine d'hommes scanda *torerazo, torerazo*[1]. Le torero, vêtu d'un costume de lumière blanc brodé d'or, fut exposé toute la matinée dans le chœur de la cathédrale pour que ses admirateurs – au moins un millier de personnes formant une queue interminable – puissent lui rendre un dernier hommage. Beaucoup apportèrent des bouquets de fleurs qu'ils déposèrent aux pieds du cercueil. Certains jetèrent leur chapeau en direction du défunt, malgré la réprobation des agents des pompes funèbres.

Des caméras de télévision étaient installées sur de grands pylônes placés tout autour de la plaza de Encarnacion, pour ne rien manquer de l'événement. Des dizaines de journalistes grouillaient sur le parvis, guettant l'arrivée des célébrités. Malgré l'accréditation accordée par leur collègue local, Barrère et Despiau eurent bien du mal à se frayer un passage, sur le coup de quatre heures de l'après-midi, jusqu'aux marches de l'église où ils restèrent en observation. Les couronnes de fleurs s'amoncelèrent tant qu'il fut décidé, faute de place, de les transporter directement aux arènes.

Puis les professionnels arrivèrent, ganaderos, apoderados, péons, picadors, revisteros, organisateurs de spectacles, parmi lesquels ils aperçurent ceux de Mont-de-Marsan et Don Pedro. Les toreros firent ensuite leur apparition ; ceux qu'ils avaient aperçus la veille, auxquels s'étaient ajoutés José Tomas, Padilla, Javier Conde, Jesulin de Ubrique, les français Castella, Leal et Dufau et bien d'autres qu'ils ne reconnurent pas, tant

1. Augmentatif de torero.

il était difficile de faire le lien entre un matador engoncé dans son habit de lumières et ces personnages en costume cravate cachés derrière leurs lunettes noires.

Après que les membres de la famille, le représentant de la famille royale et le ministre de la Culture se furent installés aux premiers rangs, l'orchestre de la ville interpréta un paso doble dont la légèreté contrastait avec la gravité du moment. La foule suivit avec ferveur la cérémonie sur le grand écran installé sur la place, puis se dispersa avant sa clôture pour pouvoir accéder aux arènes où se tenait l'hommage final. Lorsqu'à la fin de la cérémonie tintèrent les cloches de toutes les églises de la ville, les gradins étaient déjà remplis.

La procession se dirigea sous un soleil de plomb vers les arènes. Deux alguazils, campés sur des montures en tenue de gala, précédaient un vieux corbillard à roues tiré par deux chevaux, sur lequel reposait le cercueil recouvert d'une grande cape rouge. Suivait une douzaine de longues voitures noires aux vitres teintées, dans lesquelles avaient pris place la famille, les autorités et les artistes. En voyant tout ce beau monde portant le deuil circuler dans ces imposantes limousines, les policiers français eurent le sentiment d'assister à l'enterrement du chef de la camorra calabraise. Derrière, une marée d'inconnus, asphyxiés autant par la chaleur que par les gaz d'échappement, clôturait le cortège.

À six heures précises, le corbillard s'immobilisa à l'entrée de la piste sous les acclamations de la foule. Les gradins et le callejón étaient bondés comme aux plus beaux jours des corridas. Sur l'air du célèbre paso doble *Plaza de la Maestranza*, le cercueil fut porté à bout de bras par le valet d'épée et les péons d'Alba jusqu'au centre de la piste et déposé sur des tréteaux. Après un long silence, les portes des *corrales*[1] s'ouvrirent et un *cabestro*[2] déboucha sur le sable, suivi comme son ombre par le premier taureau que Manuel de Alba, récent ganadero, avait fait naître sur ses terres. Les deux bêtes firent deux fois le tour de la piste en longeant les barrières, puis le taurillon décida de s'affranchir de la tutelle de son aîné pour explorer le centre de l'arène. Quand il s'approcha du cercueil, un murmure d'inquiétude s'éleva du public. Il le contourna lentement, avec curiosité, renifla la cape rouge qui le recouvrait, la tâta du bout de ses cornes naissantes, puis rejoignit le cabestro sous les bravos de la foule émue par cet hommage imprévu, et gambada à nouveau le long des barrières avant de regagner ses prairies.

Quand la piste fut vide, une imposante brochette de matadors vint déposer des couronnes de fleurs, toutes plus flamboyantes les unes que les autres, autour du défunt. Il n'y eut pas de discours, juste un immense silence, profond, entêtant, comme le sont les grands refus. Les toreros firent un cercle en se tenant la main autour de Manuel de Alba et l'orchestre municipal ponctua cet instant de concorde en jouant *Cielo Andaluz*. Puis les péons et les picadors vinrent chercher le cercueil de leur maître et le hissèrent sur leurs épaules. Ils firent avec une infinie lenteur un dernier tour d'honneur pendant lequelle le public scanda : « to-re-ro, to-re-ro… » Au moment où le corps d'Alba s'apprêtait à sortir une dernière fois par la grande porte, les ovations se turent et les musiciens interprétèrent *La Giralda*, le plus fameux paso doble andalou. L'émotion était si intense que Despiau et Barrère en eurent les larmes aux yeux.

1. Cour attenante aux arènes où sont parqués les taureaux.
2. Bœuf dressé chargé de guider les taureaux.

*

Ils rejoignirent tardivement Séville. Tôt le matin, ils avaient rendez-vous avec un certain Perez Galdos, un des principaux gradés de la police autonome andalouse. Ce dernier les reçut d'autant plus chaleureusement que la climatisation était en panne et que le ventilateur donnait de sérieux signes de fatigue. Il leur offrit un puissant café ristretto dont l'ingestion les fit grimacer. L'homme leur parut particulièrement désabusé.

— Les corridas sont foutues. Autrefois, les gens se battaient six mois à l'avance pour obtenir des places à la Maestranza. Aujourd'hui, les gradins sont vides. Il ne faut pas croire les journalistes quand ils parlent d'affluences records. Ils doivent à tout prix sauver la face – celle des organisateurs qui les invitent somptueusement, celle de leurs amis toreros dont la fierté serait blessée par l'affichage public de leur perte d'attractivité, et enfin sauver la leur, car avouer qu'on s'est passionné toute sa vie pour une discipline moribonde serait suicidaire. Je me demande si je continuerais à aller aux arènes sans la stimulation de mes copains et si la municipalité ne m'invitait pas. Les taureaux ne valent plus rien, ils ne tiennent plus le choc, les picadors doivent les ménager, les piquer à doses homéopathiques. Que voulez-vous, avec la sécheresse, il n'y a plus d'herbe… On leur colle des tas de saloperies chimiques à manger, qui dénaturent la race. Ils ne courent plus assez, alors quand ils sortent plein gaz du toril et qu'ils font trois tours de piste, vous pouvez être certains qu'ils sont à plat, secs, prêts pour l'abattoir. Alors les toreros, je ne les blâme pas. Ici, on aime les toreros, vous savez. C'est pas toujours justifié, j'en conviens, car certains se foutent de notre gueule…

Mais bon, c'est comme ça, tout le monde a rêvé enfant d'être torero, a joué à la corrida dans le parc de Maria Luisa, alors faut pas bousculer les vieilles illusions. Nous sommes un pays d'artistes : Curro Romero, Rafael de Paula, Morante de la Puebla, Manuel de Alba, ce cartel aurait de la gueule, vous ne trouvez pas ? Mais nos artistes sont morts, à la retraite ou dans l'impossibilité de faire vibrer les foules. Comment voulez-vous faire de l'art avec des bêtes qui n'ont pas trois passes dans le coffre ? Il n'y a plus de magie. Au lieu de se laisser emporter par la grâce du *toréo*[1], on frémit à l'idée que le taureau s'affaisse, s'agenouille, rende les armes sans combattre. Comprenez-moi bien, je ne fais pas l'apologie des « toros-toros » qui font voler les capes, renversent les cavaliers, devant lesquels l'esquisse d'une *naturelle*[2], la tentative d'une *chicuelina*[3] relèvent du suicide. Mais bon, on en a marre de voir des limaces devant lesquelles nos artistes ne peuvent plus donner la mesure de leur talent. Ils devraient troquer leurs habits de lumières pour des blouses blanches, ce serait plus réaliste. Car le travail consistant à faire tenir debout un taureau impotent le plus longtemps possible jusqu'à l'affaissement final relève de l'orthopédie.

Despiau profita que son collègue reprenait sa respiration pour lui rappeler qu'ils enquêtaient sur un assassinat. Il n'eut pas le temps de donner les principaux éléments de l'enquête que l'homme repartit de plus belle :

— Tout le monde ne parle que de ça. Il fallait qu'un jour, ça arrive. Mais je ne pensais pas que ce serait en France. Ici, c'est devenu un sujet politique qui excite les

1. Art de combattre les taureaux.
2. Passe donnée de la main gauche.
3. Passe au cours de laquelle le torero enroule la cape autour de son corps.

passions. La tauromachie a longtemps été associée au franquisme, mais c'est des conneries : elle existait bien avant que naisse ce petit dictateur de merde. Pourtant, cette histoire a laissé des traces. Regardez les discours politiques : l'extrême droite et le parti populaire sont favorables à la corrida, pour les élections c'est à qui présentera le plus de toreros ou de ganaderos sur sa liste, tandis que Podemos et l'extrême gauche militent pour l'interdiction. Et puis, vous avez ces jeunes businessmen internationalistes de Ciudadanos qui trouvent ça ringard mais ne le disent pas, et les socialistes qui marchent sur des œufs de peur de perdre des voix. Mais c'est vrai, c'est devenu un truc de vieux. Il n'y a plus de jeunes dans les arènes. Les seuls qu'on trouve encore sont dans la piste, pour gagner du pognon. On en forme des centaines dans les écoles taurines, mais combien en reste-t-il à l'arrivée ? Ils abandonnent tous à l'adolescence. De nos jours, vous aurez plus de succès avec les nanas en faisant de la musique électronique qu'en passant votre vie au cul des vaches.

Barrère essaya d'intervenir, en évoquant un éventuel règlement de comptes à l'intérieur de la grande famille taurine. Perez Galdos la regarda d'un œil étonné :

— Si c'est le cas, vous ne le saurez jamais. Tout le monde connaîtra plus ou moins la vérité, mais personne n'en parlera. Question de vie ou de mort. Pas forcément de mort physique, mais de mort sociale. Ici, celui qui crache dans la soupe le paie très cher. C'est vrai que ce milieu de maquignons n'est pas très propre… Tous les coups sont permis et même entre les toreros, ce n'est pas le grand amour. J'ai beaucoup rigolé hier en regardant à la télévision leur show fraternel dans les arènes de Jerez. Et que je te tiens par les épaules, et que je te fais des abrazos, et qu'on verse ensemble de chaudes larmes pour ce putain d'Alba qui n'avait aucun scrupule à nous piquer tous les contrats, en Espagne, en France et même en Amérique. Des larmes de crocodile, oui! Il avait le culot de se glorifier d'avoir tué 6000 taureaux, alors que la plupart des jeunes qui débutent sont heureux s'ils en tuent une dizaine dans l'année. Car derrière le spectacle sur papier glacé des figuras au bord de leur piscine dans des maisons de rêve, de leurs photos glamour au bras de mannequins stars dans les soirées de la jet-set ou dans les réceptions princières, vous avez une cohorte de traîne-misère, dont certains sont pourtant très talentueux, auxquels on ne donne pas leur chance car toutes les arènes sont rackettées par des mafias qui se partagent le magot. Pas besoin d'être un grand économiste pour se rendre compte que les corridas sont un marché de plus en plus concurrentiel avec la raréfaction de leur nombre. Quand, il y a quinze ans de cela, il y en avait plus de cinq ou six cents par an, il n'y en a plus que le quart aujourd'hui. Alors, le combat est fratricide entre les ganaderos qui ne peuvent plus écouler leur bétail, les organisateurs de spectacles qui ne trouvent plus de subvention publique et sont en faillite, les apoderados dont les commissions se raréfient, et leurs protégés qui doivent brader leurs prestations pour pouvoir être engagés dans des arènes de deuxième ou de troisième catégorie.

— Donc, vous n'excluez pas l'hypothèse d'une affaire interne au milieu taurin. Mais qu'est-ce qui pourrait expliquer le recours au meurtre? Avant d'en arriver à cette extrémité, il existe d'autres moyens moins radicaux et surtout moins spectaculaires de résoudre un conflit. C'était quand même risqué de perpétrer ce crime dans un endroit aussi surpeuplé que le patio de caballos.

— La description critique que je viens de faire du monde taurin n'implique en rien que le meurtrier en soit membre. Ces gens-là ont parfois des mœurs de sauvages, mais ils sont liés par un code de l'honneur qui les empêche de franchir certaines limites. Le meurtre constitue une de ces limites, surtout dans une arène. Dans le contexte actuel de crise, ce n'était vraiment pas le moment d'attirer l'attention du grand public.

— Mais vous le savez aussi bien que moi, de tels passages à l'acte sont rarement rationnels.

— C'est vrai. Mais malgré tout ce que j'ai dit, je préfère penser que le criminel est étranger au milieu. Je dis bien : « je préfère. » Car le crime est signé. J'ai tendance à croire que personne ici n'oserait exterminer quelqu'un avec une épée. On tue avec un fusil, un pistolet, un couteau, plus avec une épée ! Dans les temps modernes, l'épée n'a qu'un seul usage, une seule destination : donner le coup de grâce aux taureaux.

— Et si malgré tout, ce n'était pas le cas ?

— Si ce n'était pas le cas, cela signerait l'arrêt de mort de la corrida.

Barrère laissa flotter un grand silence que, pour une fois, Despiau n'eut pas la maladresse d'interrompre. Perez Galdos, plus calme, reprit :

— En famille, la corrida est un sujet de discorde. Chez moi, je suis le dernier à en justifier la survie. Mais mes convictions s'étiolent. Quand elles menacent de détruire les liens affectifs que vous avez avec vos enfants, alors vous mettez un mouchoir dessus. Ma fille aînée est végétarienne militante, alors vous imaginez le combat ! Mon fils a fait de brillantes études d'ingénieur en permaculture. Aucun ne supporte ces massacres. Ils me reprochent le traumatisme que leur a procuré la seule corrida à laquelle je les ai amenés quand ils étaient petits. La jeunesse a changé de veau d'or, conclut Perez Galdos, visiblement fier de sa formule.

Les forces vives de l'équipe étant affaiblies par les congés d'une partie de son personnel, Rolland mobilisa les services de la direction interrégionale de la police judiciaire pour étoffer son effectif. Ils dépêchèrent deux de leurs membres pour participer à la réunion qui fit suite au retour des « Andalous ».

Barrère et Despiau présentèrent un bilan mitigé de leur voyage. Ils n'avaient pas identifié d'individus susceptibles d'avoir commis le meurtre, même s'il n'était pas exclu qu'un énergumène comme l'apprenti torero mentionné par le chef de la police de Jerez en ait été capable. Cependant, ils avaient pris conscience de l'inquiétude qui régnait dans le milieu taurin et des tensions générées par la crise financière qu'il connaissait. Ils avaient également compris que les mobilisations françaises anti-taurines n'étaient pas isolées et qu'il existait une véritable internationale de la contestation.

Les stratégies de cette nébuleuse étaient doubles : d'un côté, une action pédagogique publique, menée par des organismes officiels bien répertoriés, basée sur des manifestations et des campagnes médiatiques. De l'autre, des actions violentes, perpétrées par de petits groupes invisibles, aguerris aux méthodes de la désobéissance civile, visant à effrayer les affairistes et les adeptes de la tauromachie, mais également à mettre l'interdiction des corridas à l'agenda des instances européennes et des gouvernements nationaux.

Les policiers bordelais voulurent ensuite connaître précisément l'état d'avancement des recherches en cours. Barrère se leva alors et synthétisa sur le tableau les pistes déjà explorées et celles qui restaient à creuser. Elle les mit ensuite en débat, tant à l'extérieur du milieu taurin qu'en son sein et dans la vie personnelle du torero :

Pistes exogènes
– Victor
– Manolo l'homme fatigué
– Les éco-warriors

Les policiers ne sont pas convaincus de la culpabilité de Victor Dias, l'ancien joueur de rugby. Son groupe d'amis considère qu'il a le cœur sur la main, qu'il ne ferait pas de mal à une mouche sauf en cas de provocation ou pour réagir à une injustice flagrante. Mais Despiau, qui le connaît un peu, n'exclut pas un coup de sang de sa part et considère que sa forte corpulence lui permet d'enfoncer une épée dans un corps.

Manolo, l'homme de la photo, reste pour tous une énigme. Rien ne semble a priori le rattacher au monde taurin ou à ses opposants, mais il s'est trouvé dans le patio de caballos alors qu'il n'avait rien à y faire et a quitté curieusement la ville après l'assassinat.

Le petit groupe de Célestine Capin n'apparaît pas susceptible de commettre un acte sanguinaire. Il ne semble pas infiltré par des éco-warriors qui, s'ils existent, évitent de côtoyer, par crainte de se faire repérer, les noyaux légitimistes. La radicalisation croissante des interventions animalistes et l'invisibilité de leurs foyers actifs laissent ouverte l'hypothèse d'une action spectaculaire, venue de militants étrangers à la région, destinée à frapper l'opinion publique et à mobiliser les médias nationaux et internationaux.

Pistes endogènes

– Carmencita et ses deux éphèbes
– L'apprenti torero de Sanlucar
– Les pilotes des drones
– Un règlement de comptes affairiste

La diva pourrait avoir, par dépit amoureux, commandité le meurtre, mais ne possède pas les ressources physiques nécessaires pour manier une épée. Il est peu probable que ses deux chevaliers servants en soient les exécutants, tant on les voit mal, psychologiquement et physiquement, s'exprimer sur le registre de la force. S'ils l'avaient fait, ils auraient probablement pris la poudre d'escampette au lieu de continuer à plastronner durant les deux jours suivant le meurtre.

Les incidents rapportés par le chef de la police de Jerez (l'apprenti torero révolté par son rejet de la tienta, des drones survolant la propriété d'Alba) accréditent l'idée que les raisons du crime peuvent trouver leur origine dans la vie professionnelle du maestro. Sa commission en France ne serait dès lors que pure opportunité, ou bien liée à une volonté de brouiller les pistes et de complexifier l'enquête.

Enfin, rien ne permet pour le moment d'étayer la possibilité d'une affaire d'argent qui aurait mal tourné. S'il existe probablement une ou des mafias taurines, elles n'ont, dans l'état actuel des connaissances, jamais utilisé le crime pour gérer leurs différends.

Pistes personnelles

– L'ex-compagnon psychiatre, père de leur enfant

– Tout autre événement affectif

Il arrive que des conflits familiaux autour du droit de visite d'un enfant puissent conduire à des actes très violents. Mais si toute séparation comporte son lot de tourments, il est rare qu'elle conduise, chez des gens ayant un bon niveau socio-culturel, et en particulier la sensibilité d'un pédopsychiatre, à de tels passages à l'acte.

La vie affective et sexuelle apparemment tumultueuse du torero pourrait davantage accréditer l'hypothèse d'un crime passionnel.

Une fois ces débats terminés, Barrère colla la feuille de papier sur le mur, puis lista sur une autre les chantiers à poursuivre ainsi que ceux restant à ouvrir :

Faire parler l'épée.

Les policiers bordelais, notant qu'elle avait été fabriquée par Bermejo de Tolède, s'étonnèrent que cet atelier n'ait pas été contacté pour connaître l'identité de l'acheteur ou les points de vente dans lesquels il aurait pu se la procurer. Barrère, la meilleure hispanophone du groupe, se chargea de ce travail. Espiet fit le point sur les multiples empreintes relevées sur l'arme du crime. Les plus exploitables correspondaient aux doigts du valet d'épée et d'un péon qui avaient manipulé l'arme dans la chapelle, tandis qu'aucune correspondance n'avait pu être établie pour les autres traces. Rolland remarqua qu'il n'attendait rien de ce côté-là dans la mesure où un criminel, un tant soit peu organisé, n'aurait pas fait l'erreur de tenir l'épée à main nue.

Considérant qu'il était difficile, en été, de dissimuler un objet aussi encombrant sous ses vêtements, les policiers bordelais émirent l'hypothèse que l'épée avait été introduite par les autres cuadrillas (ils recommandèrent d'en surveiller les membres), déposée le matin même ou les jours précédents dans un coin de la chapelle. Il suffisait alors au meurtrier de se glisser dans la salle de prière, de se saisir de l'arme et de commettre son forfait. Duplan, qui n'était pas intervenu jusque-là, s'étonna cependant que le torero ait continué à prier à genoux sans prêter attention à la personne qui pénétrait dans un espace aussi petit. Rolland suggéra alors qu'Alba connaissait peut-être l'impétrant et avait suffisamment confiance en lui pour ne pas se méfier, ce qui expliquerait l'absence de combat entre l'assassin et sa victime. Mais cette éventualité fut rejetée par les tenants opiniâtres de la thèse exogène, expliquant que le torero, se trouvant en état de concentration maximale, n'avait sûrement pas entendu la porte s'ouvrir, ou que l'immédiateté de l'agression ne lui avait pas laissé le temps de sortir de son recueillement.

Rechercher le téléphone.

Espiet affirma que ses services avaient passé au peigne fin la chapelle, le callejón et le patio de caballos en vain. Il proposa de procéder à une géolocalisation de l'appareil.

Analyser les bandes de vidéo protection.

Il fut décidé de visionner les images de la caméra placée à l'entrée du patio, non pas seulement dans l'heure précédant la corrida, mais également dans la nuit précédente, la matinée et le début d'après-midi – si tant est qu'elles aient été opérationnelles. C'était probablement dans ce laps de temps, avant même que les agents de sécurité ne renforcent leur dispositif, que l'épée avait pu être introduite dans la chapelle.

Approfondir la vie du torero.

Rolland parvint, non sans mal, à convaincre les autres participants de la possibilité d'un crime passionnel. Il fut donc décidé de maintenir un lien étroit avec les collègues espagnols, les familiers du torero et Don Pedro, l'historien de la corrida, pour en apprendre davantage sur la vie affective mais aussi les liens d'amitié ou d'inimitié professionnels de Manuel de Alba.

Connaître les activistes animalistes les plus virulents.

Ce dernier axe suscita illico l'enthousiasme de l'équipe landaise, qui avoua cependant son désarroi sur les moyens d'y parvenir. Les représentants de la direction interrégionale de la police judiciaire s'engagèrent à contacter les services de renseignement compétents susceptibles de travailler sur les mouvements radicaux.

Rolland conclut la séance en répétant plusieurs fois qu'il y avait du pain sur la planche et qu'il demandait à chacun de s'investir à 150 % dans cette enquête. Il remercia les policiers bordelais de leur aide. Mais ceux-ci le firent déchanter en précisant qu'ils n'avaient pas la mission de s'investir sur les missions de terrain, qu'ils exerçaient seulement un rôle de supervision de l'action.

Comme je le lui avais recommandé, le commissaire prit contact avec le SDRT[1]. Ce service était chargé d'exploiter les informations concernant tous les domaines de la vie institutionnelle, économique et sociale du territoire, et d'éclairer les autorités et les pouvoirs publics sur les mouvements revendicatifs ou protestataires remettant en cause les valeurs républicaines. Composé majoritairement de policiers, il comptait également en son sein, dans un souci permanent de coordination, de nombreux gendarmes.

J'accompagnai Rolland et Virginie Barrère dans les locaux du service. Le fonctionnaire qui nous accueillit nous confirma que les animalistes rentraient dans la catégorie des mouvements dits « à potentialité violente », et faisaient à ce titre l'objet d'un suivi de la part des deux sections zonales (SZRT) de Bordeaux et de Marseille, régions où se déroulaient la plupart des incidents. Celle de Bordeaux disposait en outre d'un groupe de recherche et d'appui implanté à Toulouse, qui couvrait la région Occitanie. Il leur donna un aperçu du contenu du fichier.

Y figurait la liste plus ou moins exhaustive des manifestations ou d'incidents signalés autour des arènes d'Aignan, de Garlin, Aire-sur-l'Adour, Captieux, La Brède, Dax, Mont-de-Marsan, Orthez, Parentis, Rion-des-Landes et Soustons. Leur nombre et leur dissémination relevait certainement d'une stratégie bien organisée

1. Service départemental du renseignement territorial.

dépassant le stade de l'amateurisme. Mais Barrère comprit que tout observateur un peu attentif pouvait, par la consultation des sites anti-taurins, parvenir à peu près aux mêmes constats.

Les noms de quelques meneurs, considérés comme avérés ou potentiels, leurs numéros de véhicules et leur domiciliation apparaissaient également dans le document. Ils retrouvèrent celui de Célestine Capin, la pasionaria montoise. On pouvait aussi relever la liste des procédures en cours et les rares jugements des tribunaux correctionnels ayant sanctionné les militants. Enfin, quelques articles de spécialistes enrichissaient le tout.

Ceux d'un certain Dubec y tenaient une place de choix. L'auteur stigmatisait les faiblesses de la réaction sociale face à la croissance des menaces pesant sur nos sociétés, fustigeait l'angélisme des intellectuels et de certains politiciens et préconisait d'en finir avec leur complaisance pour revenir à des réponses répressives fortes. Il décrivait une situation à caractère prérévolutionnaire et amalgamait black blocs, zadistes et animalistes dans une même dynamique ayant pour commun dénominateur d'abattre le système capitaliste et la démocratie.

Le métissage de leurs menaces, en apparence fort différentes, empêchait, à son avis, de prendre conscience de la gravité de la situation. Mais la fusion de leurs projets, imprégnés à la fois du romantisme baba cool et non-violent des années soixante-dix et de la radicalité des mouvements punk des années quatre-vingt, annonçait la création d'un front révolutionnaire dont le corpus théorique puisait à la fois dans l'anarchisme et l'antispécisme. Cette hybridation engendrait une nébuleuse activiste, que Dubec désignait sous le vocable de « babapunk », prônant une lutte permanente contre l'ultralibéralisme capitaliste. Sa vision du monde positionnait le genre humain dans un large écosystème où la nature et les animaux prenaient une place prépondérante. À une insurrection révolutionnaire populaire globale, ces mouvements sociaux préféraient des logiques de guérillas, des jaillissements spectaculaires réalisés par des commandos experts et labiles, changeant toujours de composition, de lieux et de cibles.

Les policiers transmirent également à Rolland plusieurs fiches rédigées par les agents du service. La première stipulait : « Les babapunks ne représentent qu'un mouvement floconneux. Ils veulent tous un monde meilleur mais pas forcément le même… Ils s'opposent sur les moyens plus ou moins paisibles ou violents de le faire advenir. Pour les affaiblir, il faut donc mettre le fer dans leurs contradictions. » Ensuite, le rédacteur fournissait une longue illustration de ces tensions : « Certains ont une vision purement animaliste de leur combat. Pour eux, l'animal est un sujet de droit qui doit être respecté et considéré comme doté d'une sensibilité et d'une conscience comparable à celles des humains. Ils sont critiqués par ceux qui leur reprochent de n'avoir pas dépassé le stade infantile et de n'avoir aucune conscience des rapports de domination qui déséquilibrent nos sociétés (exploitation des travailleurs, des corps, des enfants, des femmes, de la nature, des pays pauvres…). Pour cette minorité qui se dit éclairée, la lutte contre la corrida est un acte politique au même titre que celle dirigée contre la violence faite aux femmes, la pollution des rivières et les crimes contre la biodiversité. La mise à mort des taureaux en place publique ne serait dès lors que la face émergée d'un énorme iceberg d'injustices et de violences. » La fiche concluait ainsi : « Il existe une fracture énorme séparant les globalistes, pour un combat tous azimuts contre l'oppression, et les particularistes investis dans la défense de causes spécifiques. S'il est naturellement utile de souligner les dangers potentiels de ces mouvements, il est probablement erroné d'en tracer un portrait de famille tant les clivages idéologiques et intellectuels sont profonds entre leurs divers objets et modes d'expression. »

Une deuxième fiche, affirmant un lien entre antispécisme et ultra-gauche, se concentrait sur les risques de la situation. Elle soulignait la psychose s'emparant de tous les commerçants de bouche, de cuir, de poisson, de fromages, les restaurateurs de viande, les circassiens ayant des ménageries. Elle redoutait les conséquences d'une contre-mobilisation de ces professions. La défense de leurs intérêts catégoriels, dénuée de toute considération philosophique, pouvait s'avérer aussi redoutable que les actions des babapunks. « En l'absence d'une action ferme et ciblée des pouvoirs publics, les échanges "à couteaux tirés" entre ces deux groupes, se présentant chacun comme victime des agissements de l'autre, sont susceptibles de déclencher une escalade de la violence. » Le rédacteur proposait pour conclure de « faire baisser la pression en satisfaisant certaines revendications peu complexes à mettre en œuvre comme l'interdiction du broyage des poussins, de la castration à vif des porcelets, l'élevage des poulets en batterie ou l'élevage intensif des vaches. »

Une seule fiche était spécifiquement consacrée à la corrida. Son auteur listait les arguments formulés par les anti-taurins contre ce spectacle, depuis la souffrance des taureaux jusqu'au traumatisme causé aux enfants en passant par ses coûts pour la collectivité. Il doutait de la volonté des aficionados d'en réformer les règles dans le sens d'une éradication au moins partielle de la violence.

« Certaines pratiques, comme l'*afeitado*, consistant à limer les cornes du taureau pour amoindrir sa dangerosité, ont pu être réglementées et plus sérieusement contrôlées. Mais il est problématique d'envisager la suppression des piques et des banderilles (bien que parfois, ces deux tercios soient sérieusement escamotés par les cuadrillas compte tenu de la faiblesse des taureaux) ainsi que de la mise à mort, sans porter atteinte à l'essence même de la corrida. » Pour le policier, « de telles réformes engendreraient une grave crise de la tauromachie espagnole au profit des traditions landaise ou camarguaise, dont les enjeux économiques sont nettement plus restreints. »

Ces renseignements ne comblèrent pas totalement notre curiosité. Plus concentré sur les mouvements explicitement politiques, la SZRT n'avait pas encore pris la mesure des risques représentés par la multiplication des incidents dont l'assassinat de Mont-de-Marsan représentait l'acmé.

En feuilletant le programme de la médiathèque montoise, je découvris qu'une psychanalyste parisienne de renom, Maryse Couturier, y donnait une conférence sur le thème « psychanalyse et terrorisme ». J'en parlai aux policiers montois, la jugeant certainement utile pour comprendre le fonctionnement des éco-warriors. Mais ma proposition ne suscita que moqueries plus ou moins fines. Seule Virginie Barrère consentit à m'accompagner.

L'auditorium, malgré la période estivale, était bourré jusqu'à la gueule. Aux premiers rangs de l'amphithéâtre, on pouvait reconnaître à leur calvitie naissante, leur nuque longue de cheveux ondoyants ou leurs nœuds papillons multicolores, quelques psychiatres ou psychothérapeutes. Derrière eux, quelques terrorisés venus pour démasquer les monstres rôdant au milieu d'eux et, tapis dans le fond, quelques terroristes du quotidien – coupeurs frénétiques de parole, mâles domestiques dominateurs, narcissiques autoritaires, langues de vipères bien pendues, pinailleurs chroniques, obsessionnels redondants – venus s'informer, incognito, sur leur propension à pourrir la vie de leurs semblables.

Le discours de la conférencière était parfois hermétique, mais il était brillant et déclamé sur un ton joyeux, presque badin. Puis elle rentra avec jubilation dans le vif du sujet en affirmant qu'il n'existait aucune définition ontologique du terrorisme. Elle donna l'exemple de ces régimes politiques qui n'hésitent pas à qualifier de terroristes les individus « qui, par la violence, veulent renverser leur domination, s'opposent à leur toute-puissance ». À l'inverse, ces derniers considèrent comme terroriste « le pouvoir qui les exclut, les réprime et les oblige à utiliser le langage de la violence pour se faire entendre ». Après quelques circonvolutions plus psychanalytiques, elle évoqua notre penchant à stigmatiser comme terroristes ceux qui, par leurs provocations, leurs excès destructeurs, « entravent la possibilité d'un dialogue et détruisent le petit château de cartes de notre confort ». Pour conclure, elle nous incita à nous défier des usages triviaux du mot « terroriste », à en sélectionner scrupuleusement les usages sous peine de devenir à notre tour, le terroriste de quelqu'un.

Le propos de l'oratrice fut alors interrompu par des vociférations dont l'audition était difficile. J'en compris cependant quelques saillies désordonnées :

— En ce moment, c'est vous qui nous terrorisez !

— De quel droit nous donnez-vous des leçons ?

— Et les cadavres de Charlie Hebdo, du Bataclan, qu'est-ce que vous en faites ?

— Il n'y a aucune mesure entre les empêcheurs de vivre et les assassins qui donnent la mort !

La conférencière écouta avec calme ce déchaînement verbal et continua d'une voix posée.

— Vous avez raison, vos remarques sont extrêmement judicieuses et vont dans le sens d'un usage restrictif et précis du mot terroriste. Je commenterai seulement la dernière. Vous avez, cher monsieur, parlé de la mort et vous avez eu grand mérite à le faire. Il nous faut parler de la mort, cette mort dont nous sommes friands sur les écrans, dans les polars, mais que nous ne voulons plus voir rôder auprès de nous, cette mort que nous esquivons par tous les moyens, en plaçant nos vieux dans des prisons de solitude, en brûlant leurs corps dans des fours invisibles, en jetant leurs cendres dans les vents ou les eaux de l'oubli, sans sépulture tangible. Nos désirs pathétiques de vie éternelle abolissent toute idée de finitude. La seule mort qui se donne à voir dans une ville taurine comme la vôtre, c'est celle que le torero donne au taureau. Son interdiction ne signifierait-elle pas la mise à mort de la mort ?

Une partie du public se leva, sans doute des aficionados, et acclama frénétiquement l'oratrice en agitant des mouchoirs blancs pour témoigner de leur satisfaction. Une autre la conspua. Enfin, une dernière resta perplexe. Sans trop savoir pourquoi, nous sortîmes de la médiathèque l'âme légère. Le gai savoir et l'attitude irrévérencieuse de l'oratrice en étaient certainement la cause. Nous allâmes dépenser notre énergie en marchant sur les bords de la Midouze. En croisant un jeune homme tenant dans ses mains un bouquet de fleurs, Virginie m'avoua qu'elle aurait aimé en être la récipiendaire.

*

Duplan et Lestruhaut étaient passés régulièrement au domicile de Manolo pour savoir s'il était rentré d'Espagne. Ils en profitèrent pour réaliser de petites enquêtes dans son entourage, mais chacun de ses voisins se félicitait de fréquenter ce bricoleur aimable. Aussi, dès son retour, il fut aussitôt informé des suspicions policières à son égard. Pour en connaître les raisons, il se présenta le jour même au commissariat. Barrère et Despiau ne lui cachèrent pas que sa présence dans le patio de caballos, au moment de la commission du meurtre, alors qu'il n'avait pas d'accréditation pour se trouver là, les intriguait beaucoup.

— Je suis andalou, répondit-il avec un fort accent espagnol. J'ai grandi à Malaga dans une famille pauvre. Nous habitions dans un grand ensemble non loin des arènes. On se faisait un peu d'argent en gardant les voitures des spectateurs qui se garaient dans le terrain vague à proximité. Pendant la corrida, on allait, avec les copains, faire le tour des arènes. J'aimais voir le commerce des vendeurs de billets, de cigares, de poupées andalouses, de banderilles, de capes, d'éventails, de coussins et d'affiches. Je me disais que mon avenir était là. Car je ne voulais pas finir comme ces mendiants, ces culs-de-jatte, ces faux aveugles, ces pickpockets qui végétaient au milieu des détritus et des papiers gras et demandaient la charité.

Despiau le coupa :

— On ne t'a pas demandé de raconter ta vie, mais de répondre à une seule question : que faisais-tu le 19 juillet dernier entre 17 heures et 18 heures, dans le patio de caballos des arènes du Plumaçon ?

Mais Barrère, sans égard pour son collègue, demanda à l'Andalou de continuer son récit.

— Ce que je veux vous dire, c'est que je ne suis jamais rentré dans cette arène, ni dans aucune autre. Mes corridas à moi se passaient à l'extérieur. Mes seuls toreros, lorsque retentissait le paso doble du paseo, étaient ces mendiants qui, affalés sur le sol, se relevaient alors et prenaient la posture des figuras qu'ils avaient rêvé d'être dans leur jeunesse.

— Tu es un poète, on s'y croirait. Mais tu n'as toujours pas répondu à ma question, poursuivit Despiau.

— Je n'ai jamais vu de corrida, c'est trop cher et puis j'ai peur d'être déçu. Par contre, j'ai toujours été intrigué par ce qui se passe autour : la concentration des matadors, la préparation des chevaux des picadors… tout ce que le public ne voit pas. Alors, quand j'ai su que mon voisin était contrôleur du patio, je lui ai demandé s'il pouvait m'y faire entrer. Après avoir hésité, il a fini par accepter. Je suis arrivé très en avance et j'ai profité du passage des équarisseurs et de leurs camions pour m'infiltrer. Et voilà, je me suis promené, j'ai tout observé. C'était vraiment intéressant. Je suis resté jusqu'à l'arrivée du premier taureau mort, puis je suis parti quand ils ont commencé à l'éviscérer.

— Puisque tu as tout observé, tu as certainement vu l'assassin.

— Si j'avais vu quelque chose, je vous l'aurais dit.

— Pas si sûr. En avouant votre présence, vous risquiez de porter tort à votre voisin contrôleur, remarqua Barrère.

— À moins que tu ne sois l'assassin, reprit Despiau. Car ton comportement n'est pas très clair. Le lendemain du crime, tu avais déjà quitté la ville. Comme si tu voulais échapper à la police. Et tu reviens près de trois semaines plus tard, croyant sans doute que l'orage est passé.

Manolo clama longuement son innocence, mais ne fit pas fléchir Despiau qui garda la conviction qu'il était le coupable. Après une longue entrevue avec Rolland, il fut finalement décidé, en accord avec le juge d'instruction, de le placer en garde à vue le temps de perquisitionner son domicile, d'expertiser son téléphone ou… de recueillir ses aveux. Mais la perquisition ne permit pas de recueillir le moindre indice reliant Manolo au monde taurin et son téléphone n'accoucha que de conversations familiales en espagnol ou de rendez-vous de travail. Son bornage correspondait aux déplacements qu'il avait signalés.

Alors, quand le parquet de Dax signala que des incidents graves s'étaient produits avant et pendant la première corrida des fêtes de la ville, l'opportunité de prolonger sa garde à vue ne s'imposait plus. Malgré le doute qu'instillait dans l'esprit des policiers sa présence étrange dans le patio des arènes et son départ le lendemain, aucun élément tangible ne justifiait sa détention. Il fut donc libéré sans mise en examen. En le raccompagnant, Despiau lui recommanda de ne pas quitter la ville et de rester à la disposition des services de police.

À sa sortie, Duplan le prit discrètement en filature. L'homme fit des provisions dans un petit supermarché et regagna son domicile, où il resta jusqu'à la nuit.

L'enquête était décidément au point mort. En effet, le téléphone d'Alba avait été géolocalisé par les services techniques à proximité de l'église de la Madeleine. Constatant son immobilité depuis plusieurs jours, ils en conclurent qu'il avait probablement été abandonné par le criminel ou son complice. Malgré des fouilles minutieuses, les policiers ne purent mettre la main dessus. En outre, l'examen des bandes de vidéoprotection des arènes n'avait révélé que les activités d'un pickpocket, d'un escroc vendant des faux billets et d'une bande de jeunes locaux sérieusement éméchés. Enfin, Barrère découvrit, par le gérant tolédan de la fabrique Bermejo, que le numéro figurant sur l'arme du crime permettait de dater sa fabrication en 1992. Mais l'absence d'informatisation des ventes à cette époque entravait toute perspective de traçabilité.

Les seuls espoirs résidaient désormais dans la connaissance des milieux babapunks, ainsi que de la vie personnelle et professionnelle du torero.

FERIA 3

DAX

La proximité de l'océan, la célébrité de ses eaux chaudes, rendent Dax plus légère et plus attractive aux *estrangers* que sa rivale montoise plantée dans son humus. Quand viennent les fêtes, au milieu du mois d'août, les grosses chaleurs de l'été sont passées, les fragrances de l'automne ne sont pas encore perceptibles. De rouge et de blanc parée, la ville bamboche allègrement mais avec ce zeste de retenue que les exigences du bien-paraître lui imposent.

ONDES FUGITIVES DE L'ADOUR

Une heure avant le paseo de la corrida initiale, les pompiers dacquois furent avisés – par un appel anonyme – que les abattoirs de la ville étaient en flammes. Prenant cet appel au sérieux, ils foncèrent toutes sirènes hurlantes sur les lieux pour découvrir qu'un feu de détritus, dont la vivacité menaçait d'embraser le grand portail de l'entrée, avait été allumé contre l'édifice. Après son extinction, deux techniciens de la police tentèrent de rassembler des indices susceptibles d'identifier les auteurs de cette infraction. Leur récolte fut maigre ; ils ne trouvèrent qu'un vieux bidon d'essence ordinaire jeté à la va-vite dans le brasier.

Pendant ce temps, et sans qu'on puisse établir un lien entre les deux phénomènes, une pirogue, sur laquelle était adroitement fixé un toro de fuego sur lequel étaient peints en rouge les mots « sauvez-moi », naviguait de long en large et d'aval en amont sur les eaux du fleuve Adour. Le peuple des aficionados se rendant aux arènes en traversant le parc ne pouvait pas le manquer, car le crépitement de ses feux d'artifice s'entendait de très loin. Les deux rameurs qui se trouvaient sur l'embarcation ne furent arraisonnés par la brigade fluviale (chargée de repêcher les ivrognes pendant les fêtes) qu'après le début du spectacle. Il s'agissait, dirent-ils, de deux membres de l'ACORD, cette association pour des corridas douces déjà observée le mois précédent autour du Plumaçon. Comme ils ne représentaient a priori aucun danger pour l'ordre public, ils furent relâchés aussitôt.

Le public attendait avec espoir le cinquième taureau – *no hay quinto malo*[1] –, tant les quatre précédents s'étaient montrés faibles. Paco Vargas, élégant dans son costume ciel d'orage, l'accueillit courageusement *a puerta gayola*[2]. La bête s'intéressa à la cape, se révéla pleine de bravoure face au cheval et se prêta de bonne grâce au jeu des banderilles. Tout se présentait parfaitement. Le maestro, désireux de laisser souffler son adversaire et de ménager ses effets devant un public déjà envoûté, s'accorda un moment de recueillement avant d'entreprendre son travail artistique. Il s'approcha du callejón, derrière lequel son valet d'épée lui tendit la *muleta*[3] et l'épée en bois. Il fit quelques pas pour demander à la présidence l'autorisation d'entamer le *tercio*[4] de la mise à mort, en ôtant sa montera. Sentant que sa *faena*[5], devant un tel taureau, pouvait le réconcilier avec une gloire qui le fuyait depuis le début de la saison, il se rendit ensuite au centre de la piste et brinda cérémonieusement son travail à l'ensemble du public qui l'acclama. Il jeta alors sa montera dans son dos mais, au désappointement de la foule, elle tomba à l'envers, la calotte tournée vers le ciel.

Il s'avança vers le taureau et l'amena patiemment vers un terrain qui lui parut propice. Quand l'animal s'immobilisa, il lui parla dans un langage dont seuls les toreros comprennent le sens et, les pieds bien plantés dans le sable, l'invita, faisant frémir sa muleta d'un coup sec du poignet, à le rejoindre. Le taureau répondit aussitôt à son signal et vint s'éblouir dans le tissu mouvant

1. Il n'y a pas de mauvais cinquième.
2. À genoux à la sortie du toril.
3. Cape utilisée par le torero pour réaliser sa faena, son travail.
4. Le combat est divisé en trois temps, trois *tercios*.
5. Troisième temps de la corrida.

que Vargas lui tendait. Celui-ci ne bougeait presque pas les pieds, malgré les cornes imposantes de la bête qui frôlaient son corps à chaque passe. L'omniprésence du danger, couplée à une esthétique de la survie, conféra à ce ballet une rare intensité émotionnelle. Quand le torero mit fin à cette première série de cinq ou six passes, la foule exprima frénétiquement son admiration. Elle protesta vigoureusement lorsque la présidence donna l'envoi de la musique, voulant déguster son instant de magie dans le silence le plus absolu.

Vargas se replaça à cinq mètres de son partenaire, puis ralentissant la charge de l'animal, enchaîna avec élégance et douceur une demi-douzaine de séries, de la droite, derechazos, de la gauche, naturelles, aussi admirables les unes que les autres. Quand il considéra avoir épuisé toutes les possibilités de leur dialogue, il se dirigea vers son valet d'épée. Ce dernier versa l'eau d'une cruche en terre sur ses mains, qu'il frotta délicatement, puis lui tendit un verre rempli de la même eau fraîche. Le maestro en prit une gorgée dont il se rinça la bouche, puis qu'il recracha contre les planches. Le valet lui présenta alors une serviette blanche avec laquelle il s'essuya le visage et le cou.

Pendant ce temps, la foule revendiqua avec insistance la grâce du taureau. Mais la présidence refusa, sous les huées, de montrer le fameux foulard orange, synonyme *d'indulto*[1], récompensant les qualités exceptionnelles de la bête. Probablement déçu, Vargas marcha vers le taureau, esquissa deux ou trois passes pour le cadrer, le fixer de manière adéquate, avant la mise à mort. Bien positionné à deux mètres de sa tête, il allongea son bras gauche pour placer précautionneusement la muleta sous

1. Grâce.

son mufle, leva lentement l'épée de son bras droit. Au moment même où il s'apprêtait à basculer, à plonger son estoc dans la croix, il fut pris de vomissements, chancela et s'affaissa sur la piste.

Un péon vint agiter immédiatement sa cape sous les naseaux du taureau pour l'éloigner de son maître, mais l'animal se retourna et chargea les deux hommes. Un cri d'effroi s'éleva des gradins. Le péon fut projeté en l'air, les cornes du fauve blessé soulevèrent ensuite le corps inerte du torero. Heureusement, le chef de lidia, l'expérimenté Roberto Bertomeu, parvint à le distraire et à le conduire de l'autre côté du *ruedo*[1]. Avec une précipitation et un manque de délicatesse à faire hurler tout formateur aux gestes de premier secours, les péons emportèrent le corps pantelant du maestro jusqu'à l'infirmerie. Au bout de deux à trois minutes de sidération, Bertomeu s'avança vers le taureau et, sans préoccupation esthétique, le châtia d'un vilain *bajonazo*[2].

Le soir, dans les bodegas, tout le monde parla du malaise de Vargas et de son transfert à l'hôpital. Ses heures de gloire dans la cité thermale, sa bonne connaissance de la langue et de la culture française lui valaient la compassion des aficionados du coin. Les rumeurs les plus diverses circulèrent dans la nuit pour expliquer ses troubles. Il aurait contracté un virus mystérieux lors de sa dernière tournée en Amérique latine ; le départ de sa femme avec un footballeur du Bétis Séville l'aurait profondément ébranlé ; il aurait été victime d'une gastro-entérite ; enfin, des anti-taurins l'auraient empoisonné. Cette dernière information, faisant écho aux incidents de l'après-midi, eut plus de succès que les précédentes.

---

1. La piste.
2. Coup d'épée bas et défectueux.

Les opposants à la corrida s'émurent autant que les aficionados de cette éventualité. Ici, la fête locale restait un moment sacré durant lequel on évitait les sujets qui fâchent. Tous savaient leurs opinions irréconciliables et préféraient jouer l'esquive. Ils avaient tout essayé de part et d'autre, en famille, au travail, dans leurs clubs sportifs, à jeun ou bien ivres. Tous leurs arguments rataient lamentablement leur but: faire vaciller les certitudes, éroder les convictions, favoriser l'acceptation du point de vue opposé. Peine perdue pour les plus fervents défenseurs de la corrida, qui ne pouvaient nier sa cruauté, la perversité de sa mise en scène quand elle exigeait du torero d'enjôler son taureau avant de lui infliger un châtiment fatal. Peine perdue pour les pourfendeurs de l'oppression animale qui s'échinaient à apporter la preuve que les taureaux avaient une nature placide, qu'ils ne demandaient qu'à paître paisiblement dans leurs champs, que leur agressivité n'était que la réponse aux coups, aux blessures et aux excitations qu'ils subissaient, au cauchemar qui leur était imposé.

La polarisation de leurs passions contraires était si radicale qu'elle pouvait fracasser les familles et les amitiés; aussi, ils préféraient continuer à se prendre par les épaules, à trinquer, à porter fraternellement les mêmes tenues blanches et les mêmes foulards rouges. Quand ils s'inquiétaient unanimement pour Vargas, c'était à l'homme qu'ils pensaient, pas au torero.

Tôt le matin, Darrigade, le procureur dacquois, reçut des informations de l'hôpital. La vie du torero n'était pas en danger. Il pourrait rejoindre rapidement son domicile. Les premiers résultats de l'analyse toxicologique révélaient qu'il avait été probablement victime d'une intoxication alimentaire sévère.

Sensibilisé par les événements de la veille et l'assassinat de Mont-de-Marsan, le magistrat appela le commissaire Albaladéjo. Il le chargea de faire la lumière sur l'origine de cette intoxication, car il ne pouvait exclure un acte de malveillance. Le policier rejoignit la cuadrilla de Vargas et inspecta la cruche donnée par le valet d'épée avant la mise à mort. Mais elle avait été vidée et rincée, ce qui compromettait sérieusement son analyse. Cependant, le médecin de garde ne prenait pas cette hypothèse en grande considération. Pour lui, le torero n'avait avalé qu'une quantité infime de liquide ; il était peu probable que cela ait pu provoquer une réaction organique si rapide et spectaculaire.

D'après les membres de la cuadrilla, Paco cessait de boire une bonne heure avant le paseo, tant il supportait mal d'être tourmenté par l'envie de pisser pendant la corrida. Il mangeait en général de façon frugale, mais exceptionnellement, il avait ce jour-là accepté une invitation de l'hôtel *Splendid* pour célébrer les vingt ans de sa première visite et fait probablement honneur au buffet.

Deux policiers se rendirent dans le plus prestigieux établissement de la ville. Le maître d'hôtel les informa avec précision que Vargas avait bu un verre de champagne, suite au discours de bienvenue du directeur et au paso doble interprété par la banda des Armagnacs. Il avait ensuite dégusté une verrine de piquillos marinés au persil et à l'ail, une autre de saumon au piment d'Espelette, puis avait picoré quelques tranches de jambon Bellota. Avant de partir faire une sieste dans la suite Arena, une des plus luxueuses de l'établissement, il craqua, ce fut son expression, pour un gâteau à la pistache. Les invités ayant partagé ce buffet n'avaient signalé aucun dérangement gastrique ou intestinal, et le maestro paraissait en pleine forme quand il était parti à pied, comme il aimait le faire, vers les arènes.

Les deux procureurs landais, Laborit et Darrigade, prirent la décision d'unir leurs forces pour éclairer les incidents ayant émaillé leurs fêtes respectives. Cette collaboration avait l'avantage de mutualiser les connaissances et d'étoffer les effectifs. Elle exigeait cependant un gros effort de la part de policiers, certes professionnels, mais marqués par les chamailleries ancestrales opposant Dax, réputée bourgeoise et opulente, à Mont-de-Marsan la populaire. Le commissaire Rolland, ignorant tout de ces rivalités, ne vit aucun inconvénient à cette fusion malgré les sarcasmes de Despiau et Duplan contre la cité thermale. Albaladéjo, en bon Dacquois, se montrait plus circonspect sur la possibilité d'une coopération constructive.

Afin d'apaiser les prurits chauvins, il fut décidé de rassembler ces frères et sœurs ennemis sur le terrain neutre de la gendarmerie de Tartas, située approximativement à mi-chemin des deux villes, où le commandant tarusate de la COB (Communauté des brigades de gendarmerie) les accueillit.

On se salua sans cordialité véritable, mais avec le désir sincère de venir à bout de ces affaires. Les deux procureurs présentèrent leurs équipes, qui se connaissaient déjà peu ou prou, et firent le point sur l'état des informations accumulées de part et d'autre.

L'équipe montoise donna un compte rendu précis de ses investigations, des pistes refermées et de celles qui restaient à explorer. Rolland n'eut aucun scrupule à avouer, malgré les mimiques réprobatrices de Despiau, qu'il n'était pas satisfait des résultats obtenus. Il souligna le manque de moyens pendant la période de vacances, la disponibilité très relative des renforts bordelais lui ayant été attribués, la complexité à pénétrer des milieux aussi mystérieux que les mouvements animalistes et le monde taurin. Les Dacquois ne purent s'empêcher de laisser filtrer une certaine jubilation devant l'impuissance de leurs collègues.

Puis, le commissaire Albaladéjo présenta la situation dacquoise : l'incendie de l'abattoir, l'épisode de la pirogue, le possible empoisonnement de Vargas et les prémices de son enquête. Pendant qu'il parlait, Darrigade reçut un message du laboratoire qui l'informait du résultat de l'expertise toxicologique : « Le malaise de Vargas est dû à l'ingestion d'huîtres. » Il se rendit dans la cour et téléphona pour en savoir plus :

— Votre torero a mangé une demi-douzaine d'huîtres, dont certaines étaient infectées par un virus dont l'effet ne s'est fait sentir que quelques heures plus tard, l'informa le chercheur.

— Le maître d'hôtel n'a jamais parlé d'huîtres…

— Je suis formel. Il s'agit bien d'huîtres toxiques contenant des bactéries dangereuses. Le risque d'une intoxication augmente toujours en période de chaleur, aussi faut-il bien s'assurer que les huîtres ont été récoltées dans de bonnes conditions et conservées à la bonne température. Les bactéries *Vibrio vulnificus* que nous avons identifiées se développent dans les eaux côtières chaudes ; le réchauffement climatique en favorise le développement.

— Encore ce putain de réchauffement climatique… C'est ennuyeux, la révélation de cet incident est de nature à entacher la réputation d'excellence du *Splendid*, surtout en pleine période de fêtes.

— Si je peux me permettre, monsieur le procureur, vous n'êtes pas chargé de la promotion touristique de la ville.

— Non, bien sûr, réagit le procureur, visiblement peu habitué à ce qu'on s'adresse à lui sur ce ton. Mais pour l'efficacité de nos missions, nous devons garder de bonnes relations avec tout le monde. C'est étrange, car personne d'autre ne semble avoir été victime d'intoxication.

— Tous les symptômes confirment notre diagnostic : fièvre, frissons, vomissements, diarrhée et réaction cutanée. C'est la totale !

— Et c'est grave ?

— Votre torero va se remettre vite, mais sachez qu'il était en état de choc et aurait pu mourir sans le traitement qui lui a été administré dès son arrivée à l'hôpital.

— Vous lui avez parlé ? Vous lui avez demandé s'il avait bien mangé ces huîtres ?

— Permettez-moi de vous rappeler que je travaille dans le laboratoire ; je ne suis pas soignant et je n'ai pas vu ce patient.

— Oh oui c'est vrai, pardon.

— Mais il faut se rendre à l'évidence : il a ingéré des huîtres, plusieurs même. À moins qu'on ne l'ait forcé à les avaler pendant sa sieste, je ne vois pas comment il pourrait le nier.

Tout le monde s'interrompit quand Darrigade revint dans la salle de réunion. Il paraissait manifestement contrarié par la nouvelle qu'il venait d'apprendre. À peine informé, Albaladéjo prit son téléphone pour discuter avec le directeur du *Splendid*. Ce dernier affirma que, contrairement aux années précédentes, les bourriches d'huîtres ne venaient pas du lac d'Hossegor, dont la récolte était cette année trop maigre, mais des meilleurs producteurs de Marennes. Elles avaient été acheminées par convoi spécial deux jours avant l'ouverture des fêtes, scrupuleusement sélectionnées pour une clientèle haut de gamme et tenues au frais. Il était sûr de la qualité de son produit. Il n'expliquait cet incident que par un acte de malveillance. Au commissaire qui lui demandait s'il connaissait ses écaillers, il répondit qu'il revenait au chef cuisinier de les embaucher, que les fêtes exigeaient de recruter des extras dont les états de service étaient cependant examinés avec soin.

L'assemblée ne fut pas convaincue par les justifications du directeur de l'établissement et opta majoritairement pour une simple intoxication alimentaire. Le seul doute concernait les propos du maître d'hôtel, qui se souvenait avec une précision extrême des plats consommés par le maestro mais avait curieusement oublié de mentionner les huîtres, dont chacun savait que la consommation n'était pas totalement dépourvue de risques. Albaladéjo promit d'aller personnellement à sa rencontre, le soir même, pour éclaircir ce point.

La discussion se concentra ensuite sur les incidents provoqués par les militants anti-taurins. Wlérick, tout juste rentrée de ses congés au Sri Lanka, fit un topo complet de ses recherches ainsi que des fiches élaborées par les services de renseignement. Despiau compléta son intervention en précisant qu'il connaissait l'ACORD et certifiait que ce groupe était sans rapport avec les babapunks qui avaient probablement assassiné Alba et mis le feu aux abattoirs locaux. Les « babapinks » de l'ACORD (il se montra très fier de son jeu de mots) étaient d'ailleurs méprisés par l'ensemble du mouvement animaliste, car ils voulaient expurger la corrida de ses éléments les plus cruels, mais n'en exigeaient pas la suppression.

Avant de se séparer, les deux équipes s'engagèrent, sous la férule de leurs procureurs, à travailler en commun et à échanger leurs informations. Ceux-ci se tournèrent ensuite vers le commandant de gendarmerie, qui était resté jusque-là silencieux, pour connaître ses intentions. Ce dernier précisa qu'aucune information n'était remontée pour l'instant de ses unités, mais qu'il ne manquerait pas de les aviser de tout élément paraissant utile à la manifestation de la vérité.

Ces belles promesses de collaboration laissèrent cependant sceptiques les policiers les plus chevronnés.

CAMPO CHARRO

Virginie Barrère, en congé depuis la veille, n'avait rien trouvé de mieux pour se reposer que d'aller se plonger dans la fièvre des fêtes dacquoises. Elle était partie le matin avec son amie Alix, professeure de sciences naturelles au lycée Victor-Duruy, dans l'intention d'assister au plus petit encierro du monde organisé par la peña Campo Charro. Elle était déjà venue dans cette cour dévolue au culte tauromachique, mais jamais assez tôt pour assister au débarquement des vaches. Elle avait pu assister à l'encierro de Pamplona parce qu'il se déroulait à 8 heures précises, avant l'heure de se coucher. Ici, c'était plus difficile. Il fallait se réveiller tôt, les bêtes étant libérées à 13 h 13 pétantes, puis affronter la culpabilité matinale d'avoir trop bu, croire aux capacités de résilience de ce corps transformé une fois encore en alambic, oublier la bouche pâteuse, maîtriser les reflux gastriques que les inhibiteurs de la pompe à proton ne parvenaient pas à domestiquer, trouver une médication susceptible de libérer les tempes de l'étau qui les comprimait, retrouver le courage d'affronter le bruit, les cris, la musique, les amis qui riaient, vous tapaient dans le dos et parlaient trop fort ; la vie, quoi.

J'avais réussi à convaincre mon collègue Léonard Manet, comme moi professeur de criminologie à l'université de Bordeaux[1], de quitter son île de Ré estivale pour s'immerger dans des fêtes qu'il ne connaissait pas.

1. Voir *L'Échappée basque*, SO noir, 2019.

Nous étions arrivés la veille au soir, avions fait la tournée des bodegas histoire de prendre le pouls de la ville, avant de sagement nous coucher sur les coups de quatre heures du matin, dans deux petits lits disposés dans le cabinet prêté par une amie psychiatre.

Vers midi trente, nous nous rendîmes à la peña Campo Charro pour assister au lâcher des vachettes. À peine étions-nous entrés dans l'étroite ruelle menant à la peña que Virginie et son amie nous tombèrent dans les bras.

Nous ne vîmes pas le temps passer et fûmes surpris quand, à 13 h 13, les portes du camion s'ouvrirent. Les petites vaches en descendirent et parcoururent à pleine vitesse les soixante-neuf mètres de l'impasse Laboudigue, qui conduisaient à un petit réduit permettant aux festayres de se « mettre devant » ces bêtes. Nous eûmes tout juste le temps de nous abriter dans une entrée de porte pour laisser passer la vague impétueuse du bétail.

Je réussis, non sans mal, à vaincre les réticences de mes amis et à les entraîner dans l'arène. Mais les places étaient chères et sans le sésame d'un ami toubib, habitué des lieux, nous n'y serions pas parvenus. Je pus réaliser deux écarts à la manière des écarteurs landais. Virginie me rejoignit avec une cape qu'on lui avait confiée, mais ne sut pas se dépêtrer des coups de tête intempestifs d'une génisse survoltée. Puis Léo se plaça si maladroitement devant l'animal que celui-ci lui faucha les chevilles et l'envoya valser sur les fesses deux bons mètres plus loin.

Pour célébrer ces émotions, j'offris une première bouteille de manzanilla, rapidement suivie d'une deuxième que Léo commanda. Marie-France, mon amie psychiatre, nous aperçut alors et nous fit signe de venir la rejoindre à une grande table où restaient quelques places. Par le plus grand des hasards, je me retrouvais assis à proximité de Don Pedro, l'un des plus fins connaisseurs du monde taurin, d'un célèbre journaliste de *Sud Ouest* et du dessinateur Serge Ibarron, dont le récent opus *Anthologie de la corrida dans la bande dessinée* garnissait les têtes de gondole de toutes les librairies spécialisées.

Je pris des nouvelles de la santé de Don Pedro que je connaissais depuis mon enfance. Ce vieux célibataire, homosexuel discret, venait tous les midis prendre le café chez mes parents. Il s'entretenait avec mon père tantôt de la construction de « ses arènes » payées par le contribuable local, tantôt de son dernier séjour aux fêtes de Séville ou de ses rencontres avec Jaime Ostos, El Viti, Diego Puerta ou Paco Camino. Il était un des derniers à avoir connu Dominguin et Ordoñez, à avoir fréquenté les arènes du Bouscat ou du Soleil d'Or à Toulouse, à avoir connu intimement Jean Pierre Darracq, el Tio Pepe, ou Georges Dubos, les premiers grands revisteros français. Cette mémoire, mais aussi son réseau de relations outre Pyrénées, lui valaient le respect de tous.

Malgré notre proximité d'antan, Don Pedro ne me prêta qu'une brève attention et se tourna vers la commandante Barrère, qu'il avait croisée à Mont-de-Marsan et immédiatement reconnue, pour lui demander nerveusement si l'enquête avançait :

— Je vous avoue qu'elle piétine. Nous aurions besoin de votre connaissance du mundillo pour y voir plus clair.

— Pourquoi du mundillo ? Vous pensez que le coupable se trouve parmi nous ? Vous faites fausse route. Je connais un paquet de salauds dans ce milieu mais pas un, pas un vous m'entendez, ne serait capable d'assassiner un type aussi épatant qu'Alba.

— Je n'ai aucune certitude, je cherche. Beaucoup d'éléments font penser à une action spectaculaire des anti-taurins, mais pour l'instant, aucun incident d'une telle gravité ne s'est jamais produit. Et nous ne comprenons pas pourquoi ils auraient choisi Manuel de Alba et Mont-de-Marsan pour commettre leur forfait. S'ils avaient voulu ébranler la planète taurine, ils auraient commis ce crime à Madrid, à Séville ou à Mexico et auraient choisi une *figura*[1] moins consensuelle, dont les provocations heurtent leur sensibilité.

— N'oubliez pas qu'Alba fêtait la mise à mort de son 6 000e taureau. Pour eux, c'est un symbole fort. Il représente le Matador avec un grand M, le tueur de taureaux suprême. Ces gens-là sont des comptables ! Ils additionnent des cadavres sans rien comprendre à notre art, à notre passion. Le seul coupable parmi nous, c'est ce con d'affairiste qui a voulu faire de cette corrida un événement ! Pour les autres, circulez, y a rien à voir !

— Je comprends votre position, mais mon éthique professionnelle m'oblige à n'écarter aucune piste.

Après un temps de réflexion, Don Pedro, la tête agitée par son tic nerveux habituel, consentit à lui dire :

— C'est à Madrid que tout se fait, que tout se dit.

— À Madrid ? Quel rapport avec Mont-de-Marsan, ce trou paumé des Landes dont personne en Espagne ne sait où il se trouve !

— Détrompez-vous ; les habitués de la rue Victoria savent tout ce qui se passe, rien de ce qui concerne notre monde ne leur échappe. C'est la maison mère. Elle est reliée au monde entier. On y est informé de ce qui se trame à Bogota, à Lima, Arles, Pamplona, Vic ou Hagetmau. On est prévenu le soir même si un novillero a coupé des oreilles à Parentis. On connaît le montant des cachets de tous les toreros, le prix des taureaux, la ma-

1. Vedette, star.

nière dont certaines ganaderias les bradent à certaines périodes de l'année. On sait qui fait affaire avec qui, qui couche avec qui, quels sont les toreros qui crèvent de faim et sont prêts à tout pour toréer, à faire huit cents kilomètres dans la journée pour aller défier, dans l'arène poussiéreuse d'un pueblo, les rebuts d'une ganaderia de troisième catégorie. On y apprend quels sont les péons ou les picadors sans cuadrilla fixe recherchant un contrat de dernière minute. On y découvre les cours du marché noir, les exigences des toreros les plus connus pour avoir des taureaux maniables. Je pourrais vous raconter des tas d'anecdotes qui vous surprendraient, ma petite, mais ce n'est pas le moment. En ce moment nous n'avons pas besoin de ça.

— Que voulez-vous dire ?

— Il ne faut pas se voiler la face : la corrida est en train de crever. Tous les organisateurs perdent de l'argent et les élus municipaux des petites arènes ne veulent plus octroyer de subventions à leurs clubs taurins. Même les partenariats avec les entreprises qui nous permettaient de remplir les gradins s'essoufflent. Pour eux, l'image de la corrida n'est plus porteuse. Les sponsors se débinent, les m'as-tu-vu du show-business ne descendent plus à Nîmes pour Pentecôte ! Seules résistent les ferias de notre région parce qu'elles s'adossent à un événement festif et culturel. Croyez-moi, nous sommes dans la merde jusqu'au cou !

Quand Marie-France entendit ce mot, la psychiatre qui, en toutes circonstances, surnageait en elle, ne put se maîtriser :

— Je vais vous raconter une histoire. Un vieux paysan marchant dans la campagne vit à ses pieds un petit oiseau transi de froid, presque mort de faim et n'ayant plus la force de voler. Il le prit doucement dans ses mains et l'installa dans une belle bouse de vache bien douillette. Le petit oiseau, tout heureux, se mit à babiller. Mais un renard entendit son gazouillis et le mangea. Il y a trois façons d'interpréter cette histoire. Un : lorsque quelqu'un vous met dans la merde, il ne vous veut pas toujours du mal. Deux : lorsque quelqu'un vous sort de la merde, il ne vous veut pas toujours du bien. Et trois : quand on est dans la merde, il n'est pas recommandé de le faire savoir…

Don Pedro, allergique à toute forme d'introspection et à la compagnie de la plupart des femmes, s'indigna de cette intervention :

— Qu'est-ce que vous venez m'emmerder avec votre histoire d'oiseau ! J'ai pas besoin de psychiatre pour connaître l'état désastreux de la tauromachie.

— Si je vous emmerde, cher ami, c'est que vous avez fort bien compris ce que je voulais dire.

Voulant calmer le jeu, je relançai Don Pedro sur la rue Victoria :

— Si j'ai bien compris, tu conseillerais à la police de se rendre à Madrid pour en savoir un peu plus ?

— Mais non ! Ce n'est pas ce que j'ai dit. N'attends pas que les habitués de la calle Victoria te fassent leurs confidences. On ne parle pas aux étrangers là-bas, surtout aux policiers. En tout cas, pas aux policiers vertueux. Il faut y aller l'air de rien, de préférence accompagné d'un habitué, chercher un billet, parler des taureaux, de la forme des toreros, de leurs blessures, boire un coup, en offrir un, laisser traîner ses oreilles, y revenir de temps en temps avec un peu de monnaie dans la poche pour faciliter les confidences. Alors peut-être, dans le fatras des potins qui circulent, en démêlant le jeu de ceux qui te mentent sans trop te mentir pour ne pas que tu saches qu'ils mentent alors qu'ils savent que tu sais qu'ils te mentent, apprendras-tu une toute petite partie de la vérité sur le meurtre d'Alba... à la condition bien sûr qu'elle concerne le milieu taurin, ce dont je doute fortement.

— Eh ! Pedro, je ne suis pas de la police ! Pour la recherche de la vérité, adresse-toi à la commandante Barrère. Moi je suis criminologue, je ne cherche qu'à comprendre.

— Je n'ai jamais rien compris à ce que tu faisais à l'université, Émilien. Ton père non plus, d'ailleurs. Il voulait que tu sois vétérinaire comme lui, comme ton grand-père, que tu fasses un vrai métier qui serve à quelque chose. Si tu l'avais voulu, j'aurais pu t'ouvrir toutes les arènes et toutes les ganaderias.

— Pour y faire quoi ? Certifier la comestibilité de la viande des taureaux ?

— Contrôler les cornes, assurer le suivi sanitaire des bêtes arrivant d'Espagne, conseiller les éleveurs sur l'alimentation des troupeaux, soigner les chevaux blessés et les taureaux graciés.

— Pour ce dernier cas, je n'aurais pas été surchargé de travail...

— Détrompe-toi, intervint Serge Ibarron en riant, il y a de plus en plus d'indultos, de grâces accordées aux taureaux.

— La race s'améliore ? demanda Marie-France.

— J'aimerais bien. Je crois plutôt que c'est une concession faite aux anti-taurins, pour montrer qu'il existe une échappatoire à la mort. On ne récompense pas les qualités de bravoure du taureau, son irréductible sauvagerie, mais l'excellence de sa contribution au succès du torero.

— C'est parfois une mascarade par rapport aux corridas dures d'antan, ajouta Don Pedro. Mais il ne faut pas être plus royaliste que le roi. Si tout le monde est content, pourquoi faire la fine bouche ? Avec la multiplication des indultos, les organisateurs sont fiers de leur choix de ganaderia, les ganaderos augmentent leurs prix, le prestige des toreros s'accroît – c'est leur légion d'honneur –, et la sensibilité du public est satisfaite.

Léo et Alix avaient, de leur côté, échangé leurs biographies. Leur jeu de séduction les rendaient insensibles aux tentatives de fraternisation d'un couple de Belges qui mangeaient à leurs côtés et ne cessaient de répéter qu'ils venaient tous les ans ici faire une cure de jouvence. Léo, deux fois divorcé, était toujours disponible pour une aventure féminine à la condition qu'elle soit sans risque. Pour lui, le danger suprême consistait à succomber aux charmes d'une jeune femme en mal d'enfant. Mais quand Alix évoqua sa fille de dix ans dont elle avait la garde alternée, il fut rassuré.

Un énorme tohu-bohu interrompit nos agapes. Les plus curieux, dont j'étais, se rendirent dans la rue. Une foule vêtue de blanc et portant des foulards verts descendait l'avenue Saint-Vincent-de-Paul en direction du centre de Dax. Les premiers manifestants dansaient au rythme d'une batucada endiablée ; d'autres, plus loin, suivaient un taureau en bois posé sur des roulettes précédé par la banda Los Frios (antonyme de Los Calientes, la célèbre et historique banda dacquoise) interprétant une parade funéraire de style Nouvelle-Orléans. Des piétons de tous âges brandissaient des pancartes reprenant les slogans habituels des mouvements anti-taurins : « Torture n'est pas culture », « Tuer n'est pas jouer » ; « Dax, thermes de sang ! » En fin de cortège, sur un char où était édifié un mur de briques sur lequel on pouvait lire « Tous les murs de la honte doivent tomber », un violoncelliste jouait la fameuse suite de Bach que Rostropovitch interpréta en 1989 au pied du mur écroulé de Berlin.

Impressionnés par l'importance de cette manifestation mais rassurés par l'ambiance bon enfant qui y régnait, nous allâmes tranquillement terminer notre repas.

Une vingtaine de minutes plus tard, notre dégustation d'armagnac fut interrompue par des détonations. Nous pensions à de joyeuses pétarades, mais Virginie nous certifia qu'elle reconnaissait le bruit caractéristique d'une explosion de grenade. Elle se leva aussitôt et nous entraîna dans son sillage. Nous remarquâmes rapidement que la manifestation se trouvait bloquée par des CRS à l'entrée du pont franchissant l'Adour. Virginie téléphona à ses collègues dacquois qui lui précisèrent que le préfet, craignant des débordements, avait placé deux compagnies, soit environ deux cent soixante hommes, aux points cruciaux de la ville. Une grosse partie était positionnée sur le pont et devant l'hôtel *Splendid*, où résidait le gotha des tauromaches, ainsi qu'autour des arènes.

En prenant une rue sur la droite, nous pûmes nous approcher de la berge et observer ce qui se passait sur le pont. La pression exercée par des centaines de manifestants résolus enfonça le barrage policier. Les CRS, se sentant menacés, firent usage de bombes lacrymogènes ainsi que, semble-t-il, de grenades de désencerclement. Il était difficile, dans le brouillard provoqué par les fumées, de discerner ce qui se passait vraiment. Il nous sembla que, ne pouvant endiguer la marée militante, les policiers reçurent l'ordre de charger. Leur offensive eut pour effet de précipiter de nombreux individus par-dessus le parapet et dans le lit du fleuve. Certains nagèrent vers les berges, d'autres furent hissés sur des canots par la brigade fluviale.

Afin, sans doute, d'éviter de plus graves incidents, les forces de police se replièrent et se déployèrent devant l'hôtel *Splendid*, laissant alors aux manifestants le champ libre pour se répandre dans le parc. Nous profitâmes de ce retrait pour traverser le fleuve afin d'observer de plus près ces troubles. Sur le pont gisait une bonne douzaine de personnes, apparemment touchées par les grenades, autour desquelles s'affairaient des équipes de premier secours.

Des aficionados se dirigeaient au même moment vers les arènes ; la confrontation avec les manifestants fut inéluctable. Ces derniers se montrèrent-ils agressifs ou injurieux ? Les aficionados ne supportèrent-ils pas cette invasion de foulards verts sur leur territoire ? Toujours est-il que la rencontre dégénéra rapidement en pugilat. Pour ne pas affaiblir leurs positions, les policiers décidèrent dans un premier temps de ne pas bouger, espérant que la vigueur des belligérants se calmerait naturellement. Mais la violence et la durée des échauffourées les contraignirent à s'interposer. Ils eurent les plus grandes difficultés à s'immiscer dans la mêlée et seule l'arrivée, toutes sirènes hurlantes, des pompiers venant secourir les blessés, parvint à tempérer l'empoignade.

Dans un tel climat, les autorités décidèrent, sous les vivats des antis et les huées des aficionados, d'annuler la corrida qui devait commencer une demi-heure plus tard. Un groupe d'énergumènes parvint, on ne sait comment, à escalader les murs des corrals avec le projet insensé de libérer les taureaux. Le mayoral peina à leur faire comprendre que ces bêtes étaient beaucoup moins pacifiques qu'ils l'imaginaient et susceptibles de tuer de nombreuses personnes. Un vieux Dacquois leur rappela qu'un taureau s'était échappé dans les rues de la ville à la fin du XIXe siècle et avait semé la panique jusqu'à ce que le matador Félix Robert et sa cuadrilla soient contraints de le tuer. Nul ne sait si les grimpeurs étaient férus d'histoire. Toujours est-il qu'ils renoncèrent à leur entreprise.

La foule resta un grand moment à attendre, les uns espérant que la corrida soit simplement retardée, les autres affirmant leur présence menaçante. Puis, dans le bruit des sirènes sanitaires, les membres des deux camps consentirent à quitter un parc des arènes aux allures de champ de bataille.

Une centaine de blessés restaient assis ou allongés sur les sentiers et les pelouses. Nous essayâmes de porter moralement secours aux éclopés les plus sérieux. Certains, dans un état comateux, n'émettaient qu'une longue plainte ; d'autres, moins touchés, avaient encore la vigueur d'insulter leurs adversaires ; quelques-uns tentaient de nous convaincre du bien-fondé de la cause qu'ils défendaient. Des corps inertes, baignant dans leur sang, furent enlevés par les secouristes et transportés à l'hôpital tout proche. Peu à peu, un silence étrange succéda au vacarme et à la confusion. Le taureau sur roulette, culbuté par les combattants, gisait, disloqué, au pied d'un arbre. Sur le kiosque à musique, le violoncelliste interprétait inlassablement les suites de Bach immortalisées par Rostropovitch.

SIDÉRATION

L'ambiance de la fête fut plombée par les événements de l'après-midi. Dans les bodegas, où l'on tentait de donner un sens aux incidents, circulaient les rumeurs les plus contradictoires. Certains évoquaient plusieurs noyés retrouvés sur les berges de l'Adour en aval de la ville et une dizaine de morts devant les arènes ; d'autres relataient avec détachement les combats épiques du parc comme on le ferait d'une mêlée relevée sur un stade de rugby.

Ces sentiments confus, allant de la dramatisation la plus extrême au déni de réalité, se télescopaient. Mais personne n'était véritablement informé. Le préfet et le procureur n'avaient encore fait aucune déclaration ; les médecins de l'hôpital se retranchaient derrière leur secret médical ; le maire minimisait dans les médias locaux les incidents pour défendre l'image de sa ville et de ses fêtes ; sur les chaînes d'information, de jeunes journalistes remplaçants, dont l'ignorance faisait peine à voir, recueillaient le témoignage de soi-disant experts trouvés à la va-vite dans le désert estival parisien. Jamais sans doute les écrans de télévision des bodegas ne reçurent autant de quolibets, de verres de vin, de volées de sandales, de reliefs de tapas, que ce soir-là.

Malgré le climat tendu, mon collègue Léo tint absolument à découvrir les réjouissances locales et me somma de lui faire visiter les lieux emblématiques de la nuit. Alix semblait séduite par cette proposition tandis que Virginie se montrait surtout préoccupée par l'évolution de la situation. Elle essaya à de multiples reprises, tant les réseaux étaient saturés, de joindre ses collègues. Au bout d'une heure, elle parvint à communiquer avec le commissaire Albaladéjo qui lui parut complètement débordé par l'ampleur des problèmes à traiter. Il était soulagé par l'arrivée d'une compagnie supplémentaire de CRS et de renforts dépêchés par la brigade interrégionale de la police judiciaire. Il avoua ne pas connaître précisément le nombre des victimes, mais attesta de la disparition d'une personne et d'un nombre considérable de blessés des deux camps, dont quelques-uns dans un état grave.

Apparemment indifférents au contexte, Léo et Alix étaient déchaînés, buvant plus que de raison, dansant sans trêve sur des rythmes endiablés de biguines et de salsas. Virginie, ne pouvant se déprendre de sa posture professionnelle, préféra nous quitter pour rejoindre ses collègues. Elle proposa à son amie de la ramener à Taller, où des amis les hébergeaient. Mais, prise dans son tourbillon festif, Alix déclina son offre. Me sentant rapidement en décalage avec ce couple exalté, tout à la joie de sa rencontre, je décidai de regagner ma couche. Les rues étaient presque désertes, le *Splendid* avait éteint ses lampions, la plupart des cafés tiré leurs rideaux. Sur les berges du fleuve, des CRS, soucieux d'en sécuriser les abords, incitaient avec tact les jeunes festayres à déménager ailleurs leurs campements.

*

En pleine nuit, je fus réveillé en sursaut par un bruit de chute et un « merde » tonitruant. C'était Léo qui, n'osant pas allumer la lumière, s'était empêtré sur la chaise du bureau. Les rires étouffés qui suivirent me révélèrent la présence de deux personnes. Je fis mine de dormir profondément pour ne pas déranger le couple que son ardent désir rendait insensible à toute forme de pudeur. Les vêtements volèrent dans le clair-obscur de la pièce, les corps s'étreignirent puis s'affalèrent sur le petit lit voisin du mien. Je compris alors que ma nuit serait peu réparatrice.

Je n'eus aucune difficulté à me figurer les ébats qui se déroulaient dans mon dos. L'intensité de leur plaisir, alliée à leur niveau d'alcoolémie, plongea les amants dans un tel état de transe qu'ils oublièrent totalement ma présence et libérèrent progressivement leurs potentialités vocales. Lorsque le lendemain, Léo me demanda : « On ne t'a pas dérangé, au moins ? », sa question était dénuée de toute forme d'humour. Les ivrognes, comme les sourds-muets, n'ont pas conscience du bruit qu'ils font.

Pourtant formé aux chants carabins par mon passage au BEC, le Bordeaux Étudiants Club, je découvris une série d'onomatopées créatives que la pudeur m'oblige à taire. Je ne dévoilerai que le sonore « atchicatchicatchic-ay-ay-ay ! » par lequel Léo célébra son éruption séminale. Après une heure de coma post-coïtal, les libidos de mes voisins se ragaillardirent sous des formes plus techniques, plus circassiennes – numéros de contorsionnistes, figures équestres, séquences de dressage. Elles se terminèrent debout devant la fenêtre ouverte où j'aperçus, du coin de l'œil, les élégants coups de reins que Léo offrait au postérieur généreusement offert d'une Alix dont les seins plantureux se balançaient voluptueusement dans l'air frais du petit matin.

*

Ayant discrètement laissé les amants restaurer leurs forces vitales blottis l'un contre l'autre, je descendis déjeuner dans le bar voisin. La gazette locale relatait abondamment les péripéties de la veille, mais les journalistes ne possédaient visiblement pas, à l'heure du bouclage, d'autres informations que celles que Virginie m'avait confiées avant de partir. Sur l'écran de la télévision, qui diffusait un reportage sur la pollution des plages, un bandeau défila qui annonçait l'intervention du préfet des Landes et du procureur de Dax une heure plus tard. En l'attendant, je partis déambuler sur les bords du fleuve. Le niveau de l'eau me parut assez bas. Ne sachant si c'était l'effet de la sécheresse ou celui des marées, je demandai à un pêcheur si le flux marin remontait jusqu'ici :

— Vous êtes curiste ?

— Non pourquoi, j'en ai l'air ?

— Y a que des curistes pour poser des questions pareilles. Bien sûr que la marée elle arrive ici, et heureusement ! Pour la pêche c'est bon, les poissons viennent, vont, c'est comme les hommes, ils ont besoin de frétiller.

— Ne m'en parlez pas ! Un de mes amis a frétillé toute la nuit sur le lit voisin du mien et m'a empêché de dormir.

— Il a de la chance votre ami, j'aimerais bien frétiller encore comme lui !

— Vous êtes encore jeune.

— T'as raison ! Avec toutes mes douleurs, le seul sport que je peux pratiquer, c'est la pêche.

— Et vous prenez des poissons ?

— Aujourd'hui rien. Pourtant, avec les cadavres ça devrait mordre !

— Les cadavres ?

— Vous n'avez pas écouté la radio ?

— Euh si mais…

— Eh bé, les cadavres ils sont passés par ici, peut-être même qu'ils sont coincés dans les branchages là-bas. Mais je crois que la marée descendante, avec les forts coefficients actuels, les aura emportés plus loin. Je l'ai dit aux flics qui sont passés ce matin.

— Ils ont suivi vos conseils ?

— Je crois, j'ai vu trois ou quatre canots descendre vers Saubusse tout à l'heure. Y avait des scaphandriers à bord.

À l'heure annoncée, les autorités firent un point sur la situation depuis le parvis de la sous-préfecture, en présence de nombreux journalistes. Le procureur Darrigade déclara :

> Mesdames, Messieurs, suite à la manifestation organisée hier après-midi par un collectif regroupant une quinzaine d'organisations animalistes, certains individus ont tenté de franchir le pont enjambant l'Adour, alors que le trajet autorisé était cantonné à la rive droite. Pour éviter des incidents aux abords de l'hôtel *Splendid* – où sont logés certains toreros et de nombreux aficionados – et autour des arènes où allait se dérouler une corrida, les forces de sécurité ont reçu l'ordre d'interdire l'accès au pont et de s'opposer aux poussées de la foule. La pression qu'elles ont exercé ont conduit des manifestants, pour échapper à l'étouffement, à sauter dans le fleuve par-dessus le parapet. Le commandant a alors décidé, avec sagesse, de faire reculer ses troupes.

Tandis que des équipes de la brigade fluviale repêchaient les personnes ayant plongé dans l'eau, les manifestants se sont répandus dans le parc. Une algarade a opposé certains éléments radicaux à des aficionados sans que, en l'état de nos connaissances, l'on puisse savoir qui en fut à l'initiative. La confusion étant totale, nos troupes n'ont pu intervenir immédiatement pour séparer les belligérants. Quand, au bout de quelques minutes, la tension est retombée, que les camps se sont distribués dans l'espace en position de face-à-face, nos équipes spécialisées se sont interposées, ont ramené le calme et facilité l'intervention des services de secours, pompiers, infirmiers et médecins.

Le bilan fait état de douze personnes transportées à l'hôpital et d'une cinquantaine ayant reçu des soins sur place pour différentes plaies, écorchures ou ecchymoses. À cette heure, la moitié est sortie de l'hôpital ; quatre personnes restent en observation du fait des violents coups qu'elles ont reçus ; deux autres, victimes de graves blessures à l'arme blanche, sont encore sur la table d'opération. Leur pronostic vital est sérieusement engagé. D'après les informations que nous possédons, il s'agirait d'un manifestant de sexe masculin d'une quarantaine d'années et d'un aficionado qui se rendait à la corrida prévue pour l'après-midi.

On nous a signalé par ailleurs la disparition d'une femme d'une soixantaine d'années, appartenant à un groupe militant de Bordeaux. Ses amis n'ont aucune nouvelle d'elle et craignent qu'elle ne soit tombée à l'eau. Des recherches sont en cours tout au long du fleuve pour tenter de la retrouver.

Des policiers de la brigade interrégionale cheminent actuellement vers Dax pour nous aider à déterminer les responsabilités et identifier les auteurs des coups de couteau et des agressions physiques. D'autre part, une compagnie de CRS est arrivée dans la nuit pour renforcer les deux compagnies déjà opérationnelles depuis le début des fêtes et sécuriser davantage les lieux.

Nous n'avons pas d'autre élément à vous transmettre pour l'instant et nous ne répondrons pas à vos questions. Vous serez informés demain, à la même heure, de l'évolution de la situation. En accord avec le préfet, le maire et le comité des fêtes, nous avons décidé, par mesure de sécurité, d'annuler les deux corridas restantes. Les autres manifestations, et notamment l'*agur*[1] auquel la population est très attachée, pourront se tenir normalement. Je vous remercie.

Les nombreuses personnes présentes se mirent alors à huer les autorités. On put entendre voler les sarcasmes du type : « C'est pas comme ça que le maire gagnera les prochaines élections… » ; « Vous êtes des minables, vous baissez la culotte face à l'ennemi ! » ; « On va être la risée de toutes les villes taurines ! » ; « En capitulant, vous légitimez le recours à la violence… » ; « On défendra notre culture par tous les moyens, ici on est pas des gonzesses. »

1. *Agur* est un mot basque signifiant « bonjour », « au revoir », « salut », équivalent de l'*adishatz* gascon.

Virginie, qui assistait à la conférence, m'aperçut et m'offrit un café dans un bar proche du marché. Elle me demanda des nouvelles d'Alix.

— J'ai pour ainsi dire passé la nuit avec elle. Je n'ignore plus grand-chose de ses entrains sexuels.

— Ah bon ! réagit Virginie en éclatant de rire. Vous avez fait une partouze ?

— Non, je n'ai pas été convié. Mais si on me l'avait demandé, qui sait, j'aurais peut-être accepté.

— Et vous auriez fait ça sans moi ?

— Non bien sûr, je t'aurais invitée.

Je m'étais mis à la tutoyer, ce que, de son côté, elle ne parvint pas à faire. Puis la commandante de police reprit le dessus sur la jeune femme espiègle :

— Vous avez entendu Darrigade ? Je suis très préoccupée par l'état de santé de l'un des types hospitalisés. Je le connais. Nous l'avons auditionné dans le cadre de l'enquête sur le meurtre d'Alba. Il s'appelle Victor Dias. C'est un ancien joueur de rugby du Stade montois, un peu marginal, qui s'est lié d'amitié avec Célestine Capin, une pasionaria locale de la défense des animaux. Il est devenu l'homme de confiance et le protecteur de son groupe.

— Tu en as informé tes collègues ?

— Oui, et Albaladéjo aussi. Nous n'avions pas imaginé qu'un lien aussi direct puisse exister entre les deux affaires. Mais maintenant, nous ne devons rien négliger.

— Bien sûr.

— Rolland a de belles qualités humaines, mais il ne comprend encore rien à la culture locale. Dans ce moment crucial, ma présence lui serait très utile. J'ai envie d'annuler les deux semaines de congé que je viens de poser.

— Les choses ne vont pas se décanter en quelques jours. Je te conseille de lâcher prise, de prendre une bonne respiration pour revenir bien fraîche dans ce mic-mac.

— Ce n'est pas dans ma nature. Je n'ai aucune idée de la façon dont on s'y prend pour lâcher prise.

— Bon, alors je te suggère un moyen terme. Pars en Espagne, va visiter Madrid, fais un peu de tourisme et laisse traîner tes oreilles dans les bistrots de la rue Victoria, comme l'a conseillé Don Pedro. Tu ramasseras peut-être quelques ragots.

— Je n'ai pas envie d'y aller seule… Vous ne voulez pas m'accompagner ?

Je ne sus comment interpréter cette invitation et j'invoquai maladroitement mes contraintes familiales pour justifier mon refus. C'est alors qu'apparurent, bras dessus, bras dessous, Léo et Alix. Ils n'eurent pas le temps de commander un café qu'elle leur proposa de continuer leur voyage de noces à Madrid, en sa compagnie :

— À Madrid ? fit Alix, mais c'est une fournaise l'été ! Je préférerais aller dans les Asturies ou en Galice, il y fait plus frais et puis on y mange bien mieux.

— On pourrait passer deux ou trois jours à Madrid et remonter ensuite sur la côte, non ?

— Qu'en penses-tu Léo ? dit Alix en se tournant vers lui.

— Attendez les filles, j'ai dû manquer un épisode, répondit-il. Nous nous rencontrons, nous faisons l'amour et nous partons aussitôt en lune de miel ? La vie n'est pas une page blanche où on peut écrire tout ce qui nous passe par la tête ! Et puis, sans te vexer Virginie, pour célébrer mon voyage de noces, je ne suis pas sûr d'avoir besoin de quelqu'un qui me tienne la chandelle.

— Mon intention n'est pas de te tenir quoi que ce soit… riposta Virginie.

— Soyez raisonnables ! Je n'ai pas encore pris mon café que vous me posez déjà des problèmes existentiels !

— Je crois que tu as sauté l'heure du café Léo, repris-je, c'est plutôt celle de l'apéro,

— Oui, tu as raison. Je vais me prendre un petit pastis pour me laver l'estomac et ensuite, on verra s'il reste quelques restos ouverts dans cette putain de ville sinistrée. Les exercices de cette nuit m'ont ouvert l'appétit. Pas toi Alix ?

Notre quatuor trouva sans problème une gargote ouverte non loin de la place de la fontaine chaude. On y proposait, pour un prix très raisonnable, un repas simple composé de melon et de jambon serrano, d'un axoa de veau puis d'une tarte aux pommes. Les conversations furent vite aimantées par le va-et-vient de journalistes courant en tous sens, caméras sur l'épaule, à la recherche d'informations ou de personnalités locales à interviewer. Sous la tente, la télévision qui retransmettait d'ordinaire des corridas était branchée sur une chaîne d'information qui ne cessait de remâcher sa bouillie sur les « événements de Dax ».

Quand le visage de Célestine Capin apparut sur l'écran, je reconnus l'étudiante entêtée, résolue, qu'elle avait été. Elle se plaignait avec un certain talent de la façon dont les forces de l'ordre avaient géré la situation, précipitant par leur charge de nombreuses personnes dans le lit de l'Adour et mettant ainsi leur vie en péril. Elle réfutait toute forme de responsabilité ou de violence de la part de manifestants pacifistes, dont le seul but était de mettre fin au scandale que constituait la torture en place publique de paisibles taureaux ne demandant qu'à rester tranquilles. Enfin, séquence émotion, les larmes lui vinrent aux yeux quand elle cita le nom de son ami Victor Dias, « modèle de générosité et de probité, de douceur et de tolérance », dont le corps avait été lardé de plusieurs coups de couteau alors qu'il ne faisait que s'interposer pour protéger de jeunes manifestantes de la violence d'aficionados avinés.

Tandis que le journaliste lui précisait qu'un aficionado avait également été gravement blessé à l'arme blanche, elle botta en touche en prétextant une probable maladresse ou le fruit d'une bousculade. Elle conclut son plaidoyer en déclamant : « Le sang versé ne le sera pas en pure perte. Il fécondera le commencement d'un grand combat réunissant tous les ennemis de la barbarie et de l'injustice, pour faire triompher leurs idéaux de paix. » Son numéro fut si réussi que le discours accusateur d'un aficionado enfiévré, les dénis de responsabilité du comité des fêtes ainsi que ceux de l'organisateur de la corrida pâtirent de la comparaison.

De fait, ces incidents ouvraient une incroyable fenêtre d'opportunité médiatique à tous les défenseurs de la cause animale et aux détracteurs de la corrida. Ils donnaient aussi l'occasion à quelques politiciens de condamner la façon dont les autorités locales et les représentants de l'État avaient géré une situation qui était à leurs yeux largement prévisible depuis le crime de Mont-de-Marsan. Certains d'entre eux demandèrent même la démission du ministre de l'Intérieur, dont ils firent mine de s'étonner qu'il ne se soit pas encore rendu sur les lieux du drame malgré son goût pour la dive bouteille.

Alors qu'une bonne heure plus tard, nous étions installés sur la terrasse du *Splendid* pour évaluer l'état d'esprit des aficionados, le bruit courut que Victor Dias venait de décéder. Virginie Barrère en eut la confirmation par un appel de Rolland. Ce dernier se demandait si l'agression de Dias était conjoncturelle ou bien préméditée, du fait des suspicions pesant sur sa responsabilité dans le crime montois. Elle penchait pour une agression fortuite, car il était hasardeux de prévoir que la manifestation allait dégénérer.

Quand elle revint à notre table, Léo devisait avec d'élégants voisins, tout de blanc vêtus, foulards rouges autour du cou. Ces passionnés, qui n'avaient pas raté une feria depuis vingt-cinq ans et réservaient un an à l'avance leur chambre au *Splendid*, se plaignirent longuement de la dictature du politiquement correct, de l'effondrement des libertés culturelles et individuelles dans des sociétés où le principe de précaution étouffait toute forme de créativité et de risque. Ils dénoncèrent l'impotence des pouvoirs publics à protéger les arts dissidents contre toutes les fake news et les stratégies médiatiques d'abrutissement des masses. Léo semblait moins à l'aise qu'à son habitude dans ce type de conversation où, après quelques verres de whisky, il excellait d'ordinaire. Les deux petites bouteilles de côtes de Gascogne partagées lors du déjeuner n'avaient visiblement pas suffi à doper sa verve. Et son esprit de répartie était probablement émoussé par sa folle nuit avec Alix. Laquelle, peu concernée par la discussion, confia à Virginie, qu'après réflexion, il ne lui déplairait pas de l'accompagner à Madrid, à condition de faire ensuite un petit tour par le Nord Portugal et la Galice.

Alors qu'elles imaginaient leurs goinfreries de fruits de mer le long des rias gallegas, un message prévint Virginie que l'aficionado opéré était dans le coma et que le cadavre d'une femme, dont l'identité semblait correspondre à celle de la manifestante disparue, venait d'être retrouvée par un groupe de kayakistes dans les barthes de l'Adour, à hauteur de Saubusse.

Ces informations risquaient de mettre le feu aux poudres, d'accroître encore les tensions entre antis et pro-corrida. Leur conséquence ne se fit pas longtemps attendre : deux heures plus tard, un communiqué de l'agence France-Presse stipula que les prochains spectacles taurins prévus dans les arènes du département des Landes seraient, pour des raisons de sécurité, suspendus. Roquefort, Mimizan, Rion des landes, Saint Perdon et Dax, pour son festival toros y salsa, devaient renoncer à ces festivités.

Derrière leurs rodomontades, la plupart des protagonistes du conflit étaient en réalité sidérés par les conséquences de cette manifestation, les antis ayant perdu deux de leurs membres, les pro étant ébranlés par les dangers physiques auxquels leur passion les exposait désormais. Seule une petite frange d'éco-warriors se félicitait probablement de cette radicalisation du conflit, susceptible à ses yeux de faire bouger les pouvoirs publics.

J'eus alors l'idée de mobiliser mon savoir de médiateur pour faire dialoguer les partisans des deux bords et faire baisser la pression. Restait à convaincre les autorités et les acteurs du conflit d'y participer. Ma proposition d'organiser un cercle restauratif fut d'abord accueillie avec dérision, mais la prise de conscience de l'impasse dans laquelle tous se trouvaient les fit peu à peu fléchir.

Léo, échaudé par les Commissions vérité et réconciliation dont il avait analysé le déroulement en Afrique, me fit part de son scepticisme et refusa de m'épauler. Il me faudrait donc demander soutien à quelques médiateurs expérimentés.

Notre cuadrilla se désagrégea. Léo prit un train pour Bordeaux. Les filles revinrent à Mont-de-Marsan faire leurs valises pour décamper vers les chaleurs madrilènes, puis les vents vivifiants des côtes de Galice.

La cérémonie de l'agur rassemble, le dernier jour des fêtes, toutes les bandas qui clôturent en musique les réjouissances et se donnent rendez-vous l'année suivante. Sa tonalité est largement inspirée par la culture espagnole, puisqu'on y joue les célèbres *Paquito chocolatero* et *Vino griego*. Étonnamment, elle n'est pas clôturée par un chant gascon ou l'hymne local, *La Dacquoise*, mais par le très basque et très religieux *Agur jaunak*.

Comme les années précédentes, les arènes regorgeaient de monde et bon nombre de spectateurs furent contraints d'en regarder le déroulement sur le grand écran installé dans le parc. Malgré mon détachement, il me fut difficile de résister à la ferveur ambiante. En entendant des milliers de personnes entonner ces chants à l'unisson, ma chair fut hérissée de frissons et mes yeux secrétèrent une vague buée.

Cet élan de fraternité me donna le cran de convaincre les autorités locales d'organiser un cercle restauratif[1]. Mon discours était prêt. La gravité de la situation commandait de ne pas mettre, comme souvent, le conflit sous le tapis. Il fallait éviter de s'en remettre à la grâce pachydermique des institutions régaliennes et donner la priorité au dialogue. Seul un travail de spéléologie dans les avens

1. Processus volontaire ayant pour but d'apporter, par la libre expression de chacun, un soutien à une communauté en souffrance. Leur forme circulaire exprime un pouvoir partagé et facilite, grâce aux principes de la communication non-violente, la compréhension mutuelle et la responsabilisation de chacun.

de la controverse permettrait de contenir la propagation de la violence. Il ne fallait certes pas en attendre des miracles. Un tel cercle constituait seulement l'esquisse d'un lien à tisser entre des adversaires aussi farouches les uns que les autres, également murés dans leurs convictions.

Les autorités renâclèrent à cautionner mon initiative, craignant, dans un contexte aussi hystérisé, qu'elle attise les braises de la querelle. Mais elles furent si désemparées par l'annonce du décès de Cazenave, l'aficionado local, qu'elles se décidèrent à tout essayer pour tempérer le climat.

Au bout de deux jours de palabres avec la mairie, le préfet, la police, les pompiers, les clubs taurins et les mouvements anti-taurins, le cercle put se tenir dans les arènes – le lieu de la discorde. Nous dûmes (avec un collègue médiateur ignorant tout des joutes taurines) construire notre légitimité en affirmant avec force notre indépendance et notre impartialité, empêcher que les forces de l'ordre ne pénètrent dans l'enceinte et imposer le principe d'un égal accès pour tous à la parole.

Tout se passa plutôt bien. Environ cent vingt personnes s'installèrent sur les chaises disposées en rond par les services municipaux. Comme nous nous y attendions, les aficionados les plus virulents furent les premiers à prendre la parole. Mais la qualité de l'écoute éroda progressivement leur colère et le débat put s'engager. Dans une discussion qui prit de nombreux chemins buissonniers, quelques thèmes retinrent plus que d'autres mon attention. En voici quelques extraits.

— La corrida, au même titre que la chasse à la palombe, les courses landaises ou la pêche des pibales, constitue un élément essentiel de notre culture. Elle a été d'ailleurs reconnue comme faisant partie du patrimoine culturel immatériel de l'Unesco en 2011.

Cette affirmation souleva une vague de protestations. Une femme (je reconnus immédiatement la flamme de Célestine Capin) lui rétorqua :

— Cher monsieur, vous prenez vos désirs pour des réalités. La décision dont vous parlez ne concernait que le patrimoine culturel de la France, et vous oubliez de dire qu'elle a été retoquée en 2015 par un tribunal administratif.

Un autre pro revint à la charge :

— Dans une société qui perd ses repères, victime d'une mondialisation qui gomme toutes les différences, qui uniformise nos modes de vie, il est plus nécessaire que jamais de maintenir nos coutumes, de protéger notre civilisation.

— Je ne vois pas bien en quoi faire tourner un taureau autour de soi comme une girouette, le saouler, lui perforer le cou, s'amuser à lui planter des flèches sous la peau, faire saigner des rivières de sang sur ses flancs avant de perforer ses poumons, représente la civilisation, réagit avec véhémence un anti. Ce n'est pas parce qu'on pratique traditionnellement la torture, le cannibalisme ou encore l'ablation du clitoris des jeunes filles depuis la nuit des temps qu'il faut conserver ces horreurs. Les progrès sociaux se sont construits contre les traditions !

Une femme – elles étaient minoritaires dans l'assistance – prit la balle au bond pour constater que le locuteur précédent ne comprenait rien à ce qui se jouait sur le sable des arènes.

— Les toreros ne sont ni des pervers, ni des sadiques, mais des esthètes. La corrida est un art orageux où l'intelligence, l'habileté, le talent, l'élégance de l'homme donnent leur pleine mesure pour calmer les bourrasques de la force bestiale.

Un autre reprit :

— L'homme ne domestique pas la bête par la seule force de son intelligence : il existe une relation entre eux, une relation qui ne se rencontre nulle part ailleurs. Le frôlement de leurs corps, l'un fragile, l'autre surpuissant, dessinent ensemble une géométrie mystérieuse et toujours imprévisible qui suscite l'émotion et parfois l'effroi. Que des artistes aussi incontestables qu'Hemingway, Picasso, Lorca, Bergamín se soient passionnés pour la corrida est la marque de sa noblesse.

À quoi une jeune femme, visiblement accoutumée aux joutes oratoires, répondit :

— Votre raisonnement ne tient pas la route. C'est comme si je vous donnais la liste, certainement plus fournie, de tous les gens célèbres qui ont fustigé la corrida. Tout dépend de la façon dont nous choisissons nos références : vous ne prenez que celles qui vous arrangent. Je pourrais vous fournir une longue litanie de noms que vous admirez pour leur travail scientifique ou artistique et qui ont pourtant condamné la corrida !

Quand vint sur le tapis le thème du taureau, je craignis que le débat ne glisse sur une pente savonneuse.

— Avec la disparition de la corrida, dit un homme très énervé, vous allez exterminer la race des taureaux de combat ! Votre engagement va à l'encontre de votre souci de respect des animaux et de protection des espèces. La race va s'éteindre et vous l'aurez bien cherché !

— Vous faites erreur, dit un homme à la voix grave et posée, la race dont vous parlez n'existe pas en elle-même. C'est vous qui l'avez inventée, pour votre bon plaisir. Vous produisez vos taureaux au prix d'une sélection génétique draconienne qui condamne 90 % d'entre eux à l'abattoir, parce qu'ils ne correspondent pas à vos critères. Personne ne vous empêche de garder vos taureaux en vie sur vos pâturages ou dans des réserves naturelles… votre soi-disant race sera ainsi préservée !

— Vous avez vu comment sont traitées les bêtes dans un abattoir ? Les films que réalise votre clique du L214 ont au moins le mérite d'en révéler la cruauté. Nos taureaux ont une vie et une mort de rêve en comparaison des autres !

— Avec ce type d'argument, vous légaliseriez le permis de tuer les humains ayant connu le bonheur !

— La corrida fait honneur au taureau ! La corrida leur donne la chance de montrer leur beauté, de prouver leur bravoure, leur noblesse. D'ailleurs, il n'est pas rare que la présidence leur accorde un tour d'honneur posthume.

— Vous pensez donc que les taureaux sont dotés d'un sens de l'honneur ? Vous nous accusez d'anthropomorphisme mais là, pour le coup, c'est vous qui en faites ! Le taureau n'a rien à foutre de votre respect et de vos hommages. Il préférerait certainement être moins respecté et pouvoir vivre sans souffrir.

— Mais vous n'avez pas tort. C'est vrai que nous investissons les taureaux de qualités hors du commun. C'est pour cela que nous les aimons.

— Alors, pourquoi les sacrifier ?

— La valeur du sacrifice se mesure à l'aune de l'estime que nous portons au sacrifié.

Naturellement, la qualité des échanges ne fut pas de ce niveau tout du long, et certains anathèmes ou jugements à l'emporte-pièce assombrirent de-ci, de-là, la qualité du dialogue. Alors que la fatigue commençait à se faire sentir et que la nuit tombait, quelques réflexions déplacèrent le projecteur sur les différentes manières de sortir du conflit. Un vieux monsieur dit, d'une voix chevrotante :

— Pour construire une société de paix, une société dépourvue de violence, il faut commencer par éliminer tous les spectacles publics qui incluent le sang et la mort.

Et il proposa que la partie la plus sanglante de la corrida soit éliminée. Cette proposition suscita l'ire des plus fervents aficionados, considérant que la tragédie était une composante essentielle de la corrida et que la suppression de la mise à mort lui ferait perdre tout son sens. Des tentatives de conciliation, proposant la suppression du tercio de la pique, le raccourcissement des pointes des banderilles, la simulation de la mort furent poliment ou ironiquement repoussées.

Et le cercle restauratif se termina sur cette incertitude. Pourtant, nous n'étions pas déçus. Les participants avaient pu échanger leurs points de vue dans un climat relativement pacifié, montrant que le recours à la violence n'était pas inéluctable.

*

Cette parenthèse irénique, aussi profitable fût-elle, ne fit pas avancer d'un iota les enquêtes en cours. On ne savait toujours rien de l'identité du tueur montois. On venait d'apprendre que l'IGPN, dont la célérité n'était pas la marque de fabrique, était chargée de faire la lumière sur la stratégie de maintien de l'ordre employée, sur le pont, par les CRS. Enfin, la police judiciaire dacquoise commençait à peine son enquête sur les meurtres du parc.

INTERMÈDE MADRILÈNE

Alix et Virginie déambulèrent longuement dans les artères chaudes de Madrid. Vite éreintées par leurs errances, elles s'installèrent place Santa Anna sur la terrasse de la Cerveceria Alemana. Puis elles se dirigèrent vers le Gabrieles, où elles prirent une deuxième *caña*[1] en admirant ses azulejos muraux. Elles migrèrent ensuite vers *La Venencia*, l'un des bars andalous les plus typiques de la capitale, où elles commandèrent un jerez accompagné d'énormes et succulentes olives. À la troisième tournée, le patron paya la sienne et leur confia son désarroi face au monde qui change, à ce foutoir politique qu'est devenu l'Espagne depuis que les Catalans veulent s'émanciper, au changement climatique qui transforme le Sud de la péninsule en désert. De vieux clients se mêlèrent au débat, regrettant le bon vieux temps de la fin du franquisme, de la movida et des premières ivresses de démocratie.

La tête des filles commença à tourner. Elles s'échappèrent avant de perdre leur dignité et se réfugièrent dans un restaurant voisin où elles engloutirent une assiette de *callos*[2] à la madrilène. Totalement épuisées, elles regagnèrent, non sans mal, l'hôtel d'Angleterre où elles avaient jeté leur ancre.

Le lendemain matin, elles allèrent visiter le Prado et débutèrent leur exploration par les œuvres de Jérôme Bosch. Rien n'avait bougé depuis leur dernière visite. *Le*

1. Bière à la pression.
2. Spécialité de tripes.

Chariot de foin et le *Jardin des délices* étaient toujours suspendus entre l'enfer, le purgatoire et le paradis. Puis elles restèrent un long moment dans la salle des Goya et des Vélasquez. N'ayant pas la fraîcheur nécessaire pour continuer la visite, elles marchèrent jusqu'au parc du Retiro. Sous les frondaisons, au bord du lac, la chaleur était encore supportable. Les rameurs frappaient en cadence des flots somnolents ; dans les allées, les joggeurs poursuivaient le rêve chimérique de leur jeunesse perdue ; les enfants s'empiffraient des glaces et des sucres d'orge que leurs plantureuses mamans ne savaient pas leur refuser.

Au bout d'une heure de farniente, les deux amies migrèrent vers la rue Victoria. Malgré les progrès de l'informatique, on y trouvait encore des guichets vendant des billets pour toutes les corridas de la péninsule. Elles pénétrèrent dans le bar qui leur parut le plus fréquenté et dévorèrent quelques croquettes exquises et une assiette de jambon serrano pour accompagner leur verre d'eau gazeuse.

De petits groupes d'hommes parlaient d'une voix éraillée par le tabac. Les plus ventrus faisaient manifestement autorité. Ils dispensaient leurs visions du monde à des courtisans les écoutant avec déférence. Elles remarquèrent le manège de deux hidalgos qui les lorgnaient depuis un moment et qui finirent par les approcher.

Elles se présentèrent à eux comme des journalistes françaises réalisant un reportage sur le quartier pour la revue *Planète Taurine*. Cette information eut le don de faire briller les yeux des deux machos. Luis se hâta de préciser qu'il était agent de novilleros, sa tâche étant de repérer des jeunes en devenir et de leur faciliter l'entrée dans le mundillo en leur permettant de s'exprimer dans des tientas et des becerradas. Tiago était banderillero et proposa de les coacher dans un quartier qui, disait-il, ne se donnait pas au premier regard.

Ils les promenèrent dans la rue et leur montrèrent les lieux essentiels du négoce taurin. Puis ils franchirent le seuil de la *Casa del abuelo*, où Andy Warhol aurait eu ses habitudes, et leur proposèrent de goûter les crevettes et langoustines « *de puta madre* » du lieu. Virginie déclina l'offre :

— Chers amis, nous ne faisons pas un reportage touristique sur les ressources gastronomiques du quartier mais sur l'atmosphère authentique des lieux, les personnages qui le peuplent, les histoires qui s'y racontent.

— Hostia ! Vous êtes très curieuses ! Vous connaissez les taureaux ? questionna Luis.

— Bien sûr, sans quoi nous ne travaillerions pas pour une revue taurine, répondit Alix avec assurance, alors que ses connaissances en la matière étaient en réalité assez superficielles.

Et s'adressant à Tiago, elle lui demanda de raconter son histoire. Fier d'être interviewé par des journalistes *gabachas*[1], ce dernier ne se fit pas prier. Pour donner le change, Alix prit des notes sur un carnet. Son parcours ressemblait tant aux légendes taurines habituelles que les filles doutèrent un peu de sa véracité :

— J'ai passé mon enfance dans les faubourgs de Madrid. Mes parents étaient très pauvres. Mon père travaillait à l'usine et ma mère faisait ce qu'elle pouvait pour élever ses cinq enfants avec son maigre salaire. Comme tous les mômes du quartier, je jouais à la corrida sur la place poussiéreuse qui se trouvait devant chez moi. Très tôt, les adultes qui nous observaient ont vu que j'avais le don. Je suis rentré à l'école taurine grâce à un oncle tra-

1. Façon familière et dépréciative de nommer les Français.

vaillant dans le milieu de la viande. Ses relations m'ont permis de faire des tientas chez des éleveurs du côté de Bejar et des becerradas dans la sierra de Gredos. J'ai toréé dans une douzaine de novilladas non piquées, puis je suis passé rapidement dans la catégorie supérieure.

— En novillada piquée, commenta Virginie pour lui prouver ses connaissances.

— Oui, j'en ai fait une vingtaine en Castille dont la plus belle à Aranjuez où j'ai coupé deux oreilles et la queue et deux en France.

— Ouah ! Vous êtes venu en France ? s'ébahit Alix.

— Mon apoderado avait des relations là-bas. Il me restait cinq novilladas à honorer avant de pouvoir prendre l'alternative et devenir torero. Mais j'ai été gravement blessé à Colmenar Viejo, deux *cornadas*[1] de trente et vingt centimètres et la perforation d'un poumon. Je n'aurais jamais dû tuer *a recibir*[2]. C'était un péché d'orgueil. J'aurais dû assurer. Je m'en voudrai toujours.

— C'est le destin. Mais ton histoire n'est pas finie, le réconforta son ami Luis.

Alix éprouva de la compassion pour cet homme brisé tandis que Virginie, plus méfiante, trouva que leur numéro était bien rodé. Après un instant de silence, Tiago continua son récit :

— Ensuite, ce fut le trou noir. Je suis resté hospitalisé pendant deux mois. À la sortie, j'ai eu les pires difficultés à retrouver un état physique compatible avec l'exercice de mon métier. Je n'étais plus considéré comme rentable. J'ai été abandonné par mon agent et je me suis retrouvé dans la même merde que celle où j'ai grandi. Les organisateurs de novilladas m'ont oublié. J'ai survécu grâce à quelques relations conservées dans le monde

1. Coups de corne.
2. En attendant le taureau au lieu d'aller à sa rencontre, *al encuentro*.

des taureaux. J'ai travaillé à l'entretien des arènes de Las Ventas, sillonné Madrid à vélo pour livrer des repas à domicile puis fait du marché noir en revendant des billets de corrida. Mais avec la désaffection du public, cette activité a périclité. Cette année, j'ai décidé de relancer ma carrière comme banderillero. J'ai déjà signé une dizaine de contrats.

— Vous n'avez pas de cuadrilla? demanda imprudemment Alix.

— Non, ma belle, rétorqua Luis avec un brin de condescendance. N'oublie pas qu'à peine plus d'une vingtaine de figuras gagnent suffisamment leur vie pour s'attacher les services permanents d'un mozo de espada, de trois banderilleros et de deux picadors. C'est beaucoup trop cher. Quelques-uns travaillent assez pour garder un mozo et un péon de confiance. Les autres, la majorité, louent leur cuadrilla à chaque course. Il faut savoir que sur les cent quarante matadors enregistrés à l'*escalafón*[1], quarante toréent une seule fois dans l'année et une centaine moins de dix fois. C'est pire encore chez les novilleros. Impossible de vivre avec ça.

— Si je comprends bien, Tiago, tu loues tes services. Mais comment fais-tu pour te faire embaucher?

— *Joder*[2] c'est difficile, surtout quand personne ne se souvient de toi. On est près de 3 000 péons sur le marché, dont 2 000 banderilleros. Et le nombre de courses ne cesse de diminuer. Beaucoup de ceux qui sont inscrits sur les listes ne pratiquent jamais. Luis, dont c'est le métier, m'a beaucoup aidé pour recommencer. J'accompagne les jeunes novilleros qu'il coache. Il y en a

1. Classement annuel des toreros par nombre de corridas, de récompenses et de bêtes tuées.
2. Interjection populaire : « merde », « putain ».

deux qui tournent pas mal en ce moment et ça me donne une petite visibilité. Ensuite, c'est le bouche-à-oreille qui fonctionne. Si tu as bien travaillé, cela se sait et on fait appel à toi. Mais il faut se montrer. C'est pourquoi je viens souvent ici, c'est là que se traitent les affaires.

Pour être sûre de la fiabilité de leurs dires, Virginie revint sur la carrière antérieure de Tiago :

— Au fait, dans quelles arènes françaises as-tu toréé ?

Quand il mentionna sans hésiter Roquefort et Aignan, elle ne douta plus de ses propos. Quel Madrilène aurait pu connaître le nom de ces villages gascons ?

— Et tu rêves encore de réussir ?

— Non, Dieu ne l'a pas voulu. Mais je veux prendre du plaisir, je suis encore jeune. C'est ma passion.

— En veux-tu à tous ces agents qui t'ont abandonné ?

— Non, c'est la loi du milieu.

— Un torero, c'est un artiste, mais c'est aussi une marionnette aux mains des éleveurs, des apoderados, des organisateurs, reprit Luis. S'ils ne gagnent pas de l'argent avec toi, tu es foutu. La corrida, c'est un business. Quand le produit est abîmé ou n'est plus à la mode, le magasin doit le renouveler pour éviter la faillite.

— Et tous les péons ont le même état d'esprit que toi, Tiago ?

— Je ne peux pas parler à leur place.

— C'est vrai, intervint Luis, qu'il y a beaucoup de déçus. Leurs rêves de gloire se sont brisés. Alors mettez-vous à leur place ! Quand ils voient leurs copains, qui n'étaient pas meilleurs qu'eux, se faire ovationner tandis qu'eux doivent se mettre à leur service, ramasser dans leur sillage les déchets de leur succès, il y a de quoi avoir les boules ! Et lorsqu'ils veulent se mettre dans la lumière, en posant de belles banderilles ou en réussissant un *quite*[1] formidable, ils se font engueuler. Leur travail est de faire seulement ce qu'on leur demande, sans briller, pour ne pas faire de l'ombre au maître.

— Pourquoi continuer à subir tant d'humiliations, les sifflets et jamais les bravos, l'indifférence et jamais les louanges ? Pour l'argent ?

— Oh non ! réagit spontanément Tiago. Nous ne sommes pas très bien payés. Et encore, faut pas se plaindre, il existe maintenant un barème syndical. Autrefois, on te donnait une *propina*[2], comme à un garçon de café !

— Ce n'est pas indiscret de te demander combien tu gagnes ?

— Pas de mystère. L'union nationale des picadors et des banderilleros publie chaque année les barèmes officiels.

— Puis-je avoir un ordre d'idées ?

— C'est compliqué, cela dépend si tu torées dans une arène de première, deuxième, troisième ou quatrième catégorie, si tu fais partie de la catégorie A, B ou C, si c'est une corrida ou une novillada piquée ou non piquée.

— Peux-tu me donner une fourchette ?

— Entre trois cents et mille deux cents euros.

— On peut en vivre ?

— *Joder*, tu ne comprends pas ! Ce n'est pas une question d'argent, mais de passion. L'odeur du sable, du fauve, l'adrénaline qui t'envahit quand il te fonce dessus et que tu dois sauter les barrières pour sauver ta peau, le plaisir incroyable de le faire passer dans ta cape, de l'amener au cheval quand ton maître ne le fait pas, de lui

1. Série de passes de cape pouvant avoir pour but d'éloigner le taureau d'une personne en danger.
2. Pourboire.

sauver la vie quand il est en danger. Alors, tu es fier de toi, même si personne ne te remercie.

— L'idéal, poursuivit Luis, serait que Tiago se fasse suffisamment remarquer pour rentrer dans la cuadrilla d'une figura et être salarié. Mais c'est compliqué, il ne suffit pas d'être bon, il faut que les caractères du torero et du péon soient compatibles, qu'un lien de confiance, d'amitié ou d'estime réciproque se crée.

— Et tu l'espères encore ? insista Alix.

— On espère toujours un peu. Il faudrait que je sois énorme et que Dieu le veuille !

— Es-tu croyant ?

— *Joder*, il le faut bien.

Deux femmes installées à une table voisine ne perdaient pas une miette de leur conversation. L'une d'elles leur demanda si elles étaient françaises. Et la discussion dériva sur les charmes respectifs de la France et de l'Espagne, puis sur les combats féministes dans les deux pays. Très rapidement, Luis et Tiago se sentirent exclus et allèrent fumer une cigarette à l'extérieur. Les deux Espagnoles – Soledad, dite Sol, et Dolores, dite Dolo – leur avouèrent alors qu'elles s'étaient immiscées dans la discussion pour les libérer de ces pots de colle. Elles les connaissaient. C'étaient des dragueurs, traînant toute la journée dans le quartier à la recherche d'un *plan sexo* ou bien d'un *plan dinero*. Elles leur proposèrent de les accompagner dans une galerie tenue par une de leurs amies, qui présentait une exposition surprenante. Alix et Virginie acceptèrent leur invitation. Elles saluèrent en sortant leurs hommes de compagnie qui fumaient placidement sur le trottoir. Ils parurent tellement sidérés de les voir ainsi s'échapper qu'ils ne firent pas la moindre tentative pour les retenir.

Les quatre femmes marchèrent en direction de la rue Atocha, jusqu'à la galerie d'art en question. Elles étaient certaines que leurs admirateurs de la rue Victoria ne les suivraient pas dans ce lieu fréquenté par l'intelligentsia branchée de la ville. Sur la vitrine, une affiche jaune, sur laquelle figurait une corne de taureau pénétrant les fesses d'un torero, annonçait, en grandes lettres rouges, l'exposition *Empate carnal*[1]. Quand elles en franchirent le seuil, la directrice de la galerie, Milagros, dite Mila, les embrassa chaleureusement comme si elles étaient de vieilles copines, les fit asseoir et leur servit une tasse de thé. Elles discutèrent d'entrée de jeu des motifs de cette exposition. Mila expliqua qu'elle avait donné carte blanche à Herrera, un jeune artiste de la Rioja, pour monter une installation sur le thème de la corrida.

— J'ai été séduite par sa façon de sortir des perspectives manichéennes habituelles, pour ou contre, d'aborder la fiesta brava avec le regard neuf d'un Mongol sorti de sa yourte ou d'un Lapon sorti de son igloo. Son installation te prend aux tripes. Elle s'adresse directement à tes émotions. Tu reçois comme un uppercut le spectacle de cette bouillie charnelle qui mélange des hommes déguisés en femmes et des bêtes sous le ventre desquelles pendent des couilles énormes. « Je veux transpercer ce gros mâle dont les pitons sont les pénis de l'âme », pense l'un ; « Je veux perforer cette danseuse de pacotille qui fanfaronne autour de moi en exhibant ses petites couilles », rumine l'autre. C'est à qui pénétrera l'autre le premier. L'accord entre ces deux intentions maléfiques n'est possible que dans une mise à mort commune : l'épée rentre dans la croix en même temps que la corne dans les fonctions vitales. Aucun moyen de négocier en

1. Égalité charnelle.

chemin un pacte de non-agression. C'est le destin. Il faut aller jusqu'au bout. La mort est là, qui nous attend. Mais je vous en dis trop. Chacun ressent les choses à sa façon.

— Moi, j'y vois une métaphore des relations entre les hommes et les femmes, continua Sol. Le taureau n'est qu'un prétexte. La relation entre les sexes est impossible. Les hommes ont exploité les femmes depuis la nuit des temps. Celles-ci veulent maintenant prendre leur revanche. Aucune paix ne sera possible tant qu'on ne produira pas des créatures hybrides mi-homme mi-femme, tête de taureau et cul de femelle, ou l'inverse, capables de se reproduire elles-mêmes en s'autopénétrant.

— Tu simplifies, s'insurgea Dolo. Nous sommes plutôt en présence d'une triangulation : la bête, l'homme et la femme qui sommeille en lui.

Puis chacune à leur tour apporta du grain à moudre à cette conversation que Virginie et Alix trouvèrent totalement surréaliste. Quand de longues citations du célèbre psychanalyste français Lacan émaillèrent leurs propos vigoureusement féministes, Alix se permit d'intervenir ;

— Je ne suis pas certain que Lacan ait été un grand féministe.

— Il faut distinguer l'œuvre de la personnalité de son créateur, sinon tous les chefs-d'œuvre de l'humanité seraient discrédités, répondit Dolo.

Mais la galeriste, présumant le désarroi des petites Françaises, intervint :

— Cessons de bavasser, les filles ! Nos invitées meurent d'envie de découvrir l'objet de notre débat.

L'installation se trouvait dans un grand hangar situé à l'arrière du salon de thé. Au centre, la tête d'un taureau trônait sur un haut piédestal avec, en guise de cornes, deux néons rouges clignotants. Sur la droite, le postérieur très rebondi d'un torero dont l'habit avait été amputé d'un large bout de tissu était peint sur une toile de grand format, suspendue à une poutre en fer. À son envers, une autre toile donnait à voir, en gros plan, le sexe de ce même torero écrasé par ses vêtements. Sur le pourtour du hangar étaient placés des *burladeros*[1] rouges sur lesquels étaient peints les visages stylisés d'Hemingway, d'Ava Gardner, de Picasso et de García Lorca.

Au fond du local, les portraits de tous les toreros tués dans les arènes espagnoles depuis l'invention de la photographie étaient accrochés sur un mur. Cette œuvre impressionnante, manifestement inspirée des travaux de Boltanski, montrait des visages dont la profondeur et l'intensité dramatique étaient soulignées par une bougie frémissante placée au-dessous de chacun d'eux. Au pied de ce mur des morts, deux bidets blancs étaient posés de part et d'autre d'un prie-Dieu. Un peu plus loin, dans un coin, deux écrans de télévision juxtaposés diffusaient, l'un une faena éblouissante de José Tomas, et l'autre un boucher en train d'éviscérer un taureau. D'un même mouvement, Virginie et Alix firent demi-tour pour ne pas vomir. Quand elles revinrent dans le salon de thé, Mila voulut connaître leurs avis.

— C'est un peu dur, balbutia Virginie, qui ne put en dire davantage.

— Personne n'en sort indemne, continua Mila. Voulez-vous boire quelque chose ?

— Avec plaisir, répondit Alix. Mais je voudrais d'abord m'asseoir un peu.

Quand elles eurent repris leurs esprits, elles questionnèrent Dolo et Sol sur les rapports que des féministes comme elles entretenaient avec la corrida.

---

1. Talenquères. Abris de bois derrière lesquels se réfugient les toreros et les péons en cas de danger.

— Des rapports contradictoires, avança Sol. Pour la San Isidro, nous avons participé à la plus grande manifestation de tous les temps contre la corrida. En avez-vous entendu parler en France ? Nous étions 20 000 venus de tout le pays, portant des foulards verts. Nous avons défilé depuis la Puerta del Sol jusqu'aux Cortes, avec la conviction qu'un des derniers bastions de l'obscurantisme ibérique allait bientôt s'effondrer.

— Et puis en même temps, continua Dolo, nous adorons nous plonger dans l'ambiance old spanish de la rue Victoria. Nos grands-pères nous y emmenaient, il n'y avait pas chez eux la moindre once de violence, le taureau n'était à leurs yeux qu'un bel animal sauvage sans état d'âme dont ils louaient la bravoure.

— Peut-on être féministe, voter Podemos ou écologiste et en même temps aimer ou tolérer la corrida ? demanda Virginie après un moment de silence.

— Il faut vivre avec ses contradictions, répondit Sol.

— Moi, je considère que la corrida subvertit les codes de la masculinité. Les toreros, avec leurs vêtements ostentatoires et leurs petites ballerines de danseuses se griment en femmes pour tromper la grosse bête brutale qui les pourchasse, poursuivit Dolo.

— Il nous est quand même difficile de concilier notre mansuétude vis-à-vis de la corrida avec notre engagement politique. Car presque tout le mundillo est de droite. Les partis de l'ordre, le PP et l'extrême droite exaltent l'identité nationale, s'opposent à l'immigration, au départ des restes de Franco du Valle de los Caídos, à l'ouverture des charniers des républicains exécutés pendant la guerre civile, aux homosexuels, aux impôts, à la taxation de l'héritage, à l'existence des communautés autonomes. Dans ces partis de merde, aux dernières élections, c'était à qui présenterait le plus de toreros. La question taurine est devenue totalement politique.

— Mais je suppose qu'il existe quand même, comme chez nous, des aficionados du centre et de gauche, répliqua Virginie.

— Tu as raison, confirma Dolo, il en existe encore. Ce que je veux dire, c'est que le mundillo est composé presque exclusivement d'affairistes appartenant à une droite ardente et qu'il apparaît de plus en plus inconcevable pour le peuple de gauche d'engraisser ces escrocs.

— Si vous voulez, nous pouvons vous présenter des amis, dit Sol. Ils vous expliqueront tout ça mieux que nous. Ils ont vu couler beaucoup d'eau sous les ponts de la vie.

*

Le lendemain, Sol et Dolo conduisirent Virginie et Béa dans un vieux café qu'elles adoraient, situé dans une rue adjacente à la rue Victoria. Elles voulaient leur présenter quelques vieux messieurs pour lesquels elles éprouvaient beaucoup d'affection. Ils avaient résisté, dirent-elles, aux mystifications du franquisme et de la religion, cultivaient un regard détaché sur leurs contemporains et en connaissaient un rayon sur le microcosme taurin.

Quand elles arrivèrent dans la taverne, le patron les informa que les *abuelos*[1] en question assistaient aux obsèques de l'un des leurs, mais qu'ils ne devraient pas tarder à revenir. Effectivement, deux anciens à la barbe

1. Grands-pères.

blanche, que Sol et Dolo embrassèrent chaleureusement, arrivèrent un quart d'heure plus tard. Ils se présentèrent de manière facétieuse comme les frères Castro – l'un, le plus grand, se prénommant Fidel et l'autre Raúl. Mais ils précisèrent qu'ils n'étaient pas communistes.

Ils apprirent à nos deux Françaises qu'Alba avait le bras long, que sa longévité lui avait permis de tisser un réseau très solide de relations. Comme quelques-unes des stars de la tauromachie, il ne se contentait pas de signer, à chaque saison, une grande quantité de contrats ; il était aussi éleveur de taureaux et commençait, après quelques années de recherche, à commercialiser ses premiers produits dans les festivals locaux. Mais son cheptel n'était pas encore prêt pour sortir en corrida. Il avait aussi pris la direction de quelques arènes andalouses de deuxième ou troisième catégorie comme Aracena, Nerva, Constantina, Jodar, Lucena. Elles périclitaient et il avait fait le pari osé de les relancer.

D'après les anciens, un tel appétit n'était pas le signe d'une avidité financière. La plupart de ces activités lui coûtaient au contraire de l'argent, en tout cas jusqu'à présent.

— La compétition entre les ganaderos est sans pitié, précisa Raúl. Sur les mille trois cents répertoriés, seule une poignée d'entre eux a vendu plus de trente bêtes l'année passée. Ce chiffre représente le seuil minimal de rentabilité car un taureau se monnaye entre cinq mille et vingt-cinq mille euros la pièce.

— Et puis, sa volonté de sauver des spectacles déficitaires défie aussi le bon sens, continua Fidel. Le nombre de *festejos*[1] ne cesse de s'effondrer et le public s'amaigrit chaque année un peu plus.

1. Festivités au cours desquelles les jeux taurins sont présents.

— Il ferait mieux, ironisa Raúl, de transformer les arènes en supermarché, comme des promoteurs l'ont fait à Barcelone ! Ce serait plus lucratif.

Tous deux étaient d'accord pour considérer que l'éparpillement des activités d'Alba révélait, non pas son appétit de puissance, mais la fragilité de sa personnalité. Depuis qu'il avait traversé une grave crise sentimentale il s'était abîmé dans un activisme permanent qui le protégeait sans doute de la dépression. Fidel leur concéda que cette hyperactivité nourrissait bien des jalousies :

— Le petit peuple des toreros et des novilleros déchus, ceux qui ne toréent presque jamais, lui reproche de ne pas les faire travailler. Ceux qu'il a employés dans sa cuadrilla puis qu'il a remerciés, pour de bonnes ou de mauvaises raisons, sont les plus hargneux et ne cessent de répandre des tombereaux d'ordures sur ses manies, sa vie sentimentale et sexuelle.

Virginie aurait aimé en savoir davantage sur sa crise sentimentale, mais les deux hommes la renvoyèrent à la lecture de la presse people de ces dernières années. Ils avaient peu de goût pour ces choses-là. À la deuxième caña, les papis continuèrent à vider leur sac avec une franchise qui contrastait avec l'ambiance d'un milieu professionnel où simulations, courbettes déférentes, sous-entendus, allusions vénéneuses semblaient la règle. Ils dessinèrent un monde de maquignons où le discours sur l'art taurin servait de cache-sexe à des contingences bassement économiques. Virginie se rappela alors les propos acerbes et sans concessions de Perez Galdos, son confrère sévillan, sur ce phalanstère de fourberie où il ne fallait jamais tourner le dos à personne.

— À mon avis, confessa Fidel, Alba a mis son nez là où il n'aurait pas dû. Il faut savoir que le business taurin est contrôlé par deux clans qui se répartissent les dividendes. De gros entrepreneurs comme Chispazo, soutenu par Anton Chueco (un ancien matador devenu l'homme fort du secteur latino), sont acoquinés avec le très riche et très puissant groupe mexicain Machetes. D'autres se rassemblent dans une espèce de mafia espagnole affairiste, dont les ramifications en France sont bien connues, pour concurrencer et affaiblir son hégémonie. Antonio Puntilla, Fernando Gomez Espada et Simon Navajas en sont les visages les plus connus. Ils possèdent les plus grandes arènes de Las Ventas et de Séville, et gèrent la carrière d'un grand nombre de toreros.

— À elles deux, ajouta Raúl, ces deux mafias contrôlent 90 % du business. Les Mexicains détiennent des arènes comme Logroño, Salamanque, Cordoue et Almería. Les Espagnols, celles de Séville, Madrid, Saragosse, Nîmes, Valence, Mont-de-Marsan et Jerez. La plupart des carrières des toreros sont gérées par ces deux entreprises. Si vous n'en faites pas partie, vous n'avez que peu de chances de pouvoir toréer.

— Cette situation est nouvelle et un peu instable, poursuivit Fidel. L'offensive des Mexicains est planifiée, structurée. Ils ont l'ambition de monopoliser le marché. En comparaison, l'action des Espagnols est plus conjoncturelle, plus défensive et repose sur des alliances moins pérennes.

— Et de quel côté se trouvait Alba ? demanda Virginie.

— D'aucun, justement. Quand il a débuté, le marché était beaucoup plus émietté et les Mexicains n'étaient pas arrivés. Ensuite, ses succès et son aura lui ont toujours permis d'échapper à toute emprise.

— L'un des deux groupes aurait fait pression sur lui pour le récupérer ?

— Non, il bénéficiait depuis longtemps d'une sorte de statut privilégié, il avait un territoire réservé. Investir sur lui ne valait plus la peine, car il approchait de la retraite. Je crois plutôt que ses adversaires redoutaient qu'il ne veuille constituer un troisième axe. Le fait d'acheter de petites arènes a été interprété comme le commencement d'une manœuvre de plus grande envergure. Ce, d'autant qu'il se lançait dans la gestion des carrières de deux petits novilleros andalous très prometteurs.

— Ses rivaux seraient allés jusqu'à le tuer ?

— Rien n'est impossible, car avec la crainte d'une baisse des ressources, la compétition est de plus en plus violente. Son influence se faisait déjà sentir et certains toreros avaient émis le désir de le rejoindre pour promouvoir une approche plus éthique, moins mercantile de leur art. Mais honnêtement, je n'y crois pas. Ici, nous ne savons pas tout, mais le danger qu'il représentait n'était pas encore assez sérieux pour motiver son élimination physique.

— Car même s'il était un électron libre, ajouta Raúl, il remplissait partout les arènes où il se produisait et rapportait de l'argent aux organisateurs de quelque bord qu'ils soient. Personne ne pouvait s'en passer.

La rencontre avec les abuelos avait ouvert de nouvelles pistes dans l'esprit de Virginie. Alors qu'elle en avait initialement rejeté la possibilité, elle commençait à croire que la main du meurtrier montois pouvait se cacher dans ce nœud de vipères. Mais cette perspective l'inquiétait. La police française n'avait évidemment pas les moyens de démêler seule l'écheveau des événements et des responsabilités. Seule une investigation franco-espagnole menée sur cette affaire, dont les ramifications se trouvaient peut-être même au Mexique, était susceptible d'y parvenir. Malgré la compétence juridique territoriale du tribunal de Mont-de-Marsan, l'enquête proprement dite lui serait alors retirée.

Les deux amies se laissèrent emporter dans les lieux de la movida homosexuelle madrilène que Sol et Dolo fréquentaient assidûment et où elles croisèrent quelques célèbres pasionarias féministes du moment. Alix trouva l'ambiance très sympathique, mais finit par déclarer : « Ça manque de mecs. » Sa frustration était telle qu'elle crut apercevoir Antonio Banderas. Le niveau de sa consommation de champagne fit toutefois douter Virginie du bien-fondé de cette assertion.

Le lendemain, elles prirent, bien fatiguées, l'autoroute en direction d'Orense. L'esprit de Virginie était encombré par la culpabilité qu'elle éprouvait à délaisser ses recherches alors même qu'elle commençait à progresser. Peu à peu, Alix réussit cependant à la dérider en lui faisant miroiter la perspective d'une dégustation de fruits de mer face au soleil couchant dans la ria de Pontevedra :

— Cela te fera du bien, de changer de panier de crabes.

HOSSEGOR

Fatigué par l'organisation et l'animation du cercle restauratif dacquois, je rejoignis ma famille à Hossegor pour me reposer en attendant la feria de Bayonne, dont je redoutais qu'elle soit ternie par de nouveaux incidents. Des amis nous y avaient prêté leur maison de vacances jusqu'aux premiers jours de septembre. Avec le départ de la plus grosse partie des estivants, cette station balnéaire redevenait ce paradis art déco conçu par des urbanistes éclairés de l'entre-deux-guerres.

Je me plongeai dans les nombreux ouvrages professionnels que je n'avais pas eu le temps d'ouvrir pendant l'année. Mais le mélange des effluves marins et des senteurs de la pinède me rendirent rapidement inapte aux efforts intellectuels. Je passai mes journées à marcher, nager et pédaler avec mes enfants, et à faire la sieste. J'étais tellement taraudé par les événements dramatiques de Dax que je consacrais mes seules lectures à la recherche d'informations sur les combats anti-taurins.

L'arrivée de mon collègue Léo, quittant à nouveau son île de Ré pour m'aider à mettre au point le programme pédagogique de la rentrée universitaire, troubla mon indolence. Mais j'interrompis souvent la construction de nos organigrammes par des questionnements plus légers :

— Comptes-tu donner une suite à ta rencontre avec Alix ?

— Je ne me pose pas la question. En ce moment, je vis au jour le jour. Je sors d'une vie de couple qui, comme tu le sais, fut très compliquée. Alors je profite de mon célibat. Je préfère jouer les suce-fleurs, comme on dit au Cameroun.

— Vous aviez l'air de bien vous entendre.

— Lâche-moi. Tous les mecs casés ont envie que leurs amis se stabilisent. Le spectacle de leur liberté leur est insupportable.

— Au contraire ! Grâce à toi, je vis mes désirs par procuration. Quand j'assiste à tes séances d'expression corporelle, j'ai l'impression de les vivre un peu moi-même.

— Tu as profité de mon imprégnation alcoolique pour te rincer l'œil, vieux lubrique !

— Je n'ai profité de rien, c'est toi qui m'as imposé ce spectacle.

— Et toi, combien de temps comptes-tu résister aux avances de la petite Virginie ?

— Ne change pas de sujet.

— J'ai vu votre manège.

— On s'apprécie, c'est tout.

— Tu es aveugle ou quoi ? Elle a plus de trente ans, elle est célibataire et n'a pas tellement l'occasion, dans une petite ville des Landes, de rencontrer des types comme toi qui lui aèrent les neurones.

— Elle est mignonne, mais tu sais bien que je ne suis pas disponible. Si je pratique parfois l'ambiguïté, la séduction, c'est pour laisser flotter un brin d'incertitude dans des relations qui, sinon, manqueraient singulièrement de poésie.

— Ce détachement apparent n'est souvent que le masque des grands prédateurs.

Mais l'essentiel de nos discussions ne porta pas sur ces considérations de mâles vieillissants. Je remis souvent sur la table mes obsessions tauromachiques :

— Un article que je viens de lire dans la revue *Politix* considère que l'on peut appliquer la théorie de la civilisation des mœurs tant aux pro qu'aux anti-corridas. Norbert Elias montre qu'à partir de la Renaissance, les seuils de tolérance vis-à-vis de la violence et de l'agressivité n'ont cessé de s'abaisser. Les luttes sanguinaires ont peu à peu été dépréciées et l'État s'est attribué le monopole de la violence symbolique. Les classes supérieures se sont conformées à des standards de comportements de plus en plus raffinés. Elles ont condamné la brutalité, banni la vue du sang et de la mort, construit une grammaire assez précise du contrôle des pulsions. Et, sur le mode du château d'eau, cette évolution s'est progressivement répandue dans toutes les classes sociales.

— Cet adoucissement des relations humaines est encore loin de toucher nos rapports avec les animaux.

— Mais si, justement. La corrida n'échappe pas à cette évolution. Son histoire est celle d'une réglementation progressive de ses modes opératoires. Depuis le XIXe siècle, une multitude de réformes ont bridé sa sauvagerie initiale. Quand les animalistes la qualifient de barbare, qu'auraient-ils dit auparavant ? Ils ignorent tous les efforts qui ont été faits pour en rendre le spectacle plus supportable, pour l'esthétiser.

— Esthétiser la mort ? Ne crois-tu pas que la prétention artistique de la corrida n'a d'autre fonction que d'en occulter la part morbide ?

— C'est plus compliqué. La plupart des aficionados sont sincèrement soucieux de « civiliser » le spectacle. Par exemple, ils posent plein de contraintes à l'action du picador, lui définissent un territoire d'action, exigent que la pique soit tenue d'une certaine façon, qu'elle pénètre sans vrille ni acharnement, dans un endroit précis. Ils conspuent les transgressions de ces canons, valorisent la beauté d'une pose de banderilles, la grâce d'une faena, exigent une mise à mort propre et rapide. Par ailleurs, ils n'encouragent pas les rituels populaires sadiques qui avilissent les taureaux. Ni les *toros embolados*, entre les cornes desquels on allume des boules de feu et qui courent épouvantés, brûlés jusqu'aux yeux, dans les rues des villages de la région de Castellón ni le massacre annuel du toro de Vega à Tordesillas, qu'avant son interdiction, on poursuivait à cheval ou à pied avec des lances jusqu'à ce que mort s'ensuive.

— Je n'en suis pas aussi sûr. À ma connaissance, aucun mouvement d'aficionados ne s'est jamais mobilisé pour en revendiquer la disparition. Ce sont des rassemblements écologistes soutenus par les partis de gauche qui ont arraché la suppression du toro de Vega. La protection des traditions culturelles est leur priorité.

— Le mouvement taurin n'est pas exempt de contradictions et on ne peut pas mettre tous les aficionados dans le même sac. Il y a diverses raisons et façons d'aimer la corrida. Ceux que je fréquente revendiquent l'existence d'un art extrêmement codifié, représentant une forme de raffinement intellectuel.

— Mais il peut y avoir du raffinement dans le sadisme, dans le jeu du chat poursuivant la souris !

— Ce que je veux te faire comprendre, c'est qu'ils ressentent une forme d'injustice à se faire traiter de barbares alors que pour eux, la dimension artistique, presque scientifique du combat, est prédominante.

— Mais pourquoi ne suppriment-ils pas la mise à mort ?

— C'est évidemment là que le bât blesse. Ils veulent continuer à regarder la mort en face dans une société qui ne cesse de l'euphémiser.

— Je n'ai pas, comme toi, grandi dans ce milieu, mais il me semble qu'en ne renonçant pas à la mise à mort, c'est leur passion qu'ils condamnent. Les animalistes que je connais sont hantés par le spectre d'une violence susceptible de ressurgir à tout moment. Le goût du sang et de la convulsion serait pour eux le signe que la bête immonde qui sommeille en chacun de nous peut se réveiller. Par conséquent, un individu pratiquant ou même tolérant la torture sur les animaux entraverait le progrès de la civilisation.

Nos bavardages furent entrecoupés d'une marche familiale le long du magnifique courant d'Huchet, d'un footing autour du lac, d'une séance de bodyboard dans les vagues. Je profitai d'un moment de repos, alors que nous étions allongés sur le sable, pour confier à Léo que ma première histoire d'amour s'était déroulée sur cette plage.

— Nous jouions à faire des châteaux de sable quand soudain, elle m'a demandé de la suivre. Nous sommes entrés dans un blockhaus et là, stupéfaction, elle a baissé sa culotte, s'est accroupie, et j'ai vu jaillir de sa fente une urine fumante. J'en suis resté paralysé. Il est vrai qu'à six ans, et en l'absence de petite sœur, je n'avais aucune idée de la façon dont était constitué le genre féminin. Ensuite, elle m'a pris la main d'une manière complice, comme si nous avions fait l'amour, et nous sommes repartis jouer comme si de rien n'était, alors que je venais de vivre un moment bouleversant.

— Te souviens-tu de son nom ?

— Elle s'appelait Aline. Son père était pharmacien. Elle vivait au Cameroun et séjournait, comme notre famille, à la pension la Bonbonnière sur le bord du lac.

— Quelle mémoire, Émile !

— Je ne savais pas ce que cela signifiait, mais je crois que j'étais amoureux de ses yeux bleus et de ses cheveux blonds qui tombaient en cascade sur ses épaules.

J'étais envoûté par sa spontanéité et sa jovialité qui contrastaient avec ma réserve naturelle. Je ne pris vraiment conscience de mon état affectif qu'au moment de notre séparation. Quand nous sommes partis, laissant la famille Jacono profiter des brises marines, un immense gouffre, aussi profond que la fosse de Capbreton, s'est creusé dans ma poitrine. La blessure aurait pu se cicatriser rapidement si je n'avais été rongé par la crainte que sa chevelure flamboyante ne soit perçue, dans un pays peuplé de bruns, comme le panache des créatures de l'enfer. Je feuilletai avidement les pages de *Paris Match* ou regardai les écrans de télévision dès qu'ils évoquaient le continent africain, pour apercevoir la silhouette de ma bien-aimée.

— Et tu criais Aline, pour qu'elle revienne ?

— Aujourd'hui encore, quand j'entends cette chanson, je pense à elle.

— Elle est probablement revenue vivre en France. Tu ne l'as jamais revue ?

— Figure-toi que lorsque j'ai été invité pour donner une conférence à Yaoundé, j'ai voulu retrouver l'endroit où elle vivait. Alors, avant de partir, j'ai parcouru tout internet à la recherche de son étonnant patronyme. En vain. À force d'obstination, j'ai découvert un blog coopératif où les vieux enfants du quartier central capitalisaient leurs souvenirs pour reconstituer la topographie sociale de leur époque, l'adresse des personnages pittoresques ou célèbres, la position des bars, des commerces, des cinémas et des pharmacies. C'est ainsi que j'appris que la famille Jacono vivait au 26 de l'avenue Kennedy. J'ai même pu accéder à la photo de son officine. Mais pas moyen de retrouver la trace d'Aline, ni dans le Yaoundé de l'époque ni dans la France actuelle. Elle aura probablement changé de nom en se mariant.

— Et sur place ? As-tu continué tes recherches ?

— Tu me connais. À la fin du colloque, j'ai voulu me balader dans le centre-ville. Mais rien n'est conçu en Afrique pour les piétons : pas de trottoir, la traversée du moindre carrefour nécessite une forme physique bien affûtée. Le danger est encore plus grand pour les marcheurs de couleur blanche quand les conducteurs locaux, sidérés par leur présence incongrue le long d'une avenue, cessent de regarder devant eux pour les dévisager. Car, en Afrique, un blanc ne marche pas. Il conduit un 4x4, pose son bras sur la portière, porte des lunettes noires, s'impatiente dans les embouteillages, salue parfois d'autres blancs en 4x4 et jette sur la multitude vile un regard indifférent, mais *il ne marche pas*. Je me suis retrouvé, sans l'avoir voulu, devant l'ancienne pharmacie Jacono, tout près du *Café Cintra*, sorte de *Café de Flore* local. Tout était fermé, barricadé, comme si l'immeuble était en deuil du départ d'Aline et n'avait jamais pu s'en consoler. Je n'ai pas pris de photo, la nostalgie ne s'immortalise pas. J'ai simplement regardé les trottoirs où elle jouait à la marelle, les entrées de porte, les escaliers, tous ces petits endroits où les enfants aiment à se blottir pour échafauder leurs histoires. Le blockhaus de la plage de Hossegor a disparu depuis longtemps dans les flots de l'Atlantique, mais pas l'image ruisselante de mon premier amour.

*

En revenant dans le centre, sur le coup de midi, nous avons aperçu André Boniface, le mythique trois-quart-centre du Stade montois et de l'équipe de France de rugby, tenant salon à la terrasse d'un bistrot. Léo, sachant que je l'avais déjà rencontré, me demanda de le lui présenter. Nous avons alors timidement avancé vers notre idole qui nous aperçut et nous invita chaleureusement à nous asseoir à sa table. Je lui rappelai les circonstances de notre première rencontre. Il était venu superviser avec son ami Christian Darrouy, un ailier international d'une étonnante vélocité, l'entraînement de l'équipe de rugby de mon bourg. La nuit venue, mon père les avait invités à dîner à la maison. J'avais été tellement subjugué par leur présence miraculeuse à ma table que je n'avais pas touché à mon assiette. André se souvint de son passage à Eauze et de sa contribution gratuite – on ne lui avait même pas remboursé ses frais de déplacement précisa-t-il – à l'épanouissement de l'équipe locale. Puis il fut curieux de savoir qui était le grand Léo qui m'accompagnait et lui demanda :

— À quel poste jouais-tu ?

— Deuxième ou troisième ligne.

En entendant sa réponse, il m'adressa un clin d'œil et me dit :

— Il n'est pas des nôtres. Si je me souviens bien tu jouais 10 ?

Quand Léo lui indiqua qu'il avait joué à La Rochelle, le visage d'André s'éclaira :

— Formidable ! C'est une équipe qui pratique un jeu de mouvement et d'évitement et ne se contente pas de faire des petits tas.

Avant qu'il ne parte vers d'autres horizons, j'invitai Léo à déguster quelques huîtres dans un cabanon au fond du lac. Je commençai par l'entretenir de mes récentes découvertes sur la philosophie du mouvement animaliste. Mais il m'interrompit rapidement et réussit à me convaincre qu'il était vain de placer le projecteur sur lui et sur son aversion à l'égard de ceux qu'il nommait les viandards. Mon collègue pensait, comme je l'avais indiqué aux policiers montois lors de mon premier contact, que ces gens étaient incapables de commettre des meurtres ou des agressions violentes. Il estimait qu'il fallait se concentrer sur les groupes plus ou moins anarchistes possédant une culture d'intervention et utilisant la technique du coucou pour faire leur nid dans les mobilisations sociales.

Cela me sauta soudain aux yeux. Il fallait percer les mystères des black blocs au lieu de traquer ceux des animalistes. Je me souvins alors qu'un de mes meilleurs étudiants, Félix Favre, avait consacré son travail de master à leur étude.

BLACK BLOCS

Léo étant parti vers Lescun, où il devait rejoindre des amis dans une bergerie, j'en profitai pour joindre Félix. Je me souvenais qu'il avait réalisé de nombreux entretiens avec des membres des black blocs et observé leurs comportements durant les manifestations. Il s'était d'ailleurs tant impliqué dans sa recherche qu'il s'était fait arrêter par les policiers et que j'avais dû intervenir pour le faire libérer.

Je lui présentai le contexte et lui demandai son avis sur la possibilité que des black blocs aient pu s'infiltrer dans des manifestations anti-taurines.

— Les black blocs, qu'on appelle aussi BB, sont apparus en Allemagne dans les années quatre-vingt pour défendre des squatters contre les expulsions policières pratiquées en hiver, me rappela-t-il. Depuis, en s'internationalisant, ils ont diversifié leurs cibles et s'attaquent à tout ce qui symbolise pour eux la société capitaliste mondialisée et néolibérale, les banques, la police, la restauration rapide, les commerces de luxe, les agences immobilières, les panneaux publicitaires, les caméras de vidéosurveillance, les radars… En France, leurs actions les plus spectaculaires ont eu lieu au sommet de l'OTAN à Strasbourg en 2009 ; contre la réforme du Code du travail portée par le gouvernement socialiste ; contre le projet d'aéroport de Nantes ; pour le défilé du 1er mai 2018 à Paris ; aux Champs-Élysées dans le cadre des manifestations des gilets jaunes en 2019 ; dans les contestations écologistes début 2020.

— Oui, je sais tout ça Félix, mais tu n'as pas répondu à ma question.

— J'allais y venir. On constate à travers ces exemples la diversification croissante de leurs actions. Ayant conscience que la destruction de la planète est la conséquence de la voracité financière des élites et de l'idéologie de la croissance économique, ils sont très proches de l'écologie politique. Aussi, cela ne m'étonnerait pas qu'ils se sentent concernés par la guérilla animaliste.

— La corrida n'a pourtant pas grand-chose à voir avec le néolibéralisme. Elle lui préexistait.

— Sans doute, mais les BB se mobilisent contre tout ce qui leur paraît injuste. Or, l'exploitation animale rentre bien dans la logique productiviste qu'ils dénoncent.

— Pas vraiment la production des taureaux de combat, dont la logique est plus qualitative que quantitative.

— Je ne peux pas vous dire. Je ne connais pas ce milieu, et puis je ne suis pas membre des BB. Difficile de parler de manière générale. Il y a une multitude de petits regroupements dispersés et provisoires qui ne pensent pas tous la même chose. Mais il ne me semble pas incongru d'envisager la présence de certains de leurs membres dans ce mouvement.

— Si je comprends bien, ils se greffent sur des dynamiques existantes, sans en être à l'origine ?

— Ils sont parfois instigateurs mais le plus souvent, ils s'intègrent dans des actions qui leur paraissent justifiées. Leur intégration est facilitée par le fait que beaucoup d'entre eux ont par ailleurs des engagements dans des structures politiques ou sociales plus classiques.

— Leurs rassemblements sont donc plutôt conjoncturels ?

— Exactement. Contrairement à un fantasme policier, les BB ne sont pas des réseaux militants stables et clandestins, mais de petits groupes affinitaires dont le regroupement et l'action collective au cours d'une manifestation peuvent être ponctuels ou même spontanés.

— Ces groupes sont composés de combien de personnes ?

— C'est variable. Cela peut aller d'une demi-douzaine à quelques dizaines et, dans quelques cas ayant une portée politique exceptionnelle, plusieurs centaines. D'ailleurs, ils ne savent pas toujours à l'avance combien ils seront car n'importe qui, vous ou moi, peut se joindre à eux pour peu qu'il s'habille de noir.

— Pas difficile de les infiltrer, du coup.

— Il y a quand même des signes de reconnaissance et des codes qu'il faut maîtriser. La plupart appartiennent à des réseaux d'amis, de fac, de travail, politiques. N'importe quel flic ne pourrait pas s'improviser BB du jour au lendemain. Il lui faudrait rentrer auparavant dans des cercles de relations relativement intimes où il devrait faire la preuve de ses convictions.

— Tu en as rencontré un certain nombre au cours de ta recherche. Sans rompre le principe d'anonymat auquel tu t'es engagé, peux-tu me donner des infos sur leurs profils ?

— Je ne trahis aucun secret en disant que les noyaux que j'ai observés étaient à 80 % composés de jeunes hommes de vingt à trente-cinq ans. Beaucoup étaient étudiants ou en rupture d'études, tous très à gauche et en opposition avec les formes d'organisation politique traditionnelles. D'autres chercheurs ont constaté l'existence de noyaux plus métissés associant des intellos, des ouvriers, des activistes, des anars, des zadistes, des non-violents, des supporters d'équipes de foot. En fait, leur composition est très variable et évolue en fonction des contextes et des actions envisagées.

— Peu de femmes, donc, alors que leur nombre dans les mouvements animalistes est très élevé. Quel rôle jouent-elles ?

— Malgré leur minorité, elles ne sont pas marginalisées. Les femmes sont considérées comme les égales des hommes et ont la possibilité de mettre les problèmes qui les touchent sur l'agenda de leur groupe.

— Qui sont les leaders ?

— Il n'y en a pas vraiment. Leur fonctionnement est relativement horizontal. Les processus de décision sont très démocratiques, non hiérarchiques et recherchent le consensus. Il y a des discussions parfois longues et houleuses entre eux pour définir les objectifs, déterminer les modes d'action, au cours desquelles certains exercent plus d'influence, ont plus de facilité oratoire que d'autres, mais au bout du compte, personne n'impose rien de manière autoritaire. Et si certains ne sont pas d'accord, ils ont toute liberté de se retirer de l'action projetée.

— Excuse-moi de revenir sur mon obsession, mais je voudrais savoir si l'idéologie très gauchiste ou anarcho-libertaire de tous ces jeunes est compatible avec celle des animalistes. Car la conscience politique de ces derniers, hormis quelques végans très prosélytes, me paraît beaucoup moins affirmée.

— Comme je vous l'ai dit, ma recherche ne m'a pas permis d'avoir une vision d'ensemble. Ce qui est sûr, c'est que les BB ne se réduisent pas à l'image de petits excités désireux d'en découdre violemment avec la police et les institutions, et voulant semer le chaos. En fait, ils se rassemblent autour d'une détestation de la mondialisation et de ses effets inégalitaires, de la dénonciation d'une nouvelle forme de féodalité et d'exploitation des hommes.

— Tu mets tellement d'ardeur à expliquer leur point de vue que je te soupçonne de le partager, dis-je d'un air espiègle.

— Mais non, monsieur Labadie, j'ai toujours fait l'effort de conserver une distance épistémologique, comme vous le dites, avec mon objet.

— Je n'en doute pas, Félix. Cependant, tu ne m'enlèveras pas de l'idée que, malgré ton honnêteté intellectuelle, tu éprouves quelque sympathie pour certaines de leurs revendications.

— Je le reconnais. Mais je ne cautionne pas leurs modes d'action et notamment le recours à la violence.

— C'est tout à ton honneur, mais n'oublie cependant pas que la violence peut s'avérer un moyen extrêmement rentable pour se faire entendre et obtenir des avantages quand les mobilisations traditionnelles y échouent. Souviens-toi que les gilets jaunes ont plus obtenu en dévastant l'arc de triomphe que des années de cortèges pacifiques entre Bastille et République.

— Les pacifistes accusent les BB de nuire à la cause des mouvements antimondialistes. Ils ne supportent pas qu'ils s'invitent dans leurs manifs et y mettent la pagaille. Ils leur reprochent d'intensifier la répression policière à l'égard de leurs propres militants et de provoquer le rejet de leur cause par un grand public abreuvé et manipulé par la mise en spectacle médiatique de la violence. Mais en fin de compte, ils reconnaissent que leur action donne souvent une plus grande visibilité à leur combat.

— J'ai le sentiment que la plupart de mes animalistes auraient plutôt tendance à réprouver les bastons, les castagnes et les batailles rangées.

— Il ne faut pas réduire les BB à cela. Comme vous le disiez, ils considèrent que manifester en marchant comme des moutons dans des rues vides est improductif. Dans leur esprit, il faut créer des événements, des expériences sociales de rupture qui ne laissent personne indifférent. La violence peut faire partie de l'éventail des possibilités car, ils l'affirment, le monopole de la violence ne doit pas être laissé à un État oppresseur. Mais ce n'est qu'une des manières de procéder. Les BB s'efforcent toujours de diversifier leurs tactiques et de les adapter au contexte et à la sensibilité de l'équipe qui opère.

— J'ai su que les analyses des bandes des caméras de vidéoprotection disposées autour des arènes de Dax n'avaient pas permis de discerner des groupes d'individus portant l'uniforme des blacks blocs. Pourraient-ils, à ton avis, prendre d'autres apparences pour ne pas se faire remarquer ?

— Ils peuvent apparaître dans leur tenue traditionnelle – en noir, avec des casques, des lunettes de piscine et des masques à gaz – puis se changer discrètement à proximité et réapparaître dans une tenue plus colorée et non remarquable. Dans mon mémoire, j'ai baptisé ça la technique du caméléon.

Je remerciai Félix pour ses apports. J'envisageais maintenant que les événements dacquois avaient été relativement planifiés, par de petits groupes d'activistes qui auraient instrumentalisé le défilé et l'antagonisme entre pro et anti-corridas pour semer le bazar. Peu importait qu'il s'agisse véritablement de blacks blocs ou d'éco-warriors. Leurs modes d'expression et leurs tactiques paraissaient similaires.

Satisfait d'entrevoir une explication plausible à cette flambée de violence, j'éprouvai le besoin de me défouler. J'empruntai alors une planche de bodyboard à mes enfants et partis me plonger dans le jacuzzi lunatique du golfe de Gascogne.

RED BLOCS

À son retour de Galice, Virginie me téléphona pour que je lui raconte le déroulement de mon cercle restauratif. Ce que je fis rapidement. Apprenant que je me trouvais à Hossegor, elle me proposa de venir m'y retrouver en compagnie du commissaire Rolland. Ils devaient en effet se rendre à Dax en fin de journée pour assister à une réunion, et ressentaient le besoin de faire un point sur la situation avec moi.

En les attendant, je partis me promener le long du canal jusqu'à la défunte plage du Bourret où, avant la construction du pont actuel, on se baignait autrefois. Puis, reprenant un chemin coutumier cent fois parcouru par ma mère, je pris l'avenue du port et l'avenue Jean Rameau pour parvenir devant la villa Argi Aldea, où elle passa les plus beaux étés de sa jeunesse. S'échappant chaque année de son Gabarret, village landais perdu aux confins du Gers et du Lot-et-Garonne, elle y venait découvrir un autre monde, fascinant et inquiétant à la fois : celui de sa tante Fanny, cantatrice soprano alors très en vogue dans le Tout-Paris musical, et de son mari Jo, indéboulonnable organiste de l'église Saint-Eustache. Ces gens très bohèmes avaient, grâce à un héritage, pu construire cette petite villa dans la toute nouvelle station balnéaire à la mode de Hossegor. Planté devant la façade de la villa, j'imaginais une noria de rutilantes Delage, Delahaye et Renault, déposant devant le portail tout le gratin culturel du Quartier latin. Je voyais les mains de Jo glisser sur son piano en répétant inlassablement les compositions de Déodat de Séverac, d'Henri Duparc ou de Gabriel Fauré. J'entendais les exercices vocaux répétitifs et puissants de la plantureuse Fanny préparant son récital de rentrée ou ses enseignements futurs à la Schola Cantorum.

Je m'arrachai à ce spectacle en regrettant de n'avoir jamais eu les moyens financiers d'offrir cette villa à ma mère, le plus beau cadeau qu'on aurait pu lui faire.

*

Rolland me fit d'abord part des soucis que lui procurait le maintien par les édiles de la ville de la feria de l'Atlantique. Il lui paraissait déraisonnable d'avoir limité la suspension des spectacles taurins au département des Landes, alors que Bayonne s'en trouvait éloignée d'à peine quelques kilomètres. Nous fûmes d'accord avec lui pour dire que les risques encourus étaient considérables. Nul besoin d'être devin pour penser que les opposants voudraient frapper un grand coup avant la fin de la temporada.

Puis le commissaire fit le point sur les évolutions de l'enquête montoise. La surveillance discrète qu'il avait demandé à ses limiers d'exercer sur les activités de Manolo n'avait rien donné. L'individu était certes un peu marginal, mais ses activités n'avaient pas de lien avec le monde taurin. Avoir une aventure avec la femme de son voisin n'était pas légalement répréhensible… Le fait d'exercer ses talents de bricoleur au noir un peu partout dans la ville et d'importer régulièrement d'Espagne de petites quantités de cigarettes pour les revendre l'étaient davantage, mais ne constituaient pas une priorité pour la police judiciaire. De telles pratiques pourraient toutefois servir de moyen de pression si le témoignage de l'Andalou s'avérait utile.

Despiau et Wlerick s'étaient rendus aux obsèques de Victor Dias. Maylis avait été émue par la compassion ambiante. Des joueurs de rugby de sa génération, vêtus du maillot rayé jaune et noir de leur club, portaient le cercueil. Suivaient sa mère en pleurs et ce beau-père marmoréen, dont il avait avoué aux policiers qu'il ne le portait pas dans son cœur. Quelques anciens rugbymen, des amis d'enfance, une dizaine de compagnons de misère et plus d'une centaine de militants anti-taurins garnissaient copieusement les bancs de l'église de la Madeleine. Un représentant du Stade montois fit une brève allocution soulignant la belle, mais trop brève, carrière du défunt, dont le courage et le dévouement avaient été un exemple pour ses coéquipiers. Puis Célestine Capin prononça une longue oraison, remerciant Victor de son engagement totalement désintéressé aux côtés des membres du CLAC. Elle rappela ses hauts faits d'armes quand il avait mis en fuite leurs agresseurs à Hagetmau, Mugron où Rion, quand sa corpulence rabattait le caquet à leurs détracteurs et les dissuadait de détruire leur matériel, quand il les protégeait lors des bousculades des fêtes de la Madeleine. Rolland sortit de sa poche le texte de l'allocution finale que Célestine avait fait distribuer à la sortie de l'office et en fit la lecture :

« Malgré sa taille et sa force, Victor n'utilisait jamais la violence pour régler ses différends. Il n'en avait pas besoin. C'était un homme profondément bon et pacifique, toujours prêt à voler au secours des pauvres et des opprimés, à se rebeller contre les injustices. Il a été assassiné par un lâche, un couard qui le connaissait suffisamment pour savoir qu'il n'était jamais armé et n'utilisait sa puissance qu'en dernier recours et à bon escient, pour protéger les autres mais jamais pour se protéger lui-même. Victor est mort pour notre cause, celle de tous les animaux torturés et assassinés, celle de tous les humains tolérants et sensibles qui défendent une vision paisible et harmonieuse de l'avenir. Nous demandons qu'une statue de Victor soit érigée devant les arènes de Mont-de-Marsan, face à celle du torero qui nous nargue depuis 1992. Elle représentera, face à l'arrogance sans remords d'un donneur de mort, le combat d'un martyr ayant donné sa vie pour la justice, la tolérance et le respect. »

Malgré la solennité du lieu, la foule des militants ne put s'empêcher d'applaudir l'oratrice. Leurs clappements couvrirent les murmures réprobateurs d'une partie des présents. Après les obsèques au cimetière Saint-Vincent-de-Paul, les policiers tentèrent en vain de s'approcher de Célestine Capin pour éclaircir ses insinuations sur l'agresseur de Victor Dias. Mais elle fut inabordable, tant les fans qui l'entouraient étaient nombreux. Rolland lui téléphona le lendemain, pour en savoir plus. Mais la pasionaria resta évasive. Elle était dans l'incapacité de désigner précisément le tueur, mais suspectait un groupe d'aficionados « particulièrement agressifs et frustes » qui les harcelaient depuis la fête de la Madeleine, en les rendant responsables de la mort du torero. Elle les avait reconnus dans la foule dacquoise belliqueuse, mais ne pouvait en fournir une description précise.

— Vous n'avez reçu aucune nouvelle d'Espagne ? demandai-je ensuite à Rolland.

— Non, aucune. Perez Galdos, le correspondant de la commandante Barrère à Séville, n'a pas donné signe de vie. J'ai seulement subi les remontrances d'un membre de l'ambassade d'Espagne qui se plaignait de notre inertie.

— Et Wlérick a-t-elle trouvé d'autres infos sur les éco-warriors animalistes ?

— Pas à ma connaissance. Il est vrai que, du fait des congés, je l'ai chargée de bien d'autres missions.

— Pour ma part, enchaîna Barrère, mon séjour à Madrid m'a ouvert les yeux. La rue Victoria n'a pas livré tous ses secrets, mais les gens que j'ai rencontrés m'ont fait réfléchir. Je suis maintenant convaincue que l'hypothèse d'un règlement de comptes à l'intérieur du mundillo est tout à fait plausible. Il y a tant d'aigreurs et de jalousies entre toreros, entre toreros et péons, qu'on ne peut pas exclure une relation ayant dégénéré. Il faudrait consulter un « corridologue » ou un « cuadrillologue » pour savoir si dans le passé, Alba a eu des conflits avec ses collègues ou ses subalternes. Don Pedro pourra sans doute nous éclairer, mais je suppose que les Sévillans connaissent mieux que lui ce genre de querelles intestines. Il est aussi possible que le conflit soit d'une autre envergure. J'ai appris en effet que le marché taurin était fracturé en deux clans antagonistes, entre lesquels tous les coups sont permis. Or, il semble qu'Alba ait eu l'ambition de se mêler plus ou moins directement à ce business. Du fait de sa notoriété, il représentait une menace potentielle pour ces deux cliques. On ne peut donc pas exclure que l'une ou l'autre, ou peut-être les deux, ait voulu éliminer ce concurrent redoutable.

— Ce voyage madrilène vous a dessillé les yeux, l'asticota gentiment Rolland. Il n'y a pas si longtemps, vous ne pouviez pas envisager que le mal puisse venir de l'intérieur !

— Je le reconnais. Mais je ne suis que commandante. J'ai encore beaucoup à apprendre pour devenir commissaire, répondit-elle en souriant.

De mon côté, je fis un bilan de mes recherches sur les black blocs, rappelant que leurs actions étaient essentiellement collectives et ciblées sur des objectifs politiques. Le recours au crime individuel ne figurait pas dans leur registre. Sans doute leurs offensives pouvaient-elles accidentellement engendrer de graves blessures ou même des morts, mais sans que cela soit prémédité. J'écartai donc leur responsabilité pour le meurtre d'Alba. Par contre, j'envisageai sérieusement leur implication dans les échauffourées de Dax. Cette assertion convainquit Rolland de me convier à la réunion des policiers se tenant dans la cité thermale.

*

Les policiers dacquois, avec lesquels j'avais collaboré pour l'organisation du cercle restauratif, m'accueillirent avec cordialité. Les deux représentants de la brigade régionale de Bordeaux, dont l'autoritaire commissaire divisionnaire Fournaise, se montrèrent nettement plus froids.

Albaladéjo nous informa que l'enquête de l'IGPN sur la militante retrouvée dans les barthes de Saubusse n'était pas terminée, mais que tout portait à croire – l'expertise médico-légale ne relevant pas de traces de coups et ses poumons étant gorgés d'eau – qu'elle s'était noyée accidentellement. Les témoignages recueillis auprès des militants repêchés, de quelques observateurs et des agents de la brigade fluviale postés sur leurs embarcations, ne laissaient planer aucun doute. La poussée exercée d'un côté par les manifestants désireux de franchir le pont et la charge des CRS soucieux de les faire reculer de l'autre avaicnt produit une telle compression qu'une dizaine de personnes s'étaient retrouvées éjectées dans l'eau. Quelques-unes avaient regagné la rive à la nage, tandis que d'autres avaient été repêchées puis hissées à bord de canots. D'après sa famille et ses amis, la personne disparue avait une soixantaine d'années, n'était pas en très bonne santé et ne pratiquait plus la natation depuis fort longtemps. Elle avait probablement rapidement disparu sous les eaux, sans être aperçue par des sauveteurs alors très affairés.

Albaladéjo incrimina, à mots à peine couverts, le caractère inopportun de la charge des CRS, sans laquelle cet accident ne serait pas survenu. Une charge d'autant plus regrettable, selon lui, qu'elle avait exacerbé les tensions et n'avait servi à rien puisque le pont avait finalement été ouvert quelques minutes plus tard. Le divisionnaire Fournaise lui vola aussitôt dans les plumes, en lui enjoignant de ne jamais tenir en public des propos de nature à nuire gravement à l'image de leur institution.

Vint ensuite le moment d'évoquer l'enquête sur les deux morts du parc. Rolland présenta un rapport détaillé de tous les éléments recueillis par ses policiers sur la personnalité et les activités de Victor Dias. Ensuite Lescarboura, l'adjoint d'Albaladéjo, compléta les informations données sur Cazenave, la deuxième victime. Il s'agissait d'un homme d'une quarantaine d'années ayant eu, durant sa jeunesse, des démêlés avec la justice pour des comportements violents en état d'ébriété. Originaire du village voisin de Pontonx, il travaillait aux thermes Bérot et donnait toute satisfaction à ses employeurs. Il ne manquait pas un match de rugby et était membre de la peña taurine dacquoise. Sa passion pour les corridas était telle qu'il participait aux voyages organisés par cette association et assistait à certaines de ses manifestations et rencontres. C'était un gentil garçon, mais quand il levait un peu trop le coude, il pouvait avoir l'alcool vindicatif.

Une délégation de la police dacquoise s'était rendue aux obsèques de Cazenave. La petite église de Pontonx était pleine d'amis, de collègues des thermes et d'aficionados du coin venus témoigner, banderoles à l'appui, leur résolution à défendre leur culture. Les différents discours prononcés dressèrent le portrait d'un homme profondément attaché à ses racines, passionné de chasse, de rugby, de courses landaises et de corridas, un fort en gueule au caractère entier mais ayant toujours le cœur sur la main. À la fin de la cérémonie, l'aumônier des arènes de Mont-de-Marsan prit la parole de manière impromptue pour composer une parabole brumeuse peuplée de palombes blanches s'élevant dans le ciel pour retrouver la paix du Christ. Quand la foule se dispersa sur le parvis de l'église, les policiers perçurent une telle tension qu'ils redoutèrent la perpétration de représailles à l'encontre des anti-taurins.

Albaladéjo se montra assez pessimiste sur les chances de retrouver les auteurs des deux crimes. Ils avaient été commis dans une telle confusion que les personnes ayant vu s'affaler les victimes s'avouaient incapables d'identifier les donneurs de coups fatals. Les appels à témoin comme l'analyse des bandes de vidéoprotection n'avaient pour l'instant rien donné de probant. C'est alors que je décidai d'intervenir :

— Mes recherches sur les blacks blocs m'incitent à croire que des éléments perturbateurs, proches de cette mouvance ou s'inspirant de ses modes d'action, se sont immiscés dans la manifestation dans le but de la désorganiser.

— Mais nous les aurions vus ! s'indigna Fournaise. Ils se repèrent facilement, avec leurs tenues noires et leurs masques !

— Justement, l'un de mes étudiants ayant travaillé sur cette mouvance a découvert qu'elle était multiforme et qu'elle s'adaptait de plus en plus aux circonstances. Il se peut donc, ce n'est qu'une supposition bien sûr, que ces jeunes se soient habillés en festayres pour passer inaperçus. Du fait de la gravité des lésions corporelles de certaines victimes, il y a fort à parier qu'ils auront préféré rester dans l'anonymat et ne pas revêtir par la suite leur habituelle tenue noire.

— Des « red blocs », en quelque sorte ! lança-il, fier de son expression. Je doute de la capacité de ces adolescents attardés à se fondre dans le paysage.

— Écoutez, je ne connais pas l'implantation de vos caméras de vidéosurveillance, continuai-je en regardant Albaladéjo, mais je propose de les visionner avec vous sous ce nouveau prisme et nous verrons ce qu'il en est.

Un technicien nous indiqua l'emplacement des vingt-trois caméras municipales, dont cinq permettaient d'observer la manifestation, le pont, le *Splendid*, le parc et les arènes. Une première lecture des bandes de la caméra placée près de la gare révéla qu'aucun manifestant en tenue noire ou cagoulé ne faisait partie du cortège. Les suivantes confirmèrent ce diagnostic.

Hormis la bousculade du pont, les anti-taurins avançaient vers le parc de manière calme sans qu'on puisse distinguer de trublions voulant mettre la pagaille. C'est alors que Barrère sortit, en termes diplomatiques, de sa réserve :

— Le professeur Labadie nous a indiqué que les blacks blocs faisaient preuve d'une grande capacité d'adaptation et qu'ils pouvaient parfois renoncer à une visibilité médiatique au nom de l'efficacité. Or, monsieur le divisionnaire Fournaise a judicieusement employé l'expression de « red blocs ». Je me demande donc si les BB ne se sont pas vêtus de blanc et de rouge et s'ils n'ont pas infiltré les rangs des aficionados. Au lieu de nous fixer sur les antis, cela vaudrait peut-être le coup de visionner les pros.

— Bonne idée, commandante Barrère. Monsieur le technicien, avons-nous des images de la foule autour des arènes ? questionna Fournaise.

Après un moment de recherche, le technicien fit la moue. Pour éviter la manifestation, la majorité des spectateurs avaient contourné l'allée principale du parc et avaient emprunté celle provenant de la place de la fontaine chaude. Or, cette zone était mal couverte par les caméras. Mais à force d'opiniâtreté, le spécialiste finit par déceler un groupe d'une douzaine de jeunes gens vêtus de blanc, portant des bérets rouges et dont les foulards étaient remontés au-dessus du nez. Ces individus se faufilaient à travers une foule énervée, regardant s'approcher les manifestants. Quand les deux groupes se trouvèrent à proximité, on subodorait, en observant leurs traits, que les aficionados adressaient des salves d'amabilités à leurs adversaires. Ce face-à-face ne dégénéra pas, jusqu'à ce qu'un groupe de festayres venu de l'arrière pousse les premiers rangs d'aficionados. Par un effet domino, la bousculade prit rapidement de l'ampleur, mais on ne distingua plus la présence de ces red blocs. C'est alors que les combattants des deux camps commencèrent à donner la pleine mesure de leurs talents pugilistiques.

— Pas de doute, ces gens-là ont allumé la mèche, constata Albaladéjo. Ensuite, les choses ont dégénéré, la violence initiale ayant appelé une violence en retour.

— Regardez, là ! dit le technicien en immobilisant l'image. On voit des foulards verts et des rouges tenter de calmer les esprits.

— Oui, mais on dirait qu'ils se font bousculer et piétiner. D'autres arrivent pour les secourir et se font tabasser à leur tour, puis se vengent.

— Le scénario du pire, dis-je.

— Bon, dit le divisionnaire, nous savons comment les choses ont commencé.

— Mais rien ne prouve que les agitateurs soient des red blocs, observa Rolland. Ce peut être aussi bien de jeunes Dacquois organisés voulant absolument se payer ces animalistes qu'ils méprisent.

— On voit que vous n'êtes pas aficionado, commissaire ! souligna Albaladéjo.

— Dois-je m'en excuser, cher collègue ? Il faut maintenant tenter de les identifier. Pouvez-vous agrandir les images et faire des photos des impétrants ? demanda-t-il au technicien.

— Je peux essayer, mais je crains que les moyens dont je dispose ne le permettent pas. Nous n'avons pas encore de logiciel de reconnaissance faciale à notre disposition.

— Alors démerdez-vous à tirer un cliché, même de mauvaise qualité, intervint Fournaise avec véhémence. Et vous, Albaladéjo, envoyez vos policiers arpenter les rues pour me dégoter un type pouvant nous dire qui sont ces gens.

— Sans vouloir vous offusquer, intervint Rolland, même si nous pouvions utiliser des techniques de reconnaissance faciale, mesurer les tibias, les péronés et la voûture du dos de ces gens, nous ne serions pas plus avancés. Ce sont peut-être les instigateurs de l'affrontement, mais il est peu probable qu'ils soient les assassins de Dias et de Cazenave. On les voit se disperser avant la phase hystérique du combat. Les crimes ne sont que l'aboutissement d'un enchaînement funeste d'agressions et de représailles dont l'intensité s'est vite amplifiée et qui a conduit à cette issue dramatique. Qu'en pensez-vous, monsieur le professeur ?

En renforçant la supposition de Rolland, qui me parut très vraisemblable, je risquais de froisser la susceptibilité de Fournaise. Aussi, pour ne chagriner personne, et ne pas jouer les universitaires arrogants, je conclus de manière assez terne que c'était un point de vue à prendre sérieusement en considération.

— Reste que des types n'ont pas hésité à sortir leurs couteaux, reprit le divisionnaire. Ce sont des criminels. Le fait qu'ils soient venus armés indique la préméditation. Il faut tout faire pour les retrouver. Malgré le désordre, quelqu'un les aura vus et finira par parler.

— Je crains que dans ce climat de guerre civile, les réactions de solidarité entre membres des clans soient plus puissantes que les exigences éthiques, murmura Rolland.

— Je ne vous suis pas, s'insurgea Albaladéjo. Les aficionados sont des gens pacifiques et je n'en connais aucun qui accepterait de tuer pour défendre sa passion.

— On peut en dire autant des animalistes, poursuivit Rolland. Ce genre de généralisation ne nous mènera nulle part.

FERIA 4

BAYONNE

La feria de l'Atlantique, se déroule à Bayonne,
non pas fin juillet pendant les fêtes de la ville,
mais durant les premiers jours de septembre.
Les festayres ont terminé leur pèlerinage estival
et les touristes sont déjà repartis vers leurs emplois
du temps. Ne restent que les purs,
les vrais accros de la fiesta brava.

Virginie me téléphona pour m'informer de la découverte faite par Perez Galdos, son correspondant sévillan. En analysant l'évolution de la cuadrilla d'Alba ces quinze dernières années, il s'était aperçu que son apoderado et son valet d'épée étaient les seuls à l'avoir accompagné sans discontinuer. La composition de l'équipe avait évolué dans le temps. Les séparations n'avaient, en général, pas posé de problèmes, à l'exception d'une seule, six ans plus tôt. Un péon n'ayant pas accepté son licenciement avait saisi le syndicat des picadors et des banderilleros pour faire valoir ses droits et traduit Alba devant la juridiction compétente. Ce dernier reprochait à Hipolito son manque de concentration et de réactivité aux moments clés de la lidia. Il attribuait ses absences à une consommation excessive de drogues.

Le tribunal valida le licenciement pour faute grave en se basant sur plusieurs films de corrida, fournis par le défendeur, dans lesquels la passivité du péon était manifeste tandis qu'Alba se trouvait en grand danger, projeté au sol et exposé aux cornes du taureau. Hipolito avait interjeté appel de la décision, mais son recours avait échoué. Depuis, il vouait une haine féroce à Alba.

D'après les témoignages recueillis par Perez Galdos, cet homme se sentait humilié par son rejet brutal après des années de bons et loyaux services. Boudé par le milieu, ne retrouvant pas de contrat, il avait alors sombré dans la toxicomanie et vivait dans un grand dénuement. Il subsistait en confectionnant de petites sculptures stylisées en fer forgé, représentant des toreros et des taureaux, qu'il vendait autour de la Maestranza les jours de fête ou dans le parc de Maria Luisa le reste de l'année. Il déclarait à qui voulait l'entendre qu'un jour, il ferait la peau à celui qui avait détruit sa vie. La famille d'Alba se souvenait encore des menaces de mort téléphoniques que le torero avait reçues peu après la décision judiciaire. Mais ce dernier n'y avait pas prêté attention.

Le policier avait convoqué Hipolito pour connaître son emploi du temps les 18, 19 et 20 juillet derniers. Mais son état de confusion mentale ne permit pas de reconstituer précisément ses allées et venues. À l'évocation du meurtre d'Alba, le péon ne put cacher son émotion. Un interrogatoire plus poussé ne permit pas de savoir si elle était feinte ou réelle. Face à l'insistance des policiers, Hipolito ne cessa de répéter qu'il n'avait pas les moyens financiers de se rendre en France et que sa santé ne lui permettait pas d'entreprendre un tel voyage. S'il avait voulu tuer son maestro, l'homme qu'il avait admiré le plus au monde, il n'aurait pas attendu six ans et l'aurait fait en Andalousie, où les occasions ne manquaient pas.

Perez n'était pas vraiment convaincu de sa culpabilité mais, par précaution, fit surveiller ses allées et venues et chargea un de ses adjoints de rechercher tous les conflits professionnels ou amoureux d'une certaine gravité ayant pu émailler la carrière du torero.

Virginie contacta Don Pedro pour savoir s'il connaissait cette histoire. Comme elle le présageait, il en était parfaitement informé. « Les procès de ce type sont rares, le monde taurin préfère gérer ses conflits en interne », avait-il expliqué. Le procès avait fait l'objet d'un intense traitement médiatique en Andalousie. D'après la rumeur, derrière l'aspect juridique se cachait une brouille amoureuse. Les deux hommes auraient eu une relation passionnelle et Hipolito aurait très mal supporté sa répudiation par le maestro. Sa toxicomanie serait liée à ce traumatisme affectif. Mais Don Pedro n'accordait pas un grand crédit à ces ragots. Il doutait qu'un homme aussi raffiné qu'Alba ait pu « s'amouracher d'un péon aussi mal dégrossi ».

Comme je l'ai déjà précisé, la suspension des spectacles taurins ne concernait que le département des Landes. La feria de l'Atlantique était donc maintenue. Les peñas, mais aussi les lobbies économiques qui ne voulaient pas capituler face aux revendications animalistes et perdre ainsi la face, avaient harcelé les autorités afin de la maintenir. Pour la police, la sous-estimation des dangers encourus frisait l'irresponsabilité. La contestation n'avait cessé de s'étendre depuis les événements dacquois. Des incidents sérieux s'étaient produits en Provence, où une bataille rangée avait empêché la tenue d'un festival taurin ; un camion de taureaux camarguais se rendant à Lunel avait été immobilisé par des barrages ; en Espagne, les pneus des véhicules de plusieurs toreros avaient été crevés, tandis que leurs familles avaient reçu des lettres de menace.

La probabilité d'une action d'envergure des anti-taurins dans l'un des temples de la tauromachie française était donc prévisible.

Virginie m'invita à l'accompagner aux arènes de Bayonne. Elle me donna rendez-vous le lendemain à 16 heures devant le commissariat où elle participait à une réunion des forces de police régionales avant la corrida. Je profitai de ma dernière après-midi de répit pour aller faire trempette. Bizarrement, la mer était étale, aucune vague ne ridait sa surface. Le jacuzzi océanique s'était converti en un bain relaxant. Et je me surpris à flotter sur cette mer morte qui d'habitude me ballottait, me chavirait, me culbutait. Je fis la planche. J'étais parfaitement relâché. Une force ascendante me propulsait jusqu'à la surface du monde. J'avais l'impression de naître à moi-même ; non pas de sortir de la matrice d'une mère, mais de surgir des fondements de l'humanité. Hélas, la pensée du tumulte bayonnais qui m'attendait infusa progressivement mon esprit. Mon corps ne flotta plus, lourd de l'inquiétude qui l'assaillait. Je fus obligé d'agiter mes mains et mes pieds pour ne pas couler... comme dans la vraie vie.

En arrivant à Tarnos, il y eut un grand embouteillage dû aux contrôles d'identité et à l'inspection des véhicules qu'opéraient les forces de l'ordre. Quand vint mon tour, je questionnai le gendarme sur les raisons de ces opérations. Il me répondit de façon très bureaucratique :

— Nous agissons en vertu de la loi sur l'interdiction administrative et préventive du droit de manifester.

— Quels droits vous donne-t-elle ?

— Elle nous permet d'arrêter toute personne constituant une menace d'une particulière gravité pour l'ordre public, du fait de ses agissements précédents à l'occasion de manifestations sur la voie publique.

— Bravo ! Vous connaissez le texte par cœur !

— Nous sommes des professionnels, monsieur.

— Avez-vous conscience du danger que cette loi fait courir aux libertés publiques ? Je vous souhaite de toujours travailler pour un gouvernement respectueux des principes démocratiques !

— Circulez monsieur ! Vous retardez les autres usagers.

Une atmosphère étrange régnait dans les rues vides de Bayonne et il me fut très facile de trouver une place pour me garer à proximité du commissariat. La première personne qui en sortit fut mon copain Laborde, le commissaire de Biarritz[1]. Il m'apprit que quatre compagnies de CRS avaient été disposées depuis la veille dans les points névralgiques de la cité et notamment sur les axes conduisant aux arènes. De surcroît, des services de sécurité privée avaient été appelés en renfort pour procéder à la fouille de tous les spectateurs y pénétrant. Les novilladas ayant été annulées, ce dispositif était opérationnel pour les corridas du samedi et du dimanche.

Puis, je lui demandai des nouvelles de sa santé, car nous n'étions pas restés en contact depuis la disparition de mon étudiante Milena.

— Je suis fatigué. Les gens qui se plaignent m'emmerdent. Ils sont de plus en plus irascibles. Ils nous prennent pour un service social. Mes policiers m'emmerdent. Ils ne sont jamais contents de leurs conditions de travail. Je fais tout ce que je peux pour les arranger mais ce n'est jamais suffisant. La hiérarchie m'emmerde. On croule sous les paperasses, les inspections. Tu n'as pas besoin de quelqu'un, dans ton université ?

— Ce serait avec plaisir. Il nous manque un troisième ligne, bien roublard, pour renforcer notre équipe de rugby.

— Oh le salaud ! C'est comme ça que tu traites le désarroi de tes amis !

— Mais tu m'as l'air en pleine forme !

— Au fait, j'ai eu des nouvelles de la petite Amaïa, ton étudiante basque.

— Est-elle toujours incarcérée ?

— Non, ils ne l'ont gardée qu'un mois à Paris, le temps de procéder à quelques vérifications. Mais tu ne

1. Voir *L'Échappée basque*, SO Noir, 2019.

m'enlèveras pas de l'idée que leur entreprise de destruction des armes de l'ETA n'était pas très nette. C'est elle qui a payé. Dans ces histoires, ce sont toujours les cœurs purs qui trinquent.

— Personne ne m'a donné de nouvelles. Le procès a eu lieu ?

— Je crois qu'ils ont enterré l'affaire.

— Et les trafiquants russes ?

— Le chauffeur a pris trois ans. Il s'en sort bien. On ne saura jamais si la petite Poutine a trempé ses doigts dans le pot de confiture.

C'est alors que Virginie sortit à son tour du bâtiment et m'embrassa. Laborde la mit alors en garde :

— Méfiez-vous de Labadie... C'est un beau parleur, mais ses théories criminologiques fumeuses n'ont jamais résolu une seule affaire !

— Il m'aide à réfléchir, ce n'est déjà pas si mal.

— Félicitations Émilien, tu sais toujours embobiner les jolies femmes !

En marchant tous les trois vers Lachepaillet, nous n'aperçûmes qu'assez peu de militants anti-taurins. La plus grosse partie du cortège avait été interceptée aux abords de Bayonne. Les rares activistes présents scandaient des slogans dénonçant les pratiques liberticides du maintien de l'ordre. Le combat s'était donc déplacé sur le terrain politique.

Nous fûmes bloqués un long moment par un premier barrage. Les cartes de police de Virginie et de Laborde nous permirent cependant de progresser rapidement. Au deuxième barrage, un agent de sécurité me contraignit à une palpation. Quand nous pûmes enfin nous installer aux places ombre et soleil qui nous étaient réservées, nous constatâmes que le grand cirque de dix mille places sonnait creux. Les risques dénoncés par les médias avaient dissuadé un bon nombre d'aficionados de se déplacer.

Les opérations de filtrage ayant retardé l'arrivée des spectateurs, l'heure du paseo fut repoussée de vingt minutes. Puis le président sortit son mouchoir blanc pour donner le signal aux alguazils, campés sur de magnifiques chevaux, de commencer les opérations. Les toreros et leurs cuadrillas défilèrent en silence, pour rendre hommage aux victimes de Mont-de-Marsan et de Dax, devant une assistance clairsemée d'environ deux mille personnes.

Après l'entrée en piste du premier taureau, un mouvement de panique s'empara de tous ceux qui se trouvaient dans le callejón. Toreros, picadors, péons, areneros, photographes, journalistes, organisateurs, membres des peñas et invités prirent leurs jambes à leur cou et se précipitèrent vers les issues de secours. Le public, médusé, pensa d'abord qu'un taureau avait pénétré derrière les barrières et y semait la panique. Mais Laborde et Virginie me signalèrent discrètement qu'ils venaient de recevoir un SMS les informant d'une alerte à la bombe et demandant à tous les personnels de sécurité de procéder à l'évacuation, dans le calme, des spectateurs.

Pour éviter tout mouvement de panique, aucune annonce officielle ne fut faite. La présidence resta de marbre. Mais la précipitation des professionnels n'incitait pas à la sérénité. Un vent de peur souffla dans les gradins. Le sauve-qui-peut général provoqua des bousculades et des chutes. Seuls quelques tauromaches récalcitrants, subodorant un coup des anti-taurins, refusèrent, en signe de résistance, de quitter les lieux.

Nous étions encore affairés à relever les blessés, à les soutenir dans la descente des marches, quand retentit une explosion à l'extérieur des arènes. Paniqué par la détonation, le taureau, que tout le monde avait oublié, sauta par-dessus la talenquère pour chercher une sortie. Toutes les portes ayant été ouvertes sous l'effet de la précipitation, l'animal risquait de s'échapper et de semer la panique dans la ville. Pour éviter un possible carnage, le préposé au toril, le ganadero ainsi qu'un alguazil, tentèrent, par de grands gestes, d'attirer le fauve vers le corral. Mais il resta insensible à leurs appels et se dirigea vers la grande porte dont un des battants n'avait pas été refermé. C'est alors que l'alguazil se mit courageusement sur son chemin et tenta, avec une certaine maladresse, de dévier sa course en agitant son chapeau à plumet rouge. La bête fonça sur lui si vite qu'il n'eut pas le temps de se réfugier derrière un abri. L'animal le catapulta dans les airs et son corps désarticulé fut projeté de l'autre côté de la barrière.

Le taureau continua sa course, franchit le seuil du grand portail et se retrouva dans le patio de caballos où se trouvaient encore des péons, un boucher et quelques organisateurs. Heureusement, deux péons purent, grâce à leurs capes, canaliser la fougue du taureau tandis que les autres personnes présentes montèrent se réfugier dans le camion de l'équarrisseur.

Pendant ce temps, deux aficionados sautèrent depuis les gradins dans la piste pour se porter au chevet de l'alguazil. L'un d'eux, probablement médecin, constata son décès. Un vol de palombes se dirigeant vers les Pyrénées traversa alors lentement le ciel de Lachepaillet.

L'appel passé par les « terroristes », le mot emplissait désormais toutes les bouches, se revendiquant de la peña Toro de fuego, avait précisé que « la mort viendrait du ciel » et s'abattrait sur « les assassins de taureaux et leurs complices ». Ce n'était pas une fausse alerte, puisqu'un drone, aperçu par les policiers, avait effectivement lâché un explosif qui tomba à l'extérieur des arènes, derrière la partie couverte. Les enquêteurs en déduisirent que les agitateurs étaient soit maladroits, soit qu'ils avaient choisi un endroit peu passant, généralement désert après le début du spectacle, pour ne pas faire de victimes.

La police scientifique constata rapidement, au vu des débris récoltés sur la pelouse et dans les branches des arbres, que la charge était d'une faible puissance et peu susceptible de faire d'énormes dégâts. Cependant, si ce gros pétard artisanal, pesant approximativement deux kilos, était tombé sur des personnes, il aurait pu leur causer de graves blessures. Les caractéristiques du drone utilisé étaient difficiles à déterminer compte tenu de la hauteur du vol, et sur la base de simples témoins oculaires. Il s'agissait probablement d'un engin multi-hélices, relativement rapide, et bénéficiant d'un système de pilotage automatique avec caméra intégrée. Au vu de la légèreté de sa charge, son autonomie était suffisamment importante pour qu'il soit manié depuis un ordinateur ou un smartphone situé à plusieurs kilomètres des arènes. Autant dire qu'une recherche du pilote était vouée à l'échec.

La corne du taureau ayant perforé le cœur, le médecin légiste conclut au décès instantané de l'alguazil. On apprit par le directeur des arènes qu'il se nommait Hector de Lestrade et dirigeait un centre équestre situé dans les Landes, entre Le Frêche et Labastide d'Armagnac. Il remplaçait l'un des alguazils attitrés des arènes de Bayonne qui s'était fracturé le pied quelques jours auparavant. Les chevaux des fils de l'emblématique Soldevilla étant atteints par une fièvre étrange, De Lestrade, dont l'expérience se limitait aux petites arènes d'Eauze, Aignan, Villeneuve-de-Marsan, Aire-sur-l'Adour, Roquefort et récemment Mont-de-Marsan, avait accepté de rendre service. Ce devait être sa dernière prestation, car il avait décidé de quitter les ruedos à la fin de cette saison.

Les multiples efforts fournis pour identifier l'auteur de l'alerte à la bombe restèrent vains. Celui-ci avait pris la précaution d'utiliser un téléphone à carte prépayée dont il s'était ensuite probablement débarrassé dans un endroit inaccessible. Les hackers de la police tentèrent en vain de trouver sur internet des traces de la peña Toro de fuego, dont les animateurs n'utilisaient visiblement pas les réseaux sociaux traditionnels ou bien communiquaient par un réseau crypté encore inconnu d'eux.

Ces « terroristes » atteignirent leur objectif: empêcher le déroulement de la corrida. Ils furent sûrement comblés par la décision du maire et du préfet d'annuler, en signe de deuil, la corrida du lendemain et encore plus heureux de la décision du ministère de l'Intérieur d'interdire, jusqu'à nouvel ordre, toutes les manifestations taurines sur le territoire français.

Les obsèques de l'alguazil connurent un grand retentissement. Le monde taurin était présent, mais surtout le monde hippique dont il avait été, quelques années plus tôt, une célébrité. Il obtint en effet de nombreuses récompenses dans des compétitions nationales et internationales de dressage. Il était même passé à deux doigts d'une sélection pour les Jeux Olympiques de Sydney en 2000 et ceux d'Athènes, en 2004. Les éloges qui lui furent rendus dans la petite église Saint-Vidou-du-Frêche exaltèrent son destin sportif et l'esprit chevaleresque au nom duquel il avait sacrifié sa vie pour sauver celle des autres.

Une semaine plus tard, Virginie Barrère, originaire de ce coin du Bas-Armagnac, profita d'un jour de congé pour aller visiter le directeur du centre équestre, Justin de Lestrade, qui lui parla avec admiration de son grand frère.

— Je peux vous le confier: Hector n'était pas aficionado à l'origine. Il a hésité à accepter le rôle d'alguazil qu'on lui avait proposé quand il avait mis fin à sa carrière sportive. Ce qui l'avait séduit, c'était l'idée de continuer à montrer son savoir-faire équestre à un large public et de se vêtir comme les seigneurs espagnols du XVIe siècle.

— Et il n'a pas eu de difficultés à assumer le rôle de policier du ruedo?

— Pas vraiment, car avant de créer son haras, il était écuyer du cadre noir de Saumur, portait la tenue caractéristique de cette école et avait reçu une formation militaire. Soldevilla et ses enfants l'avaient patiemment initié aux règles du jeu, ainsi qu'aux roublardises des gens du milieu. Avec eux, il a assisté à des dizaines de corrida avant d'oser faire ses premiers galops sur le sable d'une arène. Il avait une grande autorité naturelle et même s'il n'était pas expert en tauromachie – ce qu'il masquait subtilement –, il en imposait. Vous savez, pour dresser un cheval, il faut être à la fois ferme et empathique. Je crois que c'est la même chose pour les rapports humains.

— Comment conciliait-il son amour des bêtes et leur mise à mort ?

— Il aimait par-dessus tout le cheval, qu'il considérait comme un animal supérieur, mais n'était pas trop sensible aux autres espèces. Certes, il supportait mal les lentes agonies des taureaux.

— C'est ce qui l'avait décidé à mettre un terme à sa carrière cette année ?

— Non, je ne suis pas sûr. Les corridas lui donnaient l'occasion d'étaler sa virtuosité et la beauté de ses montures à des publics nombreux et pas nécessairement connaisseurs. Cela le changeait de l'intimité des concours de dressage. Mais j'avais noté chez lui une sorte de lassitude. Après une décennie de pratique, il avait envie de passer à autre chose. Son futur projet tournait autour de l'équithérapie.

— La médiation équine ?

— Les deux termes s'emploient, mais il préférait parler d'équithérapie car son objectif était, sinon de guérir, tout au moins d'apporter un mieux-être à des personnes adultes ou mineures en situation de handicap, ou à de jeunes délinquants. En prenant de l'âge, il avait éprouvé le désir de donner à son art une dimension sociale s'accordant avec sa foi chrétienne. Il avait suivi des formations en Inde et en Allemagne, et commençait à constituer une équipe chevronnée composée de médecins, de psychothérapeutes, de kinésithérapeutes et de professeurs de yoga.

— C'est très intéressant. Vous avez travaillé avec lui sur ce projet ?

— Non, je m'occupe surtout de la partie loisirs, cours d'équitation, balades, sauts d'obstacles. Lui, il se consacrait presque exclusivement au dressage. Il pouvait parfois me donner un coup de main quand la demande était très forte, surtout l'été, mais ce n'était pas sa tasse de thé. C'était un champion, vous comprenez. La partie financière de l'entreprise, la communication avec la clientèle, tout ça ne l'intéressait pas du tout. Il occupait tout son temps libre à travailler pour la paroisse de Saint-Vincent-de-l'Armagnac et officiait comme diacre à l'église du Frêche.

— Vous allez me trouver indiscrète, mais votre frère avait-il une femme, des enfants ?

— Ah ! Vous touchez là un point sensible. Il était aussi exigeant en amour qu'il pouvait l'être dans son travail avec les chevaux. Alors inutile de vous faire un tableau… Sa vie affective fut tumultueuse et ne lui a pas permis de fonder une famille. Je ne sais d'ailleurs pas s'il en avait véritablement envie. Son charisme lui a assuré beaucoup de conquêtes parmi les jeunes femmes qui venaient chez nous faire du cheval. C'était une facilité. Il n'avait pas besoin d'aller chercher ailleurs. Ici, ce sont les femmes qui viennent à nous.

— Vous ne dites pas ça pour moi j'espère, dit Virginie en riant, pas insensible au charme du jeune frère.

— Je ne me le permettrais pas. Un officier de police, c'est impressionnant, répondit-il sur le même mode.

— Mais je ne suis pas en service.

— Alors ça change tout !

Et il l'invita à prendre une tasse de thé. Chemin faisant, la conversation reprit sur les conquêtes d'Hector de Lestrade.

— En général, ce n'étaient que des feux de paille. Mon frère n'était pas du genre à s'attacher, trop centré sur lui-même et sur ses chevaux. Je crois qu'il a brisé les cœurs, qu'il a fait beaucoup de malheureuses. Mais depuis deux ans, les choses se sont bizarrement inversées.

— Que voulez-vous dire par là ?

— Il a été séduit par une de nos clientes. Une femme avec du chien et un fichu caractère. Sa façon de s'y prendre avec les chevaux l'a bluffé. Elle ne se contentait pas de nos conseils techniques : elle voulait toujours comprendre ce qui se passait dans leurs têtes et cherchait à établir un dialogue consistant avec eux, à la fois aimable et presque dur, sans mièvrerie. C'est difficile à décrire.

— Je ne suis jamais montée sur un cheval, alors ne tentez pas de m'expliquer, je ne comprendrais pas.

— Ça vous dit d'essayer ?

— Pourquoi pas, un jour peut-être.

— Je ne voudrais pas être désobligeant, mais plus on s'y prend tôt, mieux c'est.

— Insinueriez-vous que je suis trop vieille ?

— Ah mais pas du tout, je voulais juste dire que vous avez encore l'âge des découvertes. Mais il ne faut pas le laisser passer.

— C'est une proposition ?

— Juste un conseil.

— Je vais y réfléchir attentivement. Mes parents n'habitent pas loin. Ce serait effectivement pratique qu'en allant les voir, je fasse de temps en temps une halte chez vous.

— Je me réjouirais de vous revoir.

— Tant mieux, les meilleurs professeurs sont ceux qui ont de l'amitié pour leurs élèves. Mais dites-moi, vous n'avez pas fini de me raconter l'histoire du coup de foudre de votre frère, répliqua-t-elle, en buvant précautionneusement sa tasse de thé chaud.

— Euh, oui, revenons-en à mon frère, répondit Justin, un peu troublé. Cette femme l'a maraboutée. Je ne sais pas comment elle s'y est prise. C'est moi qui lui ai donné ses premières leçons. Un jour où j'étais allé passer des examens médicaux à Bordeaux, il m'a remplacé. À mon retour, j'ai senti qu'il s'était passé quelque chose. Il n'a pas pris de mes nouvelles et m'a immédiatement bombardé de questions sur cette élève. Puis il a insisté pour continuer à lui donner des leçons. Depuis cette époque, il est devenu différent, plus rêveur, moins rigoureux avec ses chevaux, moins assidu à leur toilette.

— Et vous? Vous n'avez pas été séduit par cette femme?

— Pas du tout. C'est le genre de personnalités fortes qui me fait peur.

— Préférez-vous les femmes soumises?

— Non, détrompez-vous. Je rêve de relations égalitaires entre hommes et femmes. Dans la vie, je n'aime pas le pouvoir, mais je ne supporte pas qu'un autre veuille l'exercer sur moi. En amour, c'est pareil: je me méfie de mes velléités de mâle dominant et je me garde tout autant de l'emprise que voudraient exercer sur moi des femelles castratrices.

— Vous me mettez dans le lot?

— J'avoue qu'une femme policière, c'est un peu intimidant. J'imagine que pour faire sa place dans ce monde d'hommes et se faire respecter, il faut avoir du tempérament. Mais je ne vous sens pas comme ça.

— Vous me rassurez. Je vais réfléchir, plus attentivement encore, à votre proposition de m'initier à l'équitation. Et donc, cette sorcière ?

— Le mot est un peu fort, mais comme le disait mon vieux palefrenier en la voyant : « *Qu'es quauqu'un aquère*[1]. » Vous comprenez ?

— C'est la langue de mon pays, Justin. Et donc ?

— Et donc, Hector a découché de plus en plus souvent et revenait travailler à des heures qui ne lui étaient pas habituelles.

— Vous a-t-il fait des confidences ?

— Nous avons toujours eu de bons rapports, mais notre grande différence d'âge engendrait une relation plus filiale que fraternelle. En outre, il était secret ; aussi ne me parlait-il qu'assez peu de ses problèmes intimes et de ses liaisons.

— Était-il plus heureux, plus gai, depuis cette rencontre ?

— Pas vraiment. Il paraissait plutôt tourmenté. Je m'en suis rendu compte le soir où Ciélestine est venu dormir au centre. C'était la première fois. Ils se connaissaient depuis presque un an, mais elle n'était jamais restée ici le soir. C'est toujours lui qui lui rendait visite. Pendant la nuit, j'ai entendu des cris, des portes claquer et une voiture démarrer brusquement. J'en ai conclu que leur relation n'était pas simple.

— Vous avez bien dit Ciélestine ?

— Sa fiche d'inscription au centre mentionnait le prénom de Célestine. Je m'en suis un jour étonné. Il m'a répondu qu'il l'avait baptisée ainsi parce qu'elle était une envoyée du ciel, tant son dévouement pour secourir les âmes perdues et lutter contre les injustices était admirable.

— Très romantique !

1. « C'est quelqu'un, celle-là. »

— Oui… enfin la relation ne le fut pas tellement, ou alors je ne connais rien au romantisme. À partir de ce moment, j'ai observé attentivement leur manège. Célestine continuait à venir faire du cheval malgré leurs brouilles et il continuait à lui donner ses leçons. Quand mon frère cherchait à lui parler d'autre chose que de son assiette, de ses étriers ou de ses rênes, elle jouait les indifférentes. Elle s'indisposait avec véhémence quand il la suivait dans les écuries pendant le bouchonnage.

— Il me semble que je la connais. Pourriez-vous me montrer une photo d'elle si vous en avez une ?

— Il y en a une sur sa fiche d'inscription. Venez avec moi dans le bureau.

Virginie reconnut la militante anti-taurine montoise qu'elle avait rencontrée à plusieurs reprises.

Le lendemain, elle s'entretint avec Rolland de cette curieuse coïncidence. À n'en pas douter, l'alguazil décédé à Bayonne était l'amant de la militante anti-taurine la plus active de Mont-de-Marsan. L'appariement de beaucoup de couples défiait souvent les lois ordinaires de l'entendement, mais relevait dans ce cas d'une logique transgressive à faire saliver les psychanalystes. Cette relation méritant quelques éclaircissements, ils décidèrent d'un commun accord de réinvestir la piste anti-taurine. Virginie Barrère, sensibilité féminine oblige, ne voulut pas laisser à ses collègues masculins le soin d'un entretien avec Célestine Capin et lui donna rendez-vous dans un salon de thé discret du centre-ville.

— J'ai découvert par hasard que vous aviez une relation avec Hector de Lestrade, dramatiquement décédé dans les arènes de Bayonne. Bien que ne connaissant pas la nature exacte de cette relation, je voulais vous faire part de ma sympathie dans ces circonstances douloureuses.

— Je vous remercie. Je suis très affectée par son horrible disparition. Nous avions une relation très riche, quoiqu'un peu compliquée… truffée, comme vous pouvez l'imaginer, de discussions houleuses. Je ne comprenais pas comment un garçon aussi attentionné et sensible pouvait se rendre complice de cette mascarade sanglante. Et quand je dis complice, le mot est faible. Se pavaner à cheval dans les arènes, enjoliver ce spectacle répugnant, revient à cautionner son existence et vous transforme en co-auteur, vous ne trouvez pas ? Mais le pire, il me l'avait caché, c'est qu'il ne se contentait pas de faire le beau. Après la mort du taureau, il surveillait son dépeçage et donnait ses oreilles toutes sanguinolentes aux matadors qui avaient bien tué. Pour moi, c'était inacceptable.

— Je comprends.

— Pourtant, il se disait écolo. Moi, ça m'a toujours étonné qu'on puisse être écologiste et aimer la corrida ou pratiquer la chasse. J'ai tenté de lui prouver qu'il pataugeait dans la confusion. Il me répondait que nous avions tous des contradictions, que les ambivalences donnaient de l'air à nos certitudes. Il considérait que la nature n'était pas juste, que chaque être vivant se nourrissait des autres, que la prédation était inhérente à la vie sauvage. Il condamnait certes l'élevage intensif qui ne respecte pas le bien-être des animaux, mais s'opposait à la libération des animaux en captivité au prétexte que les plus forts dévoreraient les plus faibles. Dans le même ordre d'idées, il se moquait de mon véganisme bien que, en la matière, je sois plus croyante que pratiquante. Il disait que les animaux se mangent entre eux et que même en leur fournissant suffisamment d'aliments adaptés, ils continueraient à le faire, car tels étaient leurs instincts. Il n'était pas loin de considérer que les humains étaient des animaux ayant réussi leurs mutations génétiques. Il leur était donc naturel de se nourrir de chair animale, car leur cortex n'avait pas effacé la trace de leurs pulsions prédatrices. Je l'entends et je le vois encore me dire : « Tu sais Ciélestine, je sais que c'est douloureux à concevoir pour toi, mais le monde est naturellement violent. Nous pouvons en canaliser les excès, mais pas en changer la nature. » Cela me fait de la peine de réveiller tout ça. Il était si beau.

— C'est bien de pouvoir dialoguer avec des gens qui ne pensent pas la même chose que vous. L'altérité évite de vivre dans des ghettos où tout le monde pense la même chose.

— Vous avez sans doute raison, mais c'est difficile…

— Malgré ces divergences, votre relation a duré un certain temps, je me trompe ?

— Deux hivers magnifiques. Mais l'été, avec toutes ces corridas, m'était irrespirable. Ce n'était plus possible de continuer dans ces conditions. Je l'avais averti que notre liaison ne pourrait se prolonger que s'il arrêtait immédiatement son activité. Mais il ne l'a pas fait, prétextant des engagements divers. Aussi ai-je décidé, au mois de mai, d'y mettre un terme.

— D'après ce que j'ai appris, il vous était très attaché.

— Oui… mais la situation était intenable. Nous étions obligés de nous cacher. Pour lui, c'était plus facile. Tous les machos du monde de la tauromachie auraient rigolé qu'il saute la meneuse des troupes rivales. Mais pour moi, vous vous rendez compte ! Comment justifier la pureté de mon combat en couchant avec l'ennemi ? J'aurais perdu toute légitimité.

— Comment a-t-il réagi à cette rupture ?

— Très, très mal. Il m'a tout fait. Il a pleuré, il m'a fait du chantage au suicide, il m'a écrit des lettres d'amour enflammées, il m'a dit qu'il était prêt à tout pour me garder, m'a promis qu'il allait arrêter sa carrière d'alguazil à la fin de la saison et qu'il ne remettrait plus jamais les pieds dans une arène, qu'il se convertirait à ma cause, apporterait son savoir à mes combats.

— Vous n'avez pas cédé ?

— Je suis restée inflexible. J'ai appris à me méfier des beaux discours. Il me faut des preuves d'amour. Et des preuves acceptables ! Car celles qu'il voulait me donner étaient insensées. Un jour il m'a dit : « Pour toi, je serais capable de tuer un de ces types que tu détestes. » Il devenait complètement fou. Quand vous avez été charmé par un homme droit, intègre, bien structuré psychologiquement et qu'il se comporte soudainement comme un enfant impétueux et violent, alors tout s'effondre ; votre confiance, votre admiration, votre tendresse.

— Aurait-il été vraiment capable de tuer quelqu'un pour vous ?

— Non bien sûr. Des mots, toujours des mots. Il était dur parfois, mais jamais violent.

— Quand l'avez-vous vu pour la dernière fois ?

— Je suis allée au centre équestre faire du cheval à la fin du mois de juillet. C'était la semaine qui a suivi les fêtes de la Madeleine. Il est resté très doux, très calme. Il m'a juste affirmé qu'il tiendrait sa promesse d'arrêter sa carrière d'alguazil, et m'a demandé si notre relation pourrait alors reprendre. Je savais dans ma tête que tout était fini ; il était si pathétique que je lui ai répondu que c'était possible, mais qu'il était encore trop tôt, que j'avais besoin de temps pour y voir plus clair.

— Et ensuite plus rien ?

— Si, il m'a envoyé un message dans lequel il me présentait ses condoléances après la mort de Victor Dias. Et puis, la veille de la corrida de Bayonne, il m'a adressé un mot étrange que je n'ai pas bien compris. Attendez, je vais le retrouver. Le voici.

Mon grand amour. Je t'annonce que je participe demain et après-demain à mes deux dernières corridas. Ensuite, une page de ma vie se tournera définitivement. Et nous pourrons reprendre plus harmonieusement le cours de notre histoire. Avec tous les SACRIFICES que j'ai faits pour toi, je crois maintenant te mériter.
Ton Hector qui t'adore.

— Qu'est-ce que vous ne comprenez pas ?

— Cette expression, « tous les sacrifices ».

— Pourtant, cela me semble évident. En arrêtant ses prestations d'alguazil, il a renoncé à une activité qui lui assurait une grande reconnaissance sociale.

— Sans doute, mais ce qui m'intrigue c'est le pluriel, et ce mot écrit en majuscules. Je ne vois pas du tout quel autre sacrifice il aurait pu faire pour moi.

— Cherchez bien.

— J'y ai pensé des nuits entières. Non, je ne trouve pas.

— Se fâcher avec des amis chers, renoncer à sa vie de célibataire endurci, mettre un mouchoir sur ses croyances… les possibilités ne manquent pas.

— Non, ce sont des choses qui n'avaient pas tellement d'importance pour lui. C'est quelqu'un qui pesait ses mots. Un sacrifice, pour lui, ce n'est pas ça.

Virginie m'appela pour connaître mon sentiment sur ses dernières découvertes. Son rapport des faits me fit immédiatement penser au bon vieux manuel *Amour et crimes d'amour* d'Étienne De Greeff, ainsi qu'à d'autres travaux criminologiques mentionnant les effets surprenants de la passion amoureuse sur l'âme humaine, susceptible de transformer en criminels des individus auxquels « on aurait donné le bon Dieu sans confession ». L'amour que portait Hector à Célestine avait vraisemblablement déréglé tous ses systèmes d'adaptation à la réalité, ainsi que ses mécanismes de défense. L'amour produit toujours, à plus ou moins grande dose, un déséquilibre dans le psychisme de ceux qui l'éprouvent, pouvant les conduire à commettre des actes qui dérogent à leur fonctionnement habituel. De là à planter une épée dans le dos d'un torero, il y avait un pas que je ne voulais pas franchir sans avoir auparavant rassemblé quelques preuves.

J'incitai donc la commandante Barrère à reprendre le costume professionnel qu'elle avait, me semblait-il, un peu mis de côté en se laissant conter fleurette par Justin de Lestrade. S'il avait commis un crime, l'adorateur de Ciélestine en avait probablement laissé des traces. Il est rare que les criminels, hormis quelques grands paranoïaques extrêmement organisés, contrôlent absolument tous leurs agissements et ne donnent pas quelques signes de leur fébrilité. Theodor Reik mentionne, dans son ouvrage *Le besoin d'avouer*, que des criminels ou des délinquants « réussissent » à se faire prendre en oubliant d'effacer toutes leurs empreintes, en déféquant ou s'endormant sur les lieux de leur effraction. Il expliquerait ces conduites d'échec par le poids de leur culpabilité.

Je conseillai à Virginie de se munir d'une commission rogatoire pour fouiller le centre équestre, dans l'espoir d'y découvrir les indices d'un passage à l'acte prémédité. Le juge Bourrouilhou la lui accorda immédiatement. Mais la jeune femme m'avoua qu'elle ne désirait pas l'utiliser pour ne pas alarmer son ami Justin. Probablement voulait-elle aussi ne pas mettre en péril son flirt naissant. Elle me demanda alors, redoutant peut-être sa propre subjectivité, de l'accompagner.

*

Quand nous arrivâmes au haras, Justin de Lestrade se trouvait dans le manège en train de donner une leçon collective à de jeunes enfants. Lorsqu'il m'aperçut aux côtés de Virginie, je lus une légère déception sur son visage. Ce désappointement s'intensifia lorsqu'elle lui expliqua que ma présence était dictée par la nécessité d'élucider certains points relatifs aux incidents de Mont-de-Marsan et de Bayonne. Mais elle ajouta aussitôt qu'elle reviendrait bientôt seule et « l'âme plus légère », pour faire ses premiers galops. Justin, plus détendu, la reprit en précisant que le galop était un peu prématuré et qu'il serait plus prudent de commencer par le pas et le trot.

Il nous conduisit d'abord dans le dressing d'Hector pour nous montrer son vestiaire d'alguazil impeccablement rangé et repassé, deux costumes complets, deux chemises à jabot, des bottes impeccablement cirées et deux chapeaux à plume rouge. Puis il nous mena dans les écuries, pour visiter le box où il entassait tous les ustensiles de corrida.

Hector de Lestrade était visiblement un homme d'ordre: ses écuries étaient aussi propres qu'un sou neuf. Le sol était parfaitement balayé, pas un morceau de paille ne dépassait de la porte des box et chaque outil était rangé à sa juste place. Le contraste était saisissant avec le capharnaüm incroyable qui régnait dans le box de l'alguazil. Y étaient entassés une multitude de vêtements, d'objets, qui lui furent offerts ou qu'il ramassait à la fin des corridas. Il lui arrivait aussi d'en acheter dans des brocantes spécialisées. Avant de rejoindre son manège, où l'attendait une nouvelle fournée de jeunes cavaliers, Justin dévoila, sur le mode de la galéjade, que ce bric-à-brac révélait la part d'ombre de son grand frère, la face cachée de l'homme rigoureux et obsessionnel qu'il montrait aux autres.

Il ne nous fut pas facile de distinguer, dans ce foutoir, des éléments significatifs pour notre enquête. Nous nous trouvions dans une sorte de musée de la corrida secoué par un énorme tremblement de terre. Nous réussîmes à distinguer de vieux habits de lumières déchirés; des monteras râpées; des escarpins élimés; une multitude de banderilles aux couleurs fanées et dont les pointes étaient souillées par du sang séché; une cape de paseo impeccable; une muleta lacérée; plusieurs piques brisées; une vieille oreille rongée par des bestioles; quelques puntillas; deux descabellos et une demi-douzaine d'épées éparpillées un peu partout.

Nous décidâmes de nous concentrer sur l'observation systématique des épées. Leur provenance était variée. Il en venait de Provence (Jean Marie Suarez) mais surtout d'Espagne (Bermejo, Banderas, José Luis Moreno, Alfonso Morales). Les poignées étaient standard, sauf l'une d'elles qui portait des ornementations. Leurs longueurs variaient de quatre-vingt-quatre à quatre-vingt-huit centimètres. L'arme du crime mesurant quatre-vingt-six centimètres et provenant de chez Jose Louis Moreno, nous en conclûmes qu'elle pouvait provenir de ce box… mais sans que rien ne puisse le prouver. Il n'existait aucun registre répertoriant tous ces outils et pouvant révéler un manque. Par acquit de conscience, nous prélevâmes un échantillon de la poussière du box pour la comparer avec les dépôts relevés par les services techniques sur l'arme du crime.

Après son cours d'équitation, Justin vint nous retrouver.

— Avez-vous trouvé votre bonheur ?

— Rien de très révélateur, répondit Virginie, un peu maladroitement.

— Révélateur de quoi ?

— Je voulais dire, rien qui nous éclaire sur ce qui a pu se passer.

— Je ne comprends pas bien.

— Je vais jouer franc jeu avec vous, lui répondis-je. Je ne voudrais pas salir malencontreusement la mémoire de votre aîné, mais nous ne pouvons pas exclure qu'il soit de près ou de loin, volontairement ou non, impliqué dans le meurtre des arènes de Mont-de-Marsan. L'épée meurtrière vient possiblement de sa collection personnelle, puisqu'aucune ne manquait dans les attirails des toreros du jour. Si vous ajoutez à cela qu'il était présent sur les lieux et tout proche de la victime, nous avons là deux indices susceptibles sinon de le compromettre, tout au moins de l'inclure dans le décor.

— Mais ce ne sont pas des preuves, ça ! Vous n'avez aucune certitude que l'épée vienne d'ici ! Qui vous dit que les autres toreros ne l'ont pas introduite eux-mêmes ? Je suppose que personne n'a vérifié ce genre de détail. Et la présence d'Hector dans les arènes était tout à fait légitime !

— Vos remarques sont pertinentes et nous doutons autant que vous de son implication, mais nous devons nous en assurer car il était un des seuls, avec les matadors, à avoir pu introduire une épée dans ses malles sans éveiller de soupçons.

— Quelque chose d'autre me chiffonne, continua Virginie. Vous m'avez parlé de sa relation agitée avec cette Ciélestine. Or, je ne sais pas si vous le savez, mais elle est la leader des mouvements anti-taurins de Mont-de-Marsan.

— Et il lui aurait donné un coup de main pour rentrer dans les arènes et lui procurer une arme ? C'est assez délirant.

— Non, calmez-vous, je ne le pense pas. D'ailleurs, elle a un alibi. À l'heure du crime, de nombreuses personnes peuvent témoigner qu'elle se trouvait à la tête de ses troupes sur les allées Georges Dubos.

— Vous insinuez alors que c'est mon frère l'assassin ! Vous ne connaissez pas bien la corrida. Sachez que l'alguazil est extrêmement affairé dans les minutes qui précèdent le paseo. Il doit s'assurer que la piste est prête, que tout est en ordre dans les callejóns, que les toreros et leurs cuadrillas sont bien dans le patio de caballos, sans compter la préparation esthétique et psychologique des chevaux qui sont toujours un peu stressés au milieu de cette foule. Il doit être vigilant aux directives du président dès qu'il arrive sur sa *pitrangle*[1].

— Toutes ces occupations ne lui donnaient évidemment qu'un temps très court pour agir, mais il n'était pas seul. Un autre alguazil officiait avec lui.

---

1. Expression gasconne désignant la tribune sur laquelle s'installent les autorités dans les arènes.

— Vous n'aurez qu'à le lui demander. Et si Ciélestine avait été l'instigatrice du crime, vous y avez pensé ?

— Vous voulez dire la commanditaire ?

— Pourquoi pas. Elle détestait les toreros non ?

— Serait-ce possible que votre frère en ait été l'exécuteur, en échange d'une reprise de leur relation ? fis-je.

— Mais bien sûr que non ! Il m'avait parlé de lui en termes élogieux, comme d'un type qui ne jouait pas les stars et s'adressait avec respect à tout le monde. Pourquoi l'aurait-il assassiné ?

— Parce que c'est le plus grand tueur du monde taurin contemporain, ajouta Virginie. Il célébrait ce jour-là sa 6000e mise à mort, un anniversaire bien tragique et insupportable pour les adversaires de la corrida, vous ne trouvez pas ?

— C'est vrai que dans le contexte actuel, c'était une provocation de mettre ces chiffres en avant. Mais sachez que mon frère n'a jamais supporté qu'on lui donne des ordres. Il était plutôt d'un naturel autoritaire.

— Quel plus beau cadeau que de sacrifier le plus grand matador en offrande à la femme qu'il aime pour la reconquérir ! déclamai-je.

— Vous avez trop d'imagination.

— La réalité dépasse parfois la fiction.

En repartant, j'éprouvai une certaine culpabilité à avoir poussé ce jeune homme dans ses retranchements, au risque de mettre un terme à son idylle naissante avec Virginie. Je redoutai d'avoir peut-être condamné sa carrière de cavalière.

Les juges d'instruction d'Auch, Mont-de-Marsan, Dax et Bayonne voulurent faire le point sur chacune des enquêtes et joindre tous les dossiers de manière à avoir une vue d'ensemble de la situation. Ils espéraient ainsi faire progresser leurs investigations, mais aussi participer à la prévention de nouvelles infractions. Car le contexte laissait craindre une intensification des violences.

Ils organisèrent ainsi une grande réunion, rassemblant les procureurs des quatre juridictions : les gradés de la gendarmerie de Vic-Fezensac, puis les commissaires et commandants des polices montoises, dacquoises et bayonnaises. Le problème dépassant le cadre français, ils convièrent également une petite délégation sévillane – composée de Pérez Galdos et de son adjoint Bahamontès –, à se joindre à la réflexion. Je fus, moi aussi, invité à ces réjouissances. Les recommandations de mon amie Emma Laborit, la procureure montoise, favorisèrent probablement ma présence, mais j'avais également été le témoin de certains des faits incriminés, et participé, parfois au mépris de la légalité procédurale, à quelques actes d'investigation.

Le juge Bourrouilhou proposa de tenir cette rencontre dans la nouvelle cité judiciaire de Mont-de-Marsan. Car le premier crime, détonateur des événements qui suivirent, avait eu lieu dans cette ville ; sans compter que le prestige de la victime l'avait placée de fait sur la scène internationale. Les trois morts de Dax ou l'attentat de Bayonne étaient certes particulièrement graves et inquiétants, mais leur onde de choc n'avait que peu dépassé les frontières régionales.

Après de longs préliminaires, au cours desquels les magistrats rivalisèrent de politesses amidonnées, la parole fut donnée aux autorités policières. Le commissaire divisionnaire Fournaise la monopolisa. Il se glorifia sans vergogne de toutes les clarifications obtenues grâce à sa contribution et vanta la pertinence des recherches en cours. C'est alors que la commandante Barrère, avec l'assentiment tacite du commissaire Rolland, se permit de mettre les pieds dans le plat.

— Je suis persuadée que nous avons raté quelque chose tout au long de la temporada. Les militants de la peña Toro de fuego ont profité de notre carence à communiquer. Ils avaient laissé leur signature « *toro de fuego si, toro de sangre no* » dès la feria de Vic, mais nous n'avons pas su l'exploiter. Depuis le début, ils nous ridiculisent.

— Effectivement, reprit le brigadier-chef vicois, à l'époque nous n'avons pas considéré cette inscription comme une signature. Nous pensions que c'était un simple slogan anti-taurin, comme on en voit un peu partout.

— Et vous n'avez rien fait pour identifier l'avion qui a déversé des kilos de peinture rouge sur les spectateurs ? l'interrompit Fournaise, voulant montrer sa combativité à l'aréopage judiciaire présent.

— Bien sûr que si, commissaire. Mes hommes l'ont pris en photo et nous sommes allés relever les registres de tous les aérodromes à proximité en commençant par le plus proche, celui de Nogaro. Mais aucun décollage ou atterrissage n'y était mentionné. Les experts que nous avons consultés pensent qu'il s'agit d'un très vieux modèle Cessna à deux places, dont l'autonomie est limitée.

Ils imaginent que le petit avion a été transporté en camion dans un champ adéquat et relativement isolé pour ne pas attirer des soupçons. À force de recherches, on nous a signalé un aérodrome désaffecté près du village de Bretagne-d'Armagnac, à une vingtaine de kilomètres de Vic. Le vieux hangar n'abritait que du matériel agricole. Par contre, nous avons discerné dans l'herbe haute les traces de roues d'un camion qui se mélangeaient à celles de différents tracteurs. Nous n'avons rien pu en tirer. Le propriétaire du champ, vivant à plus d'un kilomètre de là, n'avait rien vu ni entendu et les plus proches voisins, installés près de l'ancienne voie ferrée, participaient ce jour-là à une fête de famille à Castelnau-d'Auzan.

Afin de contrer la charge condescendante de Fournaise, le juge d'instruction auscitain remercia le brigadier-chef de ces précisions et souligna la compétence dont les gendarmes gersois faisaient preuve. Soucieuse d'éviter les coutumières banderilles entre police et gendarmerie, Barrère intervint :

— Les tenanciers du bar *La Tumade*, sur le toit duquel un petit feu d'artifice a eu lieu le soir du crime, ont certifié qu'ils n'étaient pour rien dans son organisation. Nous étions présents à ce moment-là et dans la bonne humeur ambiante, personne n'a soupçonné que c'était la deuxième signature de Toro de fuego. À Dax, deux types se sont baladés sur l'Adour à bord d'une pirogue, sur laquelle ils ont embrasé l'effigie d'un taureau. Troisième signature. Quelqu'un a-t-il contrôlé leurs identités ?

— Ils n'avaient pas de papiers sur eux, répondit Albaladéjo, et ont déclaré qu'ils étaient membres de l'ACORD, l'association pour des corridas douces. La brigade fluviale était alors sur les dents, en train de chasser des jeunes installant des tentes sur la rive droite du fleuve. Comme ces militants se sont montrés très coopératifs, qu'ils étaient habillés en festayres et se revendiquaient d'une association ouverte au dialogue, les policiers n'ont pas cru bon de les conduire au poste.

— Je n'en fais pas grief à vos agents, cher collègue, mais nous avons raté là une occasion de mieux cerner cette mouvance, remarqua Rolland. Leur large éventail d'actions, leur adaptabilité, leur permet de brouiller les pistes et de rester invisibles. C'est le prototype des « red blocs », dont nous avons déjà évoqué l'existence. L'ACORD n'est probablement qu'une couverture consensuelle masquant une stratégie plus musclée.

— Pour être ainsi présents dans tous les endroits-clé et ne jamais se faire remarquer, ces types connaissent assez bien le milieu taurin, constata Emma Laborit.

— Ils ne font pas partie des bisounours que vous avez passé votre temps à traquer, fulmina Fournaise.

— Ils paraissent en effet bien organisés, continua le procureur Darrigade, et préparent méticuleusement leurs coups… et leurs fuites.

— On finira bien par les choper, car leurs signatures marquent un besoin de reconnaissance, poursuivit Albadéjo. Mais cela risque de prendre du temps, car ils ne figurent vraisemblablement pas dans nos fichiers.

D'un ton modeste, je me permis alors d'intervenir :

— En effet, ces militants ne se risquent pas à fréquenter des zadistes ou des black blocs dont ils ne partagent pas l'idéologie et qu'ils considèrent comme trop repérables. Je pencherais plutôt pour une accointance avec un noyau d'activistes végans.

— Ah non, foutez-nous la paix avec vos végans ! s'emporta Fournaise. Ce sont d'abord des délinquants et peut-être des meurtriers, alors finissons-en avec votre propension à toujours trouver des excuses à tout le monde !

— Mais je n'ai jamais dit ça, cher commissaire, vous m'aurez sans doute mal compris.

— Écoutez, je ne sais pas ce que vous faites là, moi les criminologues j'en ai jusque-là. Pour faire les beaux sur les estrades des colloques, critiquer nos stratégies de maintien de l'ordre vous êtes très forts, mais pour aller au charbon, mouiller votre chemise, il n'y a plus personne. Alors, vos savants discours, basta !

— C'est moi qui ai insisté pour que le professeur Labadie soit présent, affirma avec autorité Emma Laborit. Vous gagneriez beaucoup à travailler avec lui. Nous serions plus efficaces si nous faisions vivre nos complémentarités au lieu de sombrer dans des chamailleries de boutiquiers.

Un silence métallique zébra l'atmosphère. Le juge Bourrouilhou le brisa en dissertant sur la nécessaire collaboration entre universitaires et praticiens. Puis il donna la parole à l'officier de police espagnol dont il s'empressa, avec une certaine jubilation, de traduire les propos à ceux qui ne pratiquaient pas la langue de Cervantès.

— Je vous remercie de nous avoir invités. Nous ne sommes pas certains de pouvoir vous être utiles, mais sachez que la présence de la police espagnole est réclamée depuis longtemps par la presse andalouse, qui doute de votre compétence en matière tauromachique. La plupart de mes compatriotes pensent en effet que le crime d'Alba est nécessairement lié à son art et qu'il est donc essentiel que l'enquête soit confiée à des initiés.

— Vous partagez cette idée ?

— J'ai découvert, grâce vos confrères qui sont venus me rendre visite à Séville, combien l'afición était grande dans votre région. Et j'ai pu constater leur bonne connaissance des taureaux. Mais les gens de chez nous ne le savent pas et considèrent que les gabachos sont incapables de distinguer une cape d'une muleta. Ils expliquent donc la lenteur de l'enquête par cette carence originelle.

— Une carence bien réelle pour ma part, concéda Rolland un sourire aux lèvres, mais qui a ses avantages. Quand certains collègues aficionados ont tendance à rechercher prioritairement le coupable parmi les antis, je suis là pour leur rappeler qu'il se trouve peut-être parmi les familiers de la victime, et qu'il aurait tout intérêt à nous égarer sur une piste animaliste.

— C'est justement pour explorer cette piste interne, cher monsieur Perez, que votre concours nous est précieux, ajouta Laborit.

— Dans l'hypothèse d'un règlement de comptes entre clans taurins, je vous avoue que notre contribution à la recherche de la vérité sera minime. Vous ne pouvez pas imaginer le degré d'opacité qui règne dans ces organisations où tout le monde se tient par la barbichette. C'est comme pour la délinquance d'affaires. Nous ne poursuivons que ceux qui sont dénoncés par leurs collègues, soit parce qu'ils rompent les usages de leur milieu et risquent de porter atteinte à la réputation de l'ensemble de la corporation, soit parce qu'ils bousculent les équilibres économiques en devenant trop agressifs financièrement. Nous ne pouvons jamais pénétrer vraiment dans ces guerres de gangs. Nous nous contentons de compter leurs morts sur le champ de bataille sans trop connaître les raisons du conflit.

— Je voudrais préciser à ceux qui ne le sauraient pas, que le marché taurin est actuellement monopolisé par deux clans qui ne laissent que de rares miettes à d'éventuels concurrents, ajouta la commandante Barrère. Les Mexicains, affiliés au groupe Machetes, sont les plus organisés et semblent avoir le vent en poupe, mais les hispano-français, dirigés par Puntilla, Espada et Navajas, sont encore assez robustes et contrôlent de nombreuses arènes, dont Mont-de-Marsan, et la carrière de nombreux toreros. En achetant quelques petites arènes andalouses, en gérant la carrière de novilleros prometteurs, en attirant quelques figuras dans son giron, Alba a probablement inquiété ces deux grosses machines.

— Au point qu'elles aient intérêt à le faire disparaître ? s'enquit Bourrouilhou.

— Le danger objectif qu'il représentait était encore faible, mais son aura et ses relations étaient de nature à les inquiéter.

— Était-il si redoutable qu'aucun autre moyen de pression ne puisse être envisagé ? demanda Darrigade.

— Avec les réseaux sociaux, on peut démolir rapidement – et à moindre coût – des réputations sans recourir à des manières aussi radicales, nota Rolland. Une bonne campagne bien orchestrée de détournement de mineurs ou d'exploitation sexuelle de personnes vulnérables est plus efficace. La vie tumultueuse d'Alba aurait certainement donné du grain à moudre à ses adversaires.

— Dans le monde des affaires, ajoutai-je, les acteurs recherchent avant tout à rester invisibles, à ne pas faire de vague. C'est la condition de leur prospérité. Les actes criminels violents sont de nature à les exposer publiquement, à nuire à leur image de marque. Ils n'y recourent que lorsqu'ils sont aux abois, qu'ils n'ont pas d'autre moyen de résoudre leur problème. Dans ce cas, leur mode opératoire est plutôt l'accident subtilement provoqué ou l'usage de substances toxiques indétectables.

— Je crois qu'Alba n'avait pas encore fait suffisamment ses preuves d'homme d'affaires pour être redouté par ces adversaires. Ils avaient encore beaucoup de cartes à abattre pour calmer ses appétits, commenta Perez Galdos.

— Les abuelos que j'ai rencontrés à Madrid partagent votre opinion, conclut Barrère. Ils estiment que l'hyper-activité d'Alba n'était pas motivée par une recherche de pouvoir ou d'argent, mais révélait plus certainement la fragilité d'une personnalité bousculée par des déboires sentimentaux. Pour eux, il n'avait pas les épaules, pour s'imposer dans ce repaire de vautours.

Bourrouilhou questionna alors les officiers espagnols sur leurs explorations de l'entourage d'Alba. Perez Galdos narra le licenciement pour faute grave d'Hipolito, son péon, l'échec de son action judiciaire contestant la légitimité de ce congé, sa rage et son désir explicite de vengeance. Puis Bahamontès décrivit les dernières opérations menées par leur service.

— Nous avons organisé une filature pendant plusieurs jours, mais il s'avère que le péon ne sort que rarement du quartier pauvre de Séville où il survit. Il fréquente quotidiennement un bar, au coin de sa rue, où il rencontre quelques compagnons de misère. Chaque après-midi, il part sur les sites touristiques les plus fameux de la ville, traînant derrière lui un sac à roulette, pour vendre de petites figurines en fer forgé représentant des danseuses de flamenco, des toreros et des taureaux. Seule entorse à cette vie, finalement assez réglée : un voyage mensuel à Malaga pour rendre visite à sa mère, une vieille femme percluse de rhumatismes vivant dans une maison de retraite. Il prend toujours le train le moins cher – celui qui part de la gare San Justo à 10 h 48 et arrive à 14 h 15. Nos collègues malagueños nous ont informés qu'il passe l'après-midi avec sa maman, se promène le soir dans la ville et dort dans un foyer pour vagabonds. Il repart le lendemain en début d'après-midi, après une nouvelle visite à la maison de retraite.

C'est alors que Despiau sortit de sa torpeur :

— Malaga ? Mais Manolo, le type qui se trouvait dans le patio de caballos, est lui aussi de Malaga ! Cette coïncidence est étonnante, ça vaudrait peut-être le coup de savoir s'ils se connaissent.

— *Hombre* ! réagit Perez Galdos. Malaga n'est pas un pueblo. C'est une ville qui, avec sa périphérie, compte un million d'habitants. Ce serait vraiment un hasard extraordinaire.

— On va quand même vérifier, intervint Fournaise, Despiau, vous allez me faire une perquisition au domicile de ce zozo.

— Mais nous en avons fait une au mois d'août, commissaire, et nous n'avons rien trouvé.

— Monsieur le juge, j'en suis sûr, ne vous refusera pas un deuxième mandat. À la lumière de ces informations nouvelles, vous découvrirez peut-être des choses que vous n'aviez pas remarquées.

Despiau partit aussitôt dans le bureau du juge d'instruction où son greffier lui délivra le sésame et se rendit, en compagnie de Duplan, au domicile de Manolo. Pendant ce temps, Rolland introduisit un débat sur la responsabilité éventuelle de l'alguazil. Débat qui fit bondir Fournaise.

— Mais nom de Dieu, ce type est un héros ! Il a voulu éviter qu'un taureau aille semer la panique dans Bayonne, vous n'allez quand même pas porter atteinte à sa mémoire ? Il faudrait lui construire une statue, et vous voulez en faire un criminel !

— Je comprends votre réaction, cher commissaire divisionnaire, mais si j'en crois les observations faites par la commandante Barrère, son rôle demande à être éclairci. En dehors des cuadrillas présentes, c'était le seul à pouvoir pénétrer dans les arènes avec une épée dans sa malle ou ses vêtements sans éveiller de soupçon.

Et nous pensons que celle-ci pourrait provenir du stock découvert dans un box de son haras.

— S'il s'était baladé avec une épée à la main, tout le monde l'aurait remarqué. Un alguazil ne porte pas d'arme sur lui, observa Lestruhaut d'un air narquois.

— L'assassin avait peut-être pris la précaution de placer l'épée dans la chapelle avant la corrida, supputa Wlérick.

— Il ne pouvait pas savoir qu'Alba s'y recueillerait, estima Laborit. Son valet d'épée a confirmé qu'il n'était pas vraiment pratiquant et ne s'y rendait pas systématiquement.

— Ce n'était pas un jour ordinaire. Tous ses amis du mundillo et tous les médias spécialisés étaient présents pour célébrer sa 6 000e mise à mort. Malgré son expérience, il était envisageable que cette ébullition l'amène à vouloir se concentrer dans un endroit calme, remarqua Albaladéjo.

— Les autres toreros auraient également pu s'y rendre ? Comment fait-on dans ces cas-là ? C'est comme aux chiottes, on attend son tour ? ironisa Fournaise.

— Elusa, que je connais un peu, n'est pas croyant, témoigna Barrère. Il est l'un des rares à ne pas se signer en entrant sur la piste. Pour Alameda, je n'en sais rien. J'imagine que le protocole veut qu'on laisse sa place au chef de lidia. Qu'en pensez-vous, commissaire ?

— J'en connais un rayon sur les usages tauromachiques, mais j'avoue que je ne me suis jamais posé cette question, admit Albaladéjo.

— Votre suspicion m'étonne, explosa le commandant Lescarboura, qui avait rongé son frein jusque-là. Dans les moments qui précèdent le paseo, un alguazil est au four et au moulin. Il doit s'occuper de son cheval, le pomponner, lui parler pour le préparer à affronter calmement le vacarme des arènes, vérifier que tout est en ordre, que personne ne se trouve dans la piste, que les toreros et leurs cuadrillas sont bien présents, que sais-je encore… Comment voulez-vous qu'il ait le temps de s'éclipser, ni vu ni connu, dans la chapelle, d'enfoncer au passage son épée et d'en sortir l'air détaché pour monter sur son canasson, d'aller faire fièrement le tour de la piste et de revenir chercher les toreros à la porte d'entrée ?

— Permettez-moi de vous demander si vous avez auditionné l'autre alguazil, questionna Bahamontès. Dans les grandes places, ils vont par paire et l'un sait toujours ce que fait l'autre. Et puis, quelles raisons vous permettent d'écarter la responsabilité des autres toreros ou de leur personnel ?

— Nous avons contrôlé toutes les épées. Elles n'étaient ni de la même marque, ni façonnées de la même façon que l'arme du crime. Mais il était bien sûr possible d'en apporter une autre aux caractéristiques différentes, précisa Barrère.

— Je pense, continua Albaladéjo, que les cuadrillas sont au-dessus de tout soupçon. Elusa connaissait là sa première consécration et son équipe était composée de péons français que je connais bien et dont l'éthique a toujours été irréprochable. Julian Alameda était un des plus anciens amis d'Alba. Ils avaient fréquenté la même école taurine. Ils étaient liés par une profonde amitié et sa cuadrilla ne comporte que de fidèles et incorruptibles briscards.

— Et l'autre alguazil ? s'entêta à demander Bahamontès.

— Euh, à vrai dire, balbutia Rolland, soucieux de couvrir son équipe, nous ne l'avons pas auditionné. Nous savons seulement que c'est une jeune femme qui se nomme Aurélie Bignalet, et qui a été formée par la famille Soldevilla, ce qui constitue une garantie de probité et de sérieux. Mais nous allons réparer cet oubli. Wlérick, voudriez-vous sur-le-champ tenter de rencontrer cette madame Bignalet, s'il vous plaît ?

— Vous n'avez donc jamais imaginé que les alguazils puissent être impliqués dans le meurtre ? pointa avec irritation Fournaise, tournant subitement casaque alors qu'il avait deux minutes auparavant défendu avec véhémence l'honneur de De Lestrade.

— Chacun le sait : les alguazils sont des personnes de confiance. Ce sont des gens de cheval, éduqués à la dure école du dressage, jeta Albaladéjo, volant au secours de ses collègues montois. Ils représentent la police de l'arène et exécutent les ordres de la présidence. Jamais, à ma connaissance, ils n'ont trempé dans des magouilles.

— C'est un peu moins vrai en Andalousie, où la concurrence entre eux est très rude, s'esclaffa Perez.

— En tout cas, si l'alguazil est impliqué, ajouta Lescarboura, il n'a pas pu porter le coup fatal. Il est tout au plus complice d'avoir caché l'épée dans la chapelle pendant les préparatifs de la corrida.

— Admettons, pointa Fournaise, mais quel pourrait être le mobile de ces alguazils ?

— Nous verrons bien si madame Bignalet peut nous apporter des éclaircissements. Pour De Lestrade, seule la passion amoureuse pourrait expliquer sa contribution au meurtre, expliqua Barrère, rappelant sa relation tourmentée avec la pasionaria animaliste Célestine Capin. Participer à une action spectaculaire contre Alba pouvait représenter, pour lui, le moyen de reconquérir le cœur de sa belle.

— J'adore cette histoire, confia un Bourrouilhou tout émoustillé. Le chevalier servant, à la triste figure, prêt à donner la mort pour regagner les faveurs de la femme qu'il aime. Un vrai drame romantique. Pourvu que les choses se soient passées ainsi ! Ce serait une des plus belles affaires de ma carrière. Après toutes les turpitudes, toutes les abjections qui ont scandé ma vie professionnelle, je pourrais prendre ma retraite l'âme sereine !

— Au risque de vous décevoir, monsieur le juge, il me semble douteux que De Lestrade, un ancien militaire adepte de la discipline, en soit arrivé à de telles extrémités, s'excusa presque Laborit. En admettant qu'il ait introduit l'épée dans la chapelle, en connaissait-il l'usage futur ? N'est-il pas tombé dans un piège ? Dans ce cas, qui l'aurait manipulé ? Célestine Capin est-elle l'instigatrice du crime ? Un autre membre du mundillo lui aurait-il demandé ce service ? Bien des éléments nous échappent encore. L'action publique ayant été éteinte par le décès de l'alguazil, le ou les coupables ont intérêt à charger sa barque.

— À commencer par la pasionaria elle-même. Elle reconnaît qu'elle a peut-être une part de responsabilité dans les événements, poursuivit Barrère. Je l'ai rencontrée hier. Elle m'a confié qu'à force de l'entendre vitupérer contre tous ces massacreurs de bêtes innocentes, elle craignait que son Hector ait fait, pour lui plaire, « une grosse connerie ». C'est ainsi qu'elle interprétait la phrase, « avec tous les sacrifices que j'ai faits pour toi, je pense maintenant te mériter », figurant dans la lettre qu'il lui avait envoyée. Elle exprima finalement le sentiment d'être passée à côté d'un homme admirable, qui avait donné sa vie pour autrui. Était-elle sincère ? J'avoue que je n'en sais rien. Mais les flots de larmes qui ruinèrent son maquillage en disaient beaucoup sur sa culpabilité.

Un repas à base de produits locaux fut organisé en l'honneur des invités andalous. Le menu proposé était de nature à révulser les adeptes du véganisme : foie gras des Landes arrosé d'un vin moelleux des côtes de l'Uby, salmis de palombes, magret de canard fondant accompagnés d'un Tursan au goût charpenté, croustade feuilletée aux pommes de Madame Moure. Un armagnac de chez Laberdolive conclut en feu d'artifice cette pause gastronomique.

Pour donner une dimension festive à cette rencontre franco-andalouse, le juge Bourrouilhou entonna de sa voix de stentor :

Granada, tierra soñada por mi
Mi cantar se vuelve gitano
Cuando es para tí.
Mi cantar hecho de fantasía
Mi cantar flor de melancolía
Que yo te vengo a dar[1].

Perez Galdos et son collègue Bahamontès lui répondirent, après avoir précisé qu'ils étaient agnostiques, par une prière à la Vierge de Séville :

1. « Granada » : « Grenade, terre de mes rêves, mon chant devient gitan quand il s'adresse à toi, mon chant empli de fantaisie, mon chant fleur de mélancolie, que je viens te donner. »

Dios te salve Maria, del rocío señora
Luna, noche y día, y pastora celestial[1]...

Et tous les convives reprirent en chœur le célèbre (et très simple) refrain :

Olé, olé, olé, olé
Olé, olé, olé, olé olé, olé olé

Inutile de préciser que la reprise des travaux fut laborieuse. Despiau commença par faire le compte rendu de sa fouille chez Manolo. En ouvrant sa porte, ce dernier fut très surpris de voir les policiers et se montra nerveux tout au long de la perquisition. Duplan découvrit, détail qui lui avait échappé la fois précédente, que les murs du salon étaient décorés par une demi-douzaine de petites sculptures en fer forgé représentant des danseuses flamencas et la Giralda de Séville. Malgré l'absence de toreros et de taureaux, Despiau fit le lien avec l'artisanat pratiqué par Hipolito, l'ancien péon d'Alba. Manolo prétendit que son grand-père, forgeron, lui en avait fait don avant de mourir et qu'il en avait emporté quelques-unes en souvenir.

— Lui avez-vous demandé s'il connaissait Hipolito ? demanda Fournaise.

— Oui, naturellement. Mais il a affirmé qu'il n'avait jamais entendu parler de cet individu.

— Vous pouviez vous en douter. Si ce type est coupable, que vouliez-vous qu'il vous réponde ? Il faut éviter les questions inductives. Ce n'est pas avec des gros sabots que vous connaîtrez la vérité.

Visiblement vexé d'être réprimandé devant ses collègues, Despiau balbutia qu'il voulait aller vite pour pouvoir nous donner des informations avant la fin de la réunion.

Perez Galdos mit fin à la gêne ambiante :

1. « Salve Rociera » : « Je te salue Marie, patronne du rocio, lune, soleil, nord, guide et bergère céleste. »

— On trouve ce genre de petites figurines en fer un peu partout en Andalousie. Ce n'est pas parce qu'ils sont tous deux originaires de Malaga qu'on peut faire le rapprochement entre Hipolito et votre Manolo. J'ai sur mon ordinateur une photo du péon. Dites-moi si vous leur trouvez une ressemblance.

L'assemblée regarda attentivement les portraits. Les deux hommes avaient le même type, chevelure brune, peau mate, dessin des sourcils identiques, nez fin, lèvres pincées. Les policiers se mirent alors à gamberger sur un possible lien de parenté entre les deux hommes et se demandèrent si le péon n'avait pas confié à son frère ou à un proche parent la mission de le venger.

C'est à ce moment que Wlérick rentra dans la pièce. Elle revenait du centre d'entraînement de l'hippodrome des Grands Pins où elle avait localisé Aurélie Bignalet, le deuxième alguazil. Elle nous fit écouter l'enregistrement de leur conversation :

— J'ai été sollicitée par la famille Soldevilla pour faire un remplacement au pied levé. J'ai beaucoup hésité, car je ne connaissais pas vraiment les usages taurins. Et puis j'étais très impressionnée de me produire dans de grandes arènes et de travailler avec un cavalier aussi prestigieux que De Lestrade.

— Le connaissiez-vous ?

— Je l'avais seulement croisé dans des concours, sans jamais avoir discuté avec lui.

— Votre rencontre s'est-elle bien passée ?

— Au début, il s'est montré très avenant. Mais quand le matin de la corrida, nous avons mis au point le pas de deux, qui exige une parfaite harmonie entre les cavaliers, il s'est montré si poin-

tilleux que j'ai eu la tentation d'abandonner. Par la suite, il s'est un peu détendu. En toilettant nos montures, nous avons échangé quelques souvenirs de compétition et découvert que nous avions des amis communs.

— Avez-vous déjeuné ensemble ?

— Non, il est parti de son côté et moi du mien. Nous nous sommes donné rendez-vous à 15 h 30 pour achever la préparation de nos chevaux avant que n'arrive la foule.

— L'avez-vous vu, à un moment ou à un autre, porter sur lui une épée ?

— Oui, je lui ai même demandé si je devais moi aussi défiler dans l'arène avec une épée. Il m'a répondu en riant que les alguazils n'étaient pas armés, qu'il s'agissait d'une vieille épée de sa collection qu'il apportait à l'aumônier. Ce dernier, pour célébrer la 6 000e mise à mort d'Alba et s'assurer de la bienveillance de la Macarena, voulait la bénir puis la déposer aux pieds de la Vierge pendant la course.

— Connaissait-il l'aumônier ?

— Je suppose.

— L'avez-vous vu entrer dans la chapelle avec l'épée ?

— Non, j'étais préoccupée par la légère blessure à la patte que mon cheval s'était infligée en descendant du van. Je cherchais à joindre un vétérinaire ou un pharmacien pour obtenir un produit désinfectant.

— Avez-vous remarqué quelque chose de particulier dans son comportement avant la corrida ?

— J'étais tellement stressée que je n'étais pas en état de remarquer quoi que ce soit.

— L'avez-vous vu s'absenter juste avant le paseo?

— Il allait et venait dans le patio de caballos pour donner des directives et s'assurer que tout était en ordre. Parfois, il revenait vers moi pour me mettre en confiance et s'assurer que son cheval était calme.

— Vous l'avez donc perdu de vue.

— Complètement. Avec toute l'agitation qui régnait, je suis restée auprès des chevaux pour les tranquilliser.

— Pourquoi n'êtes-vous pas venue nous raconter cette histoire quand vous avez appris que l'arme du crime était une épée?

— J'ai pensé que De Lestrade l'avait fait.

— Et si c'était lui, l'assassin?

La cavalière resta tétanisée. Elle n'avait jamais envisagé cette possibilité.

À la fin de l'entretien, tous les participants estimèrent qu'il fallait absolument rencontrer l'aumônier pour savoir si la version de l'alguazil, rapportée par Aurélie Bignalet, était véridique. Rolland téléphona à Espiet qui lui confirma que la poussière prélevée dans le box de l'alguazil correspondait bien avec les particules prélevées sur le manche et la lame de l'épée. La commandante Barrère rappela alors les faits tels qu'ils furent rapportés, dans les minutes qui suivirent l'agression, par le péon, le valet d'épée et l'aumônier:

— Alba étant en retard pour participer au paseo, son premier péon et son valet d'épée le cherchèrent dans le patio de caballos. Là, ils croisèrent l'aumônier auquel ils demandèrent s'il avait vu le maestro. Ce dernier leur indiqua qu'il était allé se recueillir dans la chapelle en exprimant le désir « d'avoir un moment de paix ». Quand il entendit les hurlements de son péon, l'abbé, qui se trouvait à proximité, pénétra à son tour dans la chapelle. Tandis que les péons transportaient Alba à l'infirmerie, il s'agenouilla devant la Macarena pour prier.

— Quand, cinq minutes plus tard, je suis arrivée sur les lieux, il s'y trouvait encore, toujours agenouillé, et visiblement dans un grand état de ferveur, confirma Emma Laborit. Nous lui avons alors demandé de bien vouloir sortir de la scène de crime et de rester à notre disposition. Il nous a regardés avec des yeux exorbités, comme s'il ne comprenait pas ce que nous lui disions, puis il s'est levé lentement.

— Je me suis entretenue avec lui une dizaine de minutes plus tard, poursuivit Barrère. Il semblait bouleversé. Son récit étant corroboré par les membres de la cuadrilla, nous n'avons pas jugé utile de le convoquer à nouveau.

— Encore la marque de gens qui ont été éduqués dans la foi catholique ! blêmit Fournaise. Vous avez tendance à considérer que les gens de robe sont au-dessus des lois !

— C'est quand même curieux que cet aumônier ne se soit jamais manifesté au cours de l'enquête, s'étonna Bourrouilhou. Il lui était pourtant facile d'établir un lien entre l'épée meurtrière et celle qu'il avait bénie et déposée dans la chapelle ! Était-il rongé par la culpabilité de l'y avoir laissée ? Voulait-il disculper De Lestrade ? Était-il tenu par le secret de la confession ?

— Pfff ! Le secret de la confession ! Des sornettes pour bigotes et films en noir et blanc des années cinquante ! marmonna Fournaise.

— Je vous rappelle, précisa Barrère, que De Lestrade était très pieux, qu'il était diacre et connaissait probablement très bien l'aumônier.

Tandis que Wlérick et Despiau quittaient la réunion avec l'objectif de joindre l'aumônier, le procureur Darrigade et le commissaire Albaladéjo firent le point sur l'enquête dacquoise. Rien de nouveau n'était à signaler sur les incidents du pont et la noyade d'une manifestante. Il fallait attendre le rapport de l'IGPN, mais il ne faisait pas de doute que cette noyade était accidentelle.

À propos des meurtres du parc, Albaladéjo confirma les conclusions de la réunion de Dax. Il ajouta cependant que le lancement d'un large appel au public avait permis de recueillir des images captées par les téléphones de manifestants animalistes. Elles prouvèrent que l'initiative de la bousculade provenait du camp des aficionados, sans que l'on puisse savoir toutefois si elle avait été provoquée par des red blocs, comme on l'avait imaginé, ou bien, comme le prétendaient les anti-taurins, des toros blocs, groupes d'aficionados organisés et résolus à défendre leur passion par tous les moyens.

Il était impossible de distinguer entre tous ces agitateurs vêtus de rouge et de blanc et masquant le bas de leur visage avec le foulard rouge des fêtes. On pouvait seulement affirmer que ce n'étaient pas les aficionados des premiers rangs qui avaient allumé le feu. Ils furent projetés violemment sur leurs opposants par des énergumènes provenant de leur arrière. Cette poussée suffit pour embraser une situation déjà très tendue. Et la logique infernale des agressions et des ripostes se mit en marche.

Les images montrèrent le grand Dias s'interposant entre les groupes et tentant de calmer leurs éléments les plus excités. Mais, comme souvent dans ces cas-là, ses gestes furent mal interprétés et une grêle de coups de pied et de poings s'abattit sur lui et lui fit perdre l'équilibre. C'est probablement au moment de cette chute ou pendant qu'il se trouvait à terre qu'il fut poignardé. Par contre, le gabarit plus modeste de Cazenave, l'autre victime, ne permit pas de le reconnaître dans la foule.

— En l'état actuel de vos connaissances, rien ne permet donc de savoir avec certitude si ce sont des red blocs ou des toros blocs qui ont déclenché les hostilités ? demanda Rolland.

— Dans ces cas-là, il faut toujours se demander à qui profite le crime, commenta le procureur Darrigade, et en l'occurrence les opposants à la corrida avaient davantage de raisons de mettre le bazar que les nôtres.

— Que les vôtres ? réagit Laborit.

— Enfin, je veux dire… que les Dacquois, bredouilla son homologue.

— Qui vous dit qu'il n'y a pas de Dacquois parmi les red blocs ?

— Je ne le crois pas, ce n'est pas la culture maison, chère collègue, mais on ne peut évidemment pas en exclure l'éventualité.

La petite joute entre procureurs montois et dacquois en resta là. Les éléments rapportés confirmaient l'hypothèse d'un engrenage, d'une provocation dont nul ne pouvait affirmer avec certitude qu'elle fut le fait de red blocs ou de toros blocs. Par contre, tous se montrèrent pessimistes sur les chances de déterminer l'identité des meurtriers.

Despiau, enfin, rendit compte de sa petite enquête auprès de l'évêché et de ses amis catholiques. Elle révélait que le prêtre Irénée Lafitte, anciennement rattaché à une paroisse de la Haute Lande, était, depuis une année, déchargé de toute mission sacerdotale. On l'avait placé à l'aumônerie de la prison, momentanément en déshérence, ainsi qu'à celle des arènes, du fait de sa passion des taureaux et de son excellent maniement de la langue espagnole, en remplacement de l'abbé Pilès parti en année sabbatique à Rome. Quand Despiau voulut connaître les raisons de sa mise à l'écart, l'évêché lui certifia dans un premier temps qu'il ne s'agissait pas d'une affaire de harcèlement sexuel ni de pédophilie, puis finit par indiquer que son état psychologique n'était, pour l'instant, pas compatible avec une mission apostolique normale.

Wlérick informa notre groupe qu'Irénée Lafitte se trouvait au centre pénitentiaire et s'était engagé à passer au commissariat dès qu'il aurait terminé ses visites. Rolland et Barrère nous quittèrent un peu avant la fin de la réunion, pour rejoindre le commissariat.

*

Lafitte était vêtu d'une soutane noire et portait sur la tête un béret qu'il enleva pour les saluer. Ils furent frappés par ses yeux profonds et son visage émacié. Rolland commença l'entretien en douceur en le questionnant sur son travail :

— Mes activités sont ralenties. J'ai fait un burn-out l'an passé. Oui je sais, cela peut surprendre. On n'imagine pas que les curés de campagne puissent être atteints par ce mal moderne. Et pourtant, c'est le cas. J'ai dû faire une cure de repos pendant plusieurs mois. Je m'investis à fond dans ce que je fais. On me l'a toujours dit : « Irénée tu en fais trop ! » mais que voulez-vous, c'est ma nature. J'étais disponible jour et nuit pour mes paroissiens. Je n'attendais pas qu'ils arrivent dans mes églises. Je ne les faisais pas venir à moi, c'est moi qui allais vers eux ! Je les visitais à leurs domiciles, sur leurs lieux de travail, dans les stades, à l'hôpital, dans les EHPAD, dans les bistrots. Comme ils vont de moins en moins vers le Christ, c'est au Christ de partir à leur rencontre, de se débarrasser de ses clous, de sa couronne d'épines, de descendre de la croix, de dévaler le Golgotha pour sauter dans l'arène des indifférences et des passions malsaines.

Les deux policiers se regardèrent avec étonnement. Mais Irénée Lafitte ne vit pas leur expression et continua :

— Oh, je ne leur fais pas de cours de morale, rassurez-vous, je ne leur raconte pas que Jésus marche sur l'eau, qu'il multiplie les pains, qu'il guérit les malades et ressuscite les morts. Avec toutes les histoires qu'ils lisent maintenant sur les réseaux sociaux, ils se foutraient de ma gueule. On ne peut plus parler aux gens comme autrefois, du haut de la chaire, en usant de paraboles qu'ils ne comprennent pas et dont je ne suis pas sûr moi-même de maîtriser le sens. Je les fais parler et je les écoute, je m'intéresse à eux, un peu comme le psychiatre qui me suit depuis l'an passé. Je ne les confesse pas, je ne les fais pas mettre à genoux devant moi, je les écoute à hauteur d'homme. Je ne leur pardonne pas leurs péchés, les péchés ont disparu ; seules restent les fautes. Je ne leur donne pas l'absolution, je leur donne mieux que ça : ma confiance. Ils savent que je ne les juge pas, que tout ce qu'ils me disent restera confidentiel.

— Vous devez surprendre certains de vos fidèles, commenta Rolland.

— Les gens heureux m'ignorent ou se moquent de moi… ceux qui traversent des passes difficiles, ceux qui souffrent, sont contents de me trouver sur leur chemin. Je ne sais pas si vous en avez conscience : nous vivons dans des sociétés de solitude. Je suis désespéré de constater que plus les gens ont des moyens technologiques pour communiquer, plus ils s'isolent et moins ils savent s'épauler, se parler. Ils sont comme séquestrés en eux-mêmes, ou dans le petit groupe qui pense la même chose qu'eux. Comme l'a dit Paul Ricœur, le rapport de moi à moi passe par l'autre. Eh bien, cet autre est devenu invisible, fluide, on ne parvient pas à le toucher, il devient presque inconcevable. Les détenus des prisons que je visite ne sont pas plus cloîtrés que nous, car tout le monde vit dans des geôles. La principale différence, c'est que ceux du dedans le savent alors que ceux du dehors ne le savent pas.

— Je crois savoir que vous êtes aumônier des prisons mais aussi des arènes, l'interrompit Virginie Barrère, pour l'amener délicatement vers l'affaire Alba.

— C'est juste en remplacement du père Pilès qui occupe ce poste depuis longtemps. Le diocèse, qui connaît mon engouement pour la fiesta brava et mon admiration pour la vie de Saint Martin de Porrès, le moine dont le portrait est présent dans la chapelle du Plumaçon, m'a demandé d'assurer l'intérim. Je n'en tire aucune fierté. L'évêque n'avait pas le choix. La plupart des curés ne sont pas originaires d'ici, beaucoup viennent de Hollande ou d'Afrique, et les Basques qui parlent espagnol n'ont pas le goût de la corrida. Alors il ne restait que moi.

— Quel est précisément votre rôle ?

— Il est minime. Je reste discrètement dans le patio, ma présence rassure les toreros avant et pendant la course, et je les réconforte s'ils sont blessés. Sous leurs habits de lumières, ces hommes sont fragiles. Ils font beaucoup de cinéma pour se convaincre (et nous avec) qu'ils sont forts. Mais en réalité, ils s'en remettent à la providence, ils n'arrêtent pas de se signer de manière compulsive, de s'entourer d'amulettes, d'objets de culte, de cierges. Ils ont la foi des gens simples. Ils conjurent le spectre de leur mort en aspergeant les murs de leur conscience avec de l'eau bénite. Nous avons cela en commun. Cette part d'enfance qui nous aide à ne pas trop douter, en tout cas à ne pas être paralysés par le doute dans les moments difficiles. Car, les gens ne le savent pas, les prêtres doutent comme tout le monde, peut-être même plus car ils se posent à tout instant la question du sens de notre présence sur terre. Ils sont assaillis par l'effroi d'un possible non-sens, d'un vide absolu.

— Vous avez dû être affecté par la mort de De Lestrade. Vous le connaissiez, je crois.

— La mort n'est pas un drame, juste un passage vers une autre dimension qui perturbe nos représentations du temps et de l'espace. Le plus dur dans la mort, c'est la séparation…

Après un grand silence, il reprit :

— Oui, je connaissais un peu De Lestrade. Avant d'être nommé diacre, il était venu me voir pour parler de son engagement, connaître la conception que je me faisais de ma mission. Autant vous le dire avant que vous ne l'appreniez : je suis considéré comme un curé un peu spécial. Ma hiérarchie et la plupart de mes collègues me reprochent de m'affranchir du dogme. Alors, on me fuit. Seul De Lestrade a voulu me connaître. Je lui en suis reconnaissant. Il me manque beaucoup. C'est le seul homme auquel je pouvais ouvrir mon cœur.

— Avez-vous discuté des événements du Plumaçon ?

— Naturellement. En voyant ces hordes de mécréants culturels s'insurger contre nos coutumes, j'étais hors de moi. Je ne supportais plus ces invectives, ce mépris, cette haine, ces calomnies. Hector a tenté de m'expliquer leur point de vue, de me faire comprendre leur logique. Mais je n'y suis pas parvenu. Je suis fondamentalement attaché à la théologie du sacrifice, dont le sacrifice taurin est la subsistance moderne. C'est pour apaiser la colère de Dieu, irrité par les infamies auxquelles les humains se livrent, que l'on immole des victimes. Car, contrairement à ce que certains prétendent, les sacrifices ne sont pas l'expression de la barbarie ; ils sont tout l'inverse ! Ils sont de purs actes de civilisation qui extirpent la violence de la matière humaine. Il n'y a aucune haine contre la bête dans le geste fatal du torero. Chaque fois qu'il tue un taureau, c'est une part de lui-même qu'il tue. Saint Martin de Porrès, tout en étant le protecteur des animaux, reconnaissait l'utilité de leur offrande.

— Au Plumaçon, le sacrifice s'est inversé ; c'est le torero qui a été tué. Pourquoi, à votre avis ? lui demanda Virginie Barrère.

— Je vais vous l'expliquer. Les attaques physiques de toreros, les menaces contre les membres de leurs familles, les enlèvements, la destruction de leurs biens, ne cessent de se multiplier. Ces agresseurs sont devenus fous ! Il faut les arrêter ! René Girard nous dit qu'on ne peut tromper la violence qu'en lui mettant quelque chose sous la dent. Le texte biblique en donne un exemple. Cain cultive la terre et offre à Dieu les fruits de sa récolte, tandis qu'Abel est un pasteur qui sacrifie les premiers-nés de ses troupeaux. Comme vous le savez, c'est Cain qui tue son frère et non l'inverse. Car Abel, à l'inverse de Cain, canalise, par la mort qu'il donne aux animaux, ses pulsions de meurtre. Abel est paisible. Cain ne connaît aucun exutoire à la jalousie qu'il éprouve pour la quiétude, la plénitude de son frère.

— Que voulez-vous nous dire, exactement ? Je ne comprends pas bien.

— Que Dieu réclame une victime expiatoire pour apaiser son courroux. Il faut donc la lui donner pour protéger la communauté de sa propre violence. Le sacrifice a la fonction de concentrer, de polariser sur la victime les germes de la violence et d'en purifier ainsi la communauté. Pour que cela fonctionne bien, il faut remplir deux conditions. La première est que le sacrificateur soit pourvu du charisme adéquat. J'ai pensé que je pouvais jouer ce rôle. Mon prénom, Irénée, me désigne depuis mon baptême pour diffuser un message de paix. La deuxième condition tient à la qualité du sacrifié. Beaucoup de rites anciens ont immolé des fous, des mendiants, des illuminés, des marginaux ; les Grecs parlaient de *katharma* ou de *pharmakos* pour conjurer des épidémies ou mettre fin à une guerre fratricide. Mais cela ne fonctionnait pas toujours. Alors, je me suis souvenu de mes études d'anthropologie et du peuple des Chuchki qui, pour être certains de l'efficacité du rituel, sacrifiaient leur roi ou un membre de leur propre famille pour éradiquer les menaces les plus destructrices. Plus la valeur du sacrifié était grande, plus la violence avait de chance d'être endiguée.

— Dois-je comprendre que vous avez sacrifié Manuel de Alba ?

— Je n'avais pas le choix. Il était le torero suprême. Il allait fêter la mort de son 6000e taureau. Quel plus beau symbole de réconciliation pouvais-je offrir aux adversaires de la corrida que de sacrifier leur plus grand ennemi par le fer de l'épée qui avait fait sa gloire ?

— Devons-nous considérer cela comme l'aveu de votre culpabilité ? lui demanda Rolland, revenant à des préoccupations procédurales.

— Je suis au contraire délivré de cette culpabilité qui, depuis l'enfance, m'a toujours habité. La commission de ce geste m'a, comment dire… soulagé. Avoir eu le courage de passer à l'acte pour sauver notre culture me rend fier. Je ne suis pas fou. Je comprends qu'aux yeux de la loi, mon geste est répréhensible. Ce qui compte n'est pas mon cas personnel, mais la sauvegarde des valeurs de ma communauté.

— Vous avez expliqué tout ça à l'alguazil ?

— Je me suis excusé de lui avoir emprunté une épée sans l'informer de l'usage que j'allais en faire. Il n'aurait pas cautionné ma démarche. C'était quelqu'un d'assez conventionnel, son passé militaire peut-être… Quand je lui ai raconté le sens de mon geste, d'abord il n'a rien dit. Puis, il a déclaré, je m'en souviens précisément : « Mon sacrifice à moi sera de ne pas révéler ce que ma conscience m'impose pourtant de faire. » Il m'a demandé de ne plus chercher à le rencontrer désormais et m'a confié en partant qu'il ne cautionnait pas mon action.

— Comment avez-vous fait pour tenir votre langue jusqu'à aujourd'hui ? Ce doit être dur à garder, un secret pareil, pour un homme de vérité comme vous.

— Pour qu'un sacrifice puisse avoir toute sa puissance sociale, sa force symbolique, il doit conserver une dimension mystique. En dévoilant l'identité du sacrificateur, je l'aurais privé de cette auréole de mystère sans laquelle le destin ne devient qu'un fait divers. C'est la raison pour laquelle j'ai écrit le mot « cabron » sur le mur, pour brouiller les pistes, ralentir votre enquête.

— Convenez, au regard des événements de Dax et de la mort de votre ami De Lestrade, que votre acte n'a pas atteint les objectifs poursuivis.

— Je suis convaincu du contraire. Il a permis d'éviter pire encore. Sans lui, ce sont des dizaines de morts que l'on aurait comptés, à Dax, à Bayonne ou ailleurs.

— Et qu'avez-vous fait du téléphone du torero ? Nous l'avons cherché partout.

— Dans un premier temps, je l'ai conservé précieusement pour communiquer avec Manuel de Alba, lui expliquer le sens de son sacrifice. Il faut parler aux morts, sinon l'attente de la vie éternelle peut leur paraître longue. Ensuite, j'ai déposé l'appareil dans un confessionnal désaffecté de l'église de la Madeleine afin que tous les péchés qu'Alba a pu commettre au cours de sa vie lui soient pardonnés.

POLITIQUE DU TAUREAU

Perez Galdos et Bahamontes quittèrent Mont-de-Marsan légèrement désappointés par l'issue de l'enquête. Ils auraient préféré une conclusion plus « andalouse », qui aurait donné davantage de relief à leur démarche. Qu'un curé anthropologue et halluciné ait pu commettre un tel crime n'allait pas intéresser les médias locaux plus de deux jours. Et les policiers andalous avaient, comme les autres, besoin d'une reconnaissance sociale qui fasse oublier leurs minuscules mais incessants abus de pouvoir.

De son côté, le juge Bourrouilhou se montrait, lui aussi, quelque peu déçu par cette chute. Il eut préféré que De Lestrade, pour stupéfier sa belle Ciélestine, ait immolé la figure emblématique de ses indignations. Au lieu de quoi on pouvait tout au plus lui reprocher d'avoir fourni l'arme du crime. Pas de quoi entretenir un chagrin éternel dans le cœur saignant de la pasionaria anti-taurine.

Procureurs et policiers n'éprouvaient pour leur part que la satisfaction d'un devoir à demi accompli. Deux meurtriers couraient toujours dans la nature et la peña Toro de fuego restait insaisissable.

Cette temporada représenta un moment crucial dans l'histoire de la tauromachie espagnole en France. C'est la raison pour laquelle j'ai tenu à la relater. Elle fut le point de bascule d'une évolution inéluctable. On ne pourrait désormais plus toréer en paix, l'hypersensibilité sociale au sort des animaux questionnant les pratiques bouchères les plus ordinaires et blâmant sans retenue la mise en spectacle publique des tueries.

Rien ne put endiguer, en France comme en Espagne, la multiplication des détériorations matérielles et des agressions personnelles contre les toreros ou les organisateurs de spectacles. Les rares corridas organisées dans les arènes de première catégorie – Nîmes, Arles, Béziers, Vic-Fezensac, Mont-de-Marsan, Dax et Bayonne – durent se dérouler sous la protection de compagnies de CRS. En s'y rendant, les spectateurs devaient subir les quolibets mais aussi les jets de bouse de milliers d'opposants en colère. En quelques années, les corridas des petites villes disparurent les unes après les autres, étranglées par la raréfaction des financements et la désaffection du public.

La question taurine devint un sujet de politique publique. Le parti animaliste progressa de façon spectaculaire dans toutes les élections, qu'elles fussent nationales ou locales. Les autres partis durent en tenir compte dans leurs stratégies électorales. Si bien que les divers gouvernements qui se succédèrent furent contraints d'accorder des concessions à la dynamique anti-taurine. La première fut l'interdiction de s'inscrire à des écoles taurines et d'assister à une corrida pour les enfants de moins de treize ans. La suppression des subventions européennes pour les ganaderos engendra ensuite l'interdiction des subventions publiques, régionales ou municipales, aux spectacles dans lesquels des bêtes étaient torturées ou mises à mort. Ces décisions furent célébrées par l'embrasement de toros de fuego sous les arcs de triomphe de villes du Sud comme Bordeaux, Carpentras, Cavaillon, Marseille, Montpellier, Orange ou Saint-Rémy-de-Provence, ainsi que devant quelques arènes. Ces décisions entraînèrent presque mécaniquement le retrait des sponsors traditionnels, qui ne souhaitaient pas écorner leur image en l'associant à des pratiques majoritairement réprouvées.

Ces avancées ne contentèrent pas les adversaires farouches de la fiesta brava, qui continuèrent à exiger la suppression pure et simple de la corrida. Face à cette menace, des partis régionaux culturalistes, regroupés au sein de la fédération nationale intitulée « Chant du coq », organisèrent au nom de la défense des traditions des contre-feux contre les lobbies anti-taurins. La manifestation imposante qui se déroula sur les Champs-Élysées, conduite par tous les élus des territoires concernés, déboucha sur un débat au Parlement.

Les députés se montrèrent majoritairement favorables à l'éradication de la corrida, tandis que le Sénat, représentant davantage la ruralité, s'y montra opposé. C'est ainsi que le gouvernement décida de constituer une commission nationale sur les jeux taurins – animée par deux médiateurs indépendants et composée d'anthropologues, de juristes, de sociologues, de vétérinaires, d'associations représentatives des villes taurines, d'animalistes et d'éleveurs – chargée de travailler sur l'avenir des corridas. Le contenu du rapport qu'elle venait de rendre était synthétiquement le suivant.

Dans son préambule, il pointe deux tensions auxquelles les membres de la commission ont été confrontés. Une première entre la nécessité de protéger le patrimoine culturel régional d'une part, de l'autre le souci d'accorder une plus grande part aux droits des animaux et à leur bien-être. Une deuxième tension relevait de la difficulté à isoler la question des taureaux de corrida du sort des autres animaux mis à mort, publiquement ou non. Par la suite, trois articles avaient été rédigés :

ARTICLE 1

La commission propose le maintien des courses landaises et camarguaises ainsi que des jeux d'arènes, dans la mesure où ils ne portent pas atteinte à l'intégrité physique des vaches et ne leur occasionnent pas un stress préjudiciable.

ARTICLE 2

La commission propose la réécriture de l'article 515-14 du Code civil stipulant que « Les animaux sont des êtres vivants doués de sensibilité. Sous réserve des lois qui les protègent, les animaux sont soumis au régime des biens. » La commission considère que leur soumission au régime des biens est inappropriée et suggère d'envisager la création d'une troisième catégorie, s'ajoutant à celle des personnes et des biens : celle des êtres vivants non humains. Elle souhaite que cette proposition soit examinée par des juristes qualifiés.

ARTICLE 3

La commission propose un moratoire de cinq ans pendant lequel seront expérimentées de nouvelles modalités d'exercice de la corrida, plus respectueuses de l'animal. Citant l'exemple des novilladas non piquées, elle propose de revisiter la phase de la pique et de rechercher des moyens plus adaptés à la sensibilité contemporaine pour tester la bravoure de l'animal. Elle préconise que la séquence des banderilles soit moins mutilante pour la bête. Enfin, elle suggère de remplacer la mise à mort par un simulacre dont les modalités relèveront du futur règlement taurin et précise que les trophées éventuels ne devront plus être prélevés sur le corps des animaux. À la fin de ce moratoire de cinq ans, la commission préconise l'interdiction des corridas, telles que pratiquées actuellement, et demande au législateur pénal de sanctionner l'irrespect de cette disposition.

Je retournai l'année suivante à Vic-Fezensac, en compagnie de mon collègue Léo, de Virginie Barrère et de son amie Alix. Comme d'habitude, Marcel et Dédé m'accueillirent chaleureusement et se montrèrent satisfaits d'avoir pu sauver, une année encore, leur feria. L'avis de la commission nationale de travail sur les jeux taurins n'ayant qu'un caractère consultatif, ils espéraient d'ici la fin du moratoire créer un rapport de force politique qui leur soit plus favorable. Ils m'annoncèrent qu'ils avaient prévu un toro de fuego à la fin de la corrida du jour pour ne pas laisser ce plaisir à leurs adversaires et ils nous invitèrent à une nuit des bodegas au cours de laquelle ils espéraient décrisper, selon leur propre terme, tous les anti-taurins qui y étaient conviés.

Nous montâmes avec gravité dans les arènes Joseph-Fourniol, comme si nous allions aux obsèques d'un ami cher. L'atmosphère générale était grave. Les spectateurs regardaient le ciel pour savoir si une malédiction divine allait s'abattre sur le temple de leurs passions.

Mais lorsque la cérémonie commença, nous eûmes l'impression que la banda des Armagnacs interprétait ses paso dobles avec encore plus de virtuosité qu'à l'accoutumée, la sensation que les taureaux étaient moins farouches qu'à l'ordinaire, que les picadors en caressaient à peine le cuir, que les banderilleros rataient intentionnellement leur cible, que les toreros prenaient soin de les tuer sans coup férir pour leur éviter toute souffrance. La présidence décida de manière incroyable, dans cette cathédrale de l'exigence taurine, de gracier trois taureaux sur les six présentés. Un souffle d'aménité, de légèreté, soufflait sur le sable. Aucune goutte de sang ne vint en souiller l'apparence comme si, par enchantement, la corrida s'était mise au goût bienveillant du jour.

Nous célébrâmes Pentecôteàvic, avec moultes libations et salsas chaloupées. Croyants et hérétiques oublièrent pour un temps les pointes cornues de leur discorde culturelle. Quand le jour s'éveilla au-dessus de Toulouse, nous reprîmes la route tourmentée revenant vers le Bas-Armagnac. En traversant Lannepax, je m'aperçus que Léo et Alix, allongés sur la banquette arrière, avaient repris la séance d'expression corporelle interrompue l'année précédente à Dax. Pour célébrer l'événement, je me mis à fredonner l'une de mes vieilles chansons :

C'est la corrida des cœurs, le salaire de la peur
C'est la corrida des corps, le sang et l'or de la mort.

FIN

MOT DE L'AUTEUR

Le toro de fuego dont je parle dans ce roman est, bien sûr, une métaphore. Elle vise à souligner que l'abord du thème de la corrida m'est personnellement brûlant et s'avère socialement explosif.

Brûlure personnelle, car mon père, vétérinaire, m'a initié enfant au souci du bien-être des animaux et, de manière contradictoire, à l'esthétisme des corridas. Brûlure encore, car la relation tendre que j'entretiens avec mes enfants (rebutés, voire indignés par le sacrifice taurin) me rend parfois l'afición honteuse.

Explosion sociale et politique, car les affrontements entre aficionados et animalistes ne cessent de se multiplier, que leur degré de violence s'accroît, et qu'il deviendra probablement nécessaire, un jour plus ou moins proche, de les tempérer politiquement.

Par ce récit policier, je tente de convier, avec légèreté, les lecteurs à un exercice d'altérité. Je mobilise les passions et les arguments des aficionados pour les faire entendre aux anti-taurins. J'évoque les sensations et les raisonnements des anti-taurins pour les faire ouïr par les aficionados. Mon ambition n'est pas de les réconcilier, mais seulement de donner à chacun, le temps d'un roman, l'occasion d'en débattre…

GLOSSAIRE TAURIN

Afeitado: pratique frauduleuse consistant à épointer ou limer le bout des cornes pour diminuer le danger.

Aficionado: amateur passionné et connaisseur de corridas.

Aguantar: capacité à attendre et accueillir de manière impassible la charge du taureau.

Al encuentro: se dit d'une estocade ou le torero part à la rencontre du taureau qui le charge.

Alguazil: policier de l'arène, chargé de faire appliquer le règlement taurin sous l'autorité du président.

Alternative: cérémonie au cours de laquelle un *novillero* (qui combattait des novillos) devient matador et a le droit de combattre des taureaux au cours de corridas.

Añojos: taureaux de l'année.

Apartado: opération qui fait suite au tirage au sort (*sorteo*) des taureaux et qui les sépare pour les placer dans un compartiment du toril.

Apoderado: agent, fondé de pouvoir, qui gère la carrière d'un torero et ses affaires.

A puerta gayola: attendre à genoux le taureau face au toril et le faire passer dans cette position.

A recibir: se dit d'une estocade où le torero attend la charge du taureau et le reçoit les pieds au sol.

Arenero : personne chargée du nettoyage du sable (arena en espagnol) de la piste.

Becerrada : combat au cours duquel de jeunes toreros affrontent des taureaux de moins de deux ou trois ans (becerros) dans une novillada sans picador et le plus souvent sans mise à mort.

Bajonazo : coup d'épée bas et défectueux.

Banderilles : bâtons d'environ quatre-vingt centimètres de long, terminés par un harpon et recouverts de papier de couleur, plantés par un banderillero (et parfois le torero) dans le morrillo, masse musculaire située à la base du cou, lors du deuxième tercio.

Barrera : barrière de bois qui sépare la piste (ruedo) du couloir (callejón). Désigne également le premier rang des gradins.

Burladero : abri en bois situé devant une ouverture de la barrière et permettant de se protéger.

Cabestro : bœuf dressé chargé de guider les taureaux aux arènes ou de les raccompagner au toril quand ils sont boiteux ou graciés.

Callejón : couloir circulaire situé entre la barrière (ou talenquères) et les gradins.

Chicuelina : passe popularisée par le torero Chicuela au cours de laquelle le torero enroule la cape autour de son corps.

Coleta (se couper la) : enlever le postiche chevelu placé derrière la tête, au figuré prendre sa retraite.

Cornada : coup de corne du taureau qui pénètre dans la chair du torero.

Corral : cour attenante aux arènes où sont parqués les taureaux les jours précédant la corrida.

Cruz (croix) : emplacement idéal pour donner la mort, à hauteur du garrot, entre la colonne vertébrale et l'omoplate droit.

Cuadrilla : ensemble des assistants du torero, péons et picadors.

Derechazo : passe réalisée de la main droite.

Empresa : entreprise gérant une arène.

Erales : taureaux ayant entre un et deux ans.

Escalafón : classement annuel des matadors par nombre de corridas, de récompenses et de bêtes tuées.

Estocade : coup d'épée par lequel le matador met à mort le taureau.

Faena : troisième temps de la corrida au cours duquel le torero affronte le taureau muni d'une muleta et d'une épée (le plus souvent factice) et qui précède la mise à mort.

Figura : vedette, star de la tauromachie.

Ganadero : éleveur de taureaux possédant une ganaderia.

Habit de lumières : costume des toreros.

Indulto : grâce accordée au taureau par la présidence, qui présente alors un mouchoir orange, pour le récompenser de sa bravoure exceptionnelle.

Maestro (maître) : tous les toreros ayant pris l'alternative.

Maletilla : petit sac contenant les effets d'un apprenti torero courant les petites arènes des ganaderias pour apprendre son métier et se faire remarquer. Par extension : apprenti torero.

Matador ou torero : chef de cuadrilla réalisant la faena et tuant le taureau.

Monosabio : littéralement, singe savant. Il aide le picador à se mettre en selle et l'assiste, ainsi que le cheval, pendant la charge du taureau.

Montera : coiffe du torero.

Morillo : protubérance des muscles cervicaux du taureau où il doit être piqué.

Mozo de espada : valet d'épée du torero pendant et en dehors du combat.

Muleta : drap rouge utilisé par le matador durant la faena.

Mundillo : petit monde de la tauromachie comportant les ganaderos, les organisateurs de spectacle, les apoderados, les toreros, les journalistes taurin…

Naturelle : passe donnée de la main gauche de face ou de profil.

Palco : loge présidentielle.

Paseo (promenade) : défilé d'ouverture d'une novillada ou d'une corrida.

Passe : figure exécutée par le torero avec une cape (capote) ou une muleta au cours de laquelle il fait passer le taureau près de son corps. On en recense une trentaine de formes.

Patio de caballos : cour attenante aux arènes mais située à l'extérieur de la piste où se réunissent les picadors et leurs chevaux et les cuadrillas avant le paseo.

Peña : bande d'amis, club.

Péons: assistants du torero, généralement au nombre de trois, qui testent, placent le taureau, posent les banderilles et donnent le coup de grâce au taureau après l'estocade.

Picador: cavalier dont le rôle est de piquer le taureau lors du premier tiers (*tercio*).

Puntilla: poignard avec lequel on achève le taureau après le coup d'épée.

Quite: intervention d'un torero ou d'un péon visant à éloigner le taureau d'un autre torero en danger.

Quiebro: manière de planter les banderilles en faisant face au taureau et en le feintant au dernier moment par un contre-pied. Cette technique est utilisée aussi par les écarteurs landais ou les joueurs de rugby pour éviter leur adversaire.

Revistero: journaliste taurin.

Ruedo: piste sablonneuse ronde sur laquelle se déroule le combat.

Sitio: endroit idéal pour attendre le taureau puis l'esquiver.

Sorteo: tirage au sort des taureaux par les représentants des toreros le matin de la corrida.

Temporada: saison des corridas (généralement de mars à octobre en Europe).

Tercio: la corrida est composée de trois temps, le premier consacré à tester le taureau à la cape et à le piquer, le second à poser les banderilles, le troisième à réaliser une faena avec la muleta avant de le tuer.

Tienta: épreuve au cours de laquelle on teste les qualités des vaches ou des étalons de l'élevage pour déterminer leur aptitude au combat et améliorer, par la sélection, les qualités de bravoure de la race.

Toréo : art de toréer.

Torero : voir *matador*.

Toril : lieu où sont enfermés les taureaux avant la corrida.

Trophée : récompense octroyée au torero pour la qualité de son travail, une oreille (à l'appréciation du public qui la réclame avec un mouchoir blanc), deux oreilles ou deux oreilles et la queue à l'appréciation de la présidence. Les trophées, prélevés sur l'animal, sont immédiatement remis au torero qui salut alors le public et fait un tour de piste (*vuelta*) sous les ovations.

Trapio : aspect physique du taureau.

Valet d'épée : voir *mozo de espada.*

Vuelta : tour de piste applaudi et parfois fleuri accordé par le public au torero en récompense de son travail.

LA CORRIDA DES CŒURS

C'est le paséo frivole
Des amourettes bénévoles,
La pavane des mantilles
Sous des soleils de pacotille
Tu t'avances doucement
Dans l'arène de tes romans,
Vers des foules infidèles
Pour gagner un tout petit morceau de ciel
Tes beaux habits de lumières,
T'empêcheront de tomber
Dans le pire des sortilèges,
Les maléfices de l'art d'aimer
Le torero des ardeurs,
Ne doit pas rire sous cape,
Il lui faut dérober le bonheur
Sans que son âme ne dérape.

C'est la corrida des cœurs, le salaire de la peur
C'est la corrida des corps, le sang et l'or de la mort

Les premières banderilles,
Comme des bouquets de fleurs,
Sur un air de séguédille,
L'arabesque du dompteur
La faena de la fièvre
Pour que se chavirent les rêves,
Tu l'invites au creux de tes bras
Mais salaud cette étreinte tu n'en veux pas

Tes beaux habits de lumières
Et ces cormes aux aguets,
T'as beau tourner, tourner le problème
Si tu le tues c'est que tu l'aimes
L'estocade du désir,
Chant du cygne du plaisir,
Sous la lame du destin
Tout s'effondre et puis tout s'éteint

C'est la corrida des corps, le salaire de la peur
C'est la corrida des cœurs, le sang et l'or de la mort

Puis les mules de l'enfer,
Viennent emporter ton souvenir,
Tu l'as encore échappé belle
Pour un petit frisson de vie buissonnière.
Le silences ou la bronca
Ou les bravos de la plaza,
Les deux oreilles et parfois la queue,
Ou le cimetière pour saluer le bon Dieu
Adiós, adiós, hombre,
Petit matador dort, d'or,
Tu n'aimais que toi machito,
Alors pour effacer tous tes remords,
Tu vas rejoindre au paradis,
Des norias de l'Andalousie,
Les bêtes noires de ta vie
Mais c'est toi qui tourneras autour du puits.

C'est la corrida des corps, le salaire de la peur
C'est la corrida des cœurs, la mise amour de la mort.

REMERCIEMENTS

Ce travail n'aurait pas eu la même patine sans :

– le bouillon de culture dans lequel mes parents m'ont plongé,

– les ami(e)s qui ont partagé avec moi les joies fraternelles et arrosées des fêtes gasconnes,

– les corrections de Danielle et les conseils narratifs et iconographiques d'Astrid,

– Pierre Moquet pour son empathie et la remarquable qualité de son travail éditorial et de mise en image,

– Marie Cardinaud pour son appui bibliographique,

– la consultation des sites taurins et animalistes spécialisés français et espagnols, et un nombre considérable d'ouvrages (qu'il serait trop long de citer ici) et qui me nourrissent depuis quelques décennies.

DU MÊME AUTEUR, AUX ÉDITIONS SO NOIR :

L'Échappée basque

Fatal Circus

DISPONIBLES CHEZ VOTRE MARCHAND DE JOURNAUX,
DANS LES LIBRAIRIES PARTENAIRES
ET SUR LE SITE SOROMANS.FR